Jo Harper

The True Story

... Richtigstellung:

Wenn du die folgenden Seiten liest, dann möchte ich dich warnen.
Kleide nicht deine Worte in meinen Ideen!
Es gehört sich nicht, dem anderen das geistige Gut zu stehlen,
Auch wenn es nicht materiell ist, so kann es doch von bedeutendem Wert sein. Nicht für dich, aber für mich.
Überlege dir gut, ob du zu denen gehörst, die skrupellos kopieren, aber geschickt genug sind, es nicht nachweisbar zu machen.
Denn damit machst du mich zum Opfer!

*Gepostet am 06.07.2023, Claudia Kramer auf F**ebook*

Ein verhängnisvoller Irrtum

Tom

Es ist fünf Uhr morgens. Eine klare Nacht. Der Morgen kündigt sich bereits an. Die Luft ist frisch und kühl. Nebel behindert die Sicht. In der Ferne höre ich die Müllabfuhr durch die Straßen fahren.

Unser Zielobjekt liegt in einer kleinen Nebenstraße, umgeben von Wohnblocks.
Das marode Mehrfamilienhaus besteht aus einzelnen Apartments. Ihre Bewohner haben zumeist kriminellen Hintergrund.

Unseren Transporter parken wir versteckt hinter einer Baumgruppe. Wir bilden ein Viererteam, da das betreffende Apartment lediglich fünfundzwanzig Quadratmeter hat. Frank und Magnus würden im Back-up auf dem Flur stehen bleiben. Nach wochenlanger Aufklärung des Objektes sollte hier noch geschlafen werden. Durch den hinteren Eingang arbeiten wir uns in den ersten Stock hoch. Im Treppenhaus riecht es faulig. Zigarettenkippen liegen auf dem schmutzigen Boden. Rechtsseitig sind drei Wohnungstüren – es ist die mittlere.

Auf dem Namensschild steht: *H. Meyer.* So heißen sie oft.

Ein letzter Waffencheck, dann geht es los. Es ist nicht das erste Mal, dass ich mit der Teamleitung für einen Zugriff betraut bin, aber ich habe immer noch den gleichen Respekt davor. Zu viele Faktoren bestimmen den Verlauf. Vor allem das Unvorhersehbare macht mir zu schaffen. Wir konnten nicht viel über die Zielperson herausfinden. Eins ist klar: Er hat nichts zu verlieren.

Wie in Trance beginne ich, den Countdown zu zählen. Der Schweiß tropft mir von der Nase. Die Sturmhaube klebt an der Stirn.

»Ready for Rock 'n' Roll?«, frage ich mein Team.

Chris schlägt *Ramada* mit voller Wucht vor die Tür. Der Name für diese massive Einmannramme ist schmeichelhaft. Die Zarge gibt beim ersten Schlag nach. Die Tür fliegt auf. Ein kurzer Blick durch den Türspalt verrät, dass niemand dahintersteht. Ich gebe das Zeichen zum Eindringen.

Das Apartment ist dunkel, niemand ist zu sehen. Ein dumpfes Geräusch von einem zu Boden fallenden Gegenstand lässt mich aufschrecken. Ich höre eben noch etwas auf mich zurollen. Dann sehe ich sie.

Handgranaten sind die abscheulichsten aller unvorhersehbaren Geschehnisse. Ich gebe den sofortigen Befehl zum Rückzug und packe Chris an der Schulter.

»Wir müssen so schnell es geht hier raus!«, schreit er mich an. Der Flur ist so eng, dass wir uns rückwärts hintereinander hinausbewegen müssen. Kalter Schweiß rinnt mir an meinen Schläfen herab. Mein Puls rast. Frank und Magnus sind bereits draußen, als ...

Die Implosion ist von gewaltiger Stärke. Chris sackt zusammen und ich höre meine Worte nicht mehr.

»Handgranate auf zwölf Uhr«, habe ich noch per Funk gemeldet, doch es war zu spät.

Ein starker Schmerz am Hals lenkt meine Aufmerksamkeit auf mich. Ich rieche Blut. Von mir? Von Chris?

Rings um mich herum agieren meine Kollegen, ich bekomme alles nur schemenhaft mit. Ich höre Magnus nach mir rufen. Ein Blick auf den am Boden liegenden Chris, blutüberströmt. Dann wird es dunkel.

Immer wieder derselbe Traum. Vollkommen verschwitzt wache ich auf. Der Blick auf die Uhr sagt mir, es ist viel zu früh.

Dass ich gerade heute von Albträumen geplagt werde, war vorhersehbar. Es ist der erste Tag meiner Zukunft. So hatte es mein alter Vorgesetzter und Kommandoleiter des SEK ausgedrückt, bevor er mir alles Gute gewünscht hatte. Darauf kann ich verzichten.

Der Unfall ist genau drei Monate her. Ich weiß gar nicht, was schlimmer ist: die negativen Erinnerungen oder das, was danach folgte.

Zwei Sanitäter hatten mich vom Einsatzort in das nächste Krankenhaus gebracht. Bei mir war es großes Glück, im Gegensatz zu Chris. Während ich lediglich mit massiven Hörschädigungen und ein paar kleineren Splitterkörpern im Hals kämpfte, hat er es nicht geschafft. Einer der Splitter hatte sich den Weg in die Halsschlagader gebahnt. Er ist noch vor Ort verstorben.

Zur Beerdigung habe ich mich selbst aus dem Krankenhaus entlassen. Es war eine typische Polizeibeerdigung mit dem üblichen Geschwafel von Leuten, die ihn nicht einmal kannten, aber dafür unendlich wichtig waren. Er war mein treuester Freund. Chris hat eine große Lücke in meinem Herzen hinterlassen. Bei all dem Schmerz sind die Schuldgefühle am schlimmsten.

Man hatte mir sofort Infusionen verpasst und die Wunden versorgt. Ob mein Gehör jemals störungsfrei funktionieren würde, konnte man mir nicht versprechen. Ein Knalltrauma in der Stärke, wie ich es erlebt habe, heilt nur selten vollständig.

Nach vier Wochen Reha und Anschlusstherapie ist heute mein erster Arbeitstag. Es kam mir vor wie eine Ewigkeit. Man hatte mich gefragt, wie meine Wunschoption zur weiteren Verwendung bei der Polizei aussehen würde. Zurück zum Kommando lässt man mich nicht, da mein Gehör dafür einwandfrei funktionieren müsste. Doch das tut es nicht. Noch nicht.

Viele der Ex-SEK-Beamten gehen auf die Akademie und bilden die nachkommenden Kollegen aus. Hier würde ich mich bestimmt wohlfühlen.

Ich brauche die Ablenkung durch den Dienst und muss endlich in ein normales Leben zurückfinden. Leicht wird es bestimmt nicht.

Goodbye Spezialeinheit

Tom

»Wie bitte? Das kannst du nicht machen!«

Es ist Montagmorgen, acht Uhr und die Woche fängt reichlich bescheiden an. Ich glaube meinen Ohren nicht zu trauen.

»Ich habe nicht genügend Erfahrung, um zur Akademie zu gehen? Im Ernst?«, schreie ich meinen Chef an.

»Hans, wir kennen uns seit so vielen Jahren. Du bist mir mehr als einen Gefallen schuldig! Es ist ein ungeschriebenes Gesetz, dass nach einem qualifizierten Dienstunfall eine Wunschverwendung anzustreben ist«, fordere ich im aufgebrachten Ton.

»Beruhige dich, Tom! Du solltest dich besser im Griff haben«, entgegnet er. Dabei schaut er mir nicht mal ins Gesicht. Stur blickt er auf die Uhr neben seinem PC.

Seine Antwort ist eine reine Provokation. Wie soll ich mich denn, bei einer solch ungerechten Entscheidung, im Griff haben?

»Ach ja, sollte ich?«, frage ich daher. »Den ganzen Tag habe ich dieses widerliche laute Rauschen und die Erinnerung an den Tag, als ich meinen besten Freund verloren habe. Zur Erinnerung: Ihr habt mich von der Schuld freigesprochen. Ich bin mit Erfolg aus der Reha entlassen. Warum also wollt ihr mich so abstrafen?«

Mein frischgebackener Ex-Chef schaut mich verzweifelt an. »Du hast dich geweigert, mit den Psychologen über den Unfall zu sprechen. Wenn du das ‚mit Erfolg' nennst?«, schnauzt er und schaut verlegen zu Boden.

»Mir geht es gut. Das habe ich denen auch gesagt. Ich brauche keinen Seelenklempner«, versuche ich es weiter. Mein linkes Auge fängt verdächtig an zu zucken, so wie es in letzter Zeit häufiger ist, wenn ich Stress habe.

»Irgendwann musst du darüber reden. Es würde sich positiv auch auf deine weitere Verwendung auswirken.« Hans schaut mir jetzt direkt in die Augen und ich weiß, er meint es gut mit mir.

»Junge, drei Sitzungen, mehr verlangen die doch gar nicht. Geh in den Tagesdienst und mach den ersten Termin.«

»Drei Termine? Keine Verpflichtung zu reden?«, hake ich nach.

»Drei Termine!«, bestätigt Hans.

»Und eine Anschlussverwendung bei der Kripo?« Ich frage lieber genau nach. Sicher ist sicher.

»Es ist nur für ein halbes Jahr. Die Polizeiakademien haben ihre Anforderungen an das Lehrpersonal hochgeschraubt. Gerade die *CopSchmiede.* Du sollst lediglich eine Zeit lang Dienst in einer ermittelnden Einheit versehen, um deine Kenntnisse zu erweitern.« Sein stummer Blick aus dem Fenster verrät mir, dass er keinen Einfluss auf diese Entscheidung hat. Ich habe keine Option, außer diese Forderungen zu erfüllen. Also stelle ich ihm noch eine letzte Frage: »Wohin?«

»K11, Mordkommission«, antwortet er. Nach einer kurzen Pause redet er sachlich weiter und geht damit zum Tagesgeschäft über, dabei verzieht er keine Miene. Nach dreizehn gemeinsamen Dienstjahren hätte ich mehr erwartet. Ich lasse seine Worte über mich ergehen, ohne genau hinzuhören.

Mein rechtes Ohr ist ohnehin nicht bereit, Sprache zu verstehen. Nach dem Unfall bin ich gezwungen, mit links das Nötigste an Gesprächsstoff aufzunehmen.

Irgendwann höre ich ihm doch wieder zu: »... du bekommst eine Partnerin, sie ist die Leiterin des K11: Anette Thomas. Sie wird dich einweisen und dir zur Seite stehen. Bitte sei so gut und triff dich mit ihr. Sie erwartet dich um elf Uhr, und zwar heute. An deiner Stelle wäre ich nett zu ihr. Anette entscheidet, ob du in einem halben Jahr so weit bist, um zur Akademie zu gehen.«

Jetzt reicht es mir aber. »Seit wann darf die Leiterin des K11 über meine Verwendung entscheiden?«, rufe ich aufgebracht und stehe auf. Um meinen Puls besser kontrollieren zu können, beginne ich, tiefer zu atmen

»Echt jetzt? Das K11 ist das härteste aller Kommissariate. Die wenigsten bleiben lange dort. Die ständigen Obduktionen und die Konfrontation mit der schlechtesten Seite der Menschen lassen einen irgendwann freiwillig in ruhigere Bereiche wechseln. Die kann doch selbst nicht lange dort sein«, schimpfe ich drauf los.

»Anette ist ein Vollprofi, sie leitet das Kommissariat seit sechs Jahren. Lass es gut sein, Tom!«, rät mir mein Ex-Chef.

Seine Worte sind ein unmissverständlicher Rausschmiss, dem ich folgen werde.

»Vielen Dank«, sage ich in einem fast trotzigen Ton. Das Händeschütteln spare ich mir. Freundlichkeiten sind hier nicht mehr gefragt. Das, was er eben von sich gegeben hat, ist unerträglich. Er war mein Vorbild, ich habe mal zu ihm aufgeschaut. Doch er ist nicht annähernd das, für was ich ihn gehalten habe. Ich kann die Enttäuschung darüber wie einen kräftigen Hieb in die Magengrube spüren. Aber ich werde jetzt nicht ausfallend, auch wenn ich ihm am liebsten ein paar passende Worte hinterlassen würde.

Ich habe noch genau eine Stunde Zeit, um mehr über diese Anette, meine neue Chefin, herauszufinden. Die werde ich nutzen.

Mord zum Frühstück

Claudia

Wie jeden Morgen gehe ich im Schlafanzug zum Briefkasten und hole die Zeitung. Zum Glück sieht mich keiner im Treppenhaus. Außer mir wohnt lediglich eine ältere Dame im Erdgeschoss. Aktuell ist sie bei ihrem Sohn in Hamburg zu Besuch. Meine beiden Jungs können ausschlafen.

Heute ist beweglicher Ferientag, die Lehrer aller Schulen sind angeblich auf Fortbildung. Das kenne ich noch von meiner Zeit als Lehrerin. Zumeist sitzt man mit unendlich viel Kaffee zusammen und wird gezwungen sich selbst zu reflektieren. Es sei denn, man hatte das Glück, einen der begehrten Fortbildungsplätze zu bekommen. Seitdem ich nicht mehr in der Schule arbeite, bevorzuge ich Kräutertee am Morgen. Den vertrage ich wesentlich besser als Kaffee. Dazu gönne ich mir ein paar von den leckeren Keksen, die ich gestern mit den Jungs gebacken habe. Sie sehen zwar etwas seltsam aus, aber schmecken nach feiner Butter und einem Hauch Vanille.

Es ist Anfang Juni und das Wetter ist für diese Jahreszeit saumäßig bis schlecht. Die ständige Nässe macht es mir unmöglich, die Jungs vor die Tür zu schicken, daher beschließe ich, die Ruhe vor dem Sturm zu genießen und die Zeitung zu lesen.

Beim ersten Biss in den Keks verschlucke ich mich. Hustend würge ich die fehlgeleiteten Krümel hoch. Ich kann gar nicht glauben, was ich da lese: Sie ist tot! Ein großes Foto auf der Titelseite der Tageszeitung zeigt sie lächelnd mit ihrem berühmtesten Buch in der Hand. Ein Wechselbad der Gefühle überfällt mich. Da ich es gar nicht glauben kann, reibe ich mir die schläfrigen Augen. Noch vor vier Wochen hatte man ihr den Buchpreis für die erfolgreichste Autorin auf der Buchmesse verliehen.

Ihre Werke sind gut. Na ja, eher nicht. Ich mag ihr Genre. *Romantasy* ist für mich die perfekte Mischung für einen gemütlichen Leseabend. Ellen Carter hat einen sehr leichten Schreibstil, der von ihren Lesern geliebt wird. Sie hat viele Buchpreise abgeräumt und mittlerweile fast zwanzig Bestseller geschrieben. Manchmal habe ich das Gefühl, dass es in der Position egal ist, was man schreibt. Alle denken, es sei cool. Die Bewertungen auf sämtlichen Portalen sind ausschließlich gut. Noch ein Grund mehr Verdacht zu schöpfen, dass das alles nicht mit rechten Dingen zugeht. Nachdem ich die Nachricht verdaut habe, möchte ich wissen, wie sie gestorben ist und vor allem: *Warum?* Das, was ich jetzt lese, ist schier unglaublich. Sie ist nicht einfach gestorben, es wird von einem Verbrechen ausgegangen. Sofort kommen mir einige Motive in den Sinn.

Für viele ist sie die Autorin schlechthin. Das Vorbild aller Selbstverleger. Neulich habe ich ein Video gesehen, in dem sie sich selbst gefilmt hat. Sie spricht selbstverliebt in die Kamera und nestelt dabei an ihrer blonden Lockenpracht. Immer wieder wickelt sie die Naturlöckchen auf, als ob die unzähligen Kringel alle dadurch entstanden wären. Sie entschuldigt sich in diesem Video ein weiteres Mal dafür, dass ihr neues Buch später als gedacht erscheinen wird.

In den letzten Jahren hat sie kaum einen Erscheinungstermin eingehalten. Dennoch fieberten die Leser ihren Büchern entgegen. Alles Taktik.

Ich lese weiter im Text: Die Polizei hat ihre Ermittlungen aufgenommen, kann aber noch nichts Genaues zum Tathergang sagen. Okay, mit anderen Worten: Sie haben keine Ahnung, wer es getan haben könnte. Man weiß bisher nur so viel: Ellen Carter wurde am Sonntagabend, 30. Mai, tot in ihrer Wohnung aufgefunden.

Weiter steht geschrieben: Anette Thomas, Leiterin des hiesigen K11, und ihre

Mitarbeiter werden alles Nötige dafür tun, diesen Fall schnell aufzuklären.

»Was? Das kann doch gar nicht sein! Sie wohnt hier, in meiner Nähe?«, sage ich laut und erschrecke ich mich über die Tatsache. Wenn ich das gewusst hätte ...

Ich schnappe mir meine Teetasse und schalte den PC ein. Viel zu lange dauert es, bis ich mein System hochfahren kann. Meine Hände fliegen über die Tastatur und dann habe ich es gefunden: Auf Ellens Fanseite ist am Samstag um 18 Uhr ein Post hochgeladen worden. Ein Foto zeigt sie glücklich am PC sitzend. Darunter schreibt sie, dass sie ein großes Stück mit ihrem Buch *Die Abenteuer aus Meridian* weitergekommen ist. Die Freude hat jedenfalls nicht lange angehalten, denn dieses Buch würde sie definitiv nicht zu Ende schreiben. Was war da nur los? Schnell versuche ich herauszufinden, wo sie genau gewohnt hat. Die Hauptkommissarin, die den Fall als Leiterin übernommen hat, kommt aus Erfurt. Unglaublich! Eilig schaue ich noch mal auf ihre Buchseite. Da trifft es mich eiskalt:

Wir sind alle sehr traurig über den Tod unserer geliebten Ellen und hoffen, die Polizei findet den Unmenschen, der dieses Verbrechen begangen hat. Dennoch möchten wir euch jetzt schon versprechen, dass wir alles dafür tun werden, ihr letztes Werk zu veröffentlichen. Gemeinsam werden ihre engsten Vertrauten und Freunde unter den Autoren dieses Buch vervollständigen.

Darunter ist ein Porträt von Ellen Carter. Über dem Bild prangt ein schwarzes Trauerband oberhalb des Gesichts, so wie es bei Darstellungen von Verstorbenen üblich ist.

»Wie bitte? Wie wollen die das denn machen?« Wieder spreche ich laut zu mir selbst. Da bin ich gespannt und setze mein Häkchen auf »Story verfolgen«. Mit einem Link zu meiner Handy-App werde ich auf dem Laufenden gehalten. Augenblicklich wird mir schlecht. Habe ich soeben eine unglaubliche Erleichterung verspürt, dass ich dieses Miststück los bin, so erreicht mich gleichzeitig die Erkenntnis, dass es trotzdem noch nicht vorbei ist.

Ein Blick auf die Uhr verrät mir, dass ich mich schnell um mein eigenes Buch kümmern muss, bevor die Jungs aufwachen.

Frühstück. Das fröhliche Geplapper von Fynn und Lukas nehme ich kaum wahr.

»Was ist los mit dir, du bist heute noch zerstreuter als sonst?«, fragt Fynn.

Wie gut mich dieser Junge doch kennt. »Ich frage mich, ob ich Mitleid habe«, erkläre ich mein Verhalten, ohne zu bemerken, was ich da von mir gebe.

»Und?« Abwartend blickt er mich an.

»Nein!«, antworte ich streng.

Normalerweise bin ich nicht so abgebrüht, aber zu viel hat mir diese Frau genommen. Ich wollte nie eine große Autorin werden, sondern einfach meine eigenen Geschichten schreiben. Über jeden Leser habe ich mich gefreut, viel Liebe und Fantasie in meine Werke gesteckt. Beim Schreiben kann ich mich verlieren und vergesse, was den Alltag so schwer macht. Meine Bücher haben nicht annähernd so viele Leser wie Ellens, aber wenigstens stammt jedes einzelne Wort von mir. Meine Geschichten sind eng verbunden mit meiner Vergangenheit. Ich versuche, in dem Geschriebenen meine Vergangenheit zu verarbeiten. Mein erstes Buch habe ich vor sechs Jahren veröffentlicht. Es begann damit, dass sich beim Autofahren Szenen in meinem Kopf abgespielt haben, die Potenzial hatten, erzählt zu werden. Zunächst habe ich unzählige Notizbücher vollgeschrieben. Eines Tages rief eine Freundin an. Ich hatte ihr regelmäßig meine ausgelesenen Bücher vermacht und dabei wohl aus Versehen eines meiner Notizbücher mitgegeben. Sie hat es gelesen und darauf bestanden, dass ich es ausformuliere. Meine Grundeinstellung ist sehr ängstlich, ich treffe mich selten mit anderen Menschen, am liebsten bin ich allein. Nachdem mein Ex-Mann zu einer anderen Frau gezogen ist, genieße ich mein Leben so, wie es für mich erträglich ist. Die Kinder und meine Eltern reichen mir als Kontakte, mehr brauche ich nicht. Vielmehr lebe ich in meinen Geschichten. Darin kann ich mich verlieren und der Mensch sein, der ich auch gern im realen Leben wäre. Doch zu eng sind die Fesseln, die meine Vergangenheit mir angelegt hat.

»Erde an Claudia Kramer!«, unterbricht Lukas meine Gedanken. »Mann, die Zeitung muss es heute in sich haben, du bist ja auf einem ganz anderen Planeten«, lacht er mich aus. »Komm, Fynn, lass uns Oma überreden, mit uns in die Stadt zu fahren. Hier ist heute wieder *Buchtag*. Keine Chance für uns, an sie ranzukommen.«

»Ja, heute ist sie wieder woanders«, lacht Fynn und folgt seinem Bruder.

»Zähneputzen nicht vergessen!«, rufe ich ihnen nach.

Sie haben vollkommen recht. An Tagen wie heute lebe ich in meiner kleinen Welt als Autorin. Nicht kompatibel mit dem täglichen Leben. Wie in Trance beginne ich den Tisch abzuräumen.

Dann fallen mir wieder diese vielen gemeinen Buchbewertungen ein, die ich habe ertragen müssen. Wie Giftpfeile haben sie mein eh schon verwundetes Herz getroffen und mir das Einzige verbittert, was ich noch habe, das Schreiben. Das Gefühl des totalen Erstarrens kommt zurück. Mein Kopf wird neblig und die Erinnerungen überfallen mich. Eine Tasse schlägt auf den Boden auf, doch ich bin jetzt nicht mehr hier. Meine Gedanken tragen mich zu dem Moment, als ich meine Geschichte mit ihren Worten gelesen habe.

Wieder muss ich würgen, doch nicht mehr wegen der Kekskrümel im Hals.

Später, als Ellen Carter meine Werke gnadenlos kopiert hat, war meine Welt wie in Scherben zerbrochen. Allein dafür hat sie eine Strafe verdient. Jawohl. Ellen Carter war eine Schauspielerin und keine Autorin. Sie hat mir die Worte gestohlen und geschickt als ihre eigenen verkauft. Sehr erfolgreich. Ein Erfolg, der mir hätte gebühren sollen. Auch wenn ich es nicht eindeutig beweisen konnte. Ich bin im Recht. Wenn ich genug Geld für ein Verfahren hätte, dann würde ihr schändliches Werk endlich ans Tageslicht kommen. Es geschieht ihr recht!

Ich bin gespannt, was die Polizei herausfinden wird.

Neustart Mordkommission

Tom

»Tom Erkelenz. Sind Sie Anette Thomas?«, frage ich und starre die junge attraktive Kollegin an.

Geschockt stelle ich fest, dass sie gar nicht schlecht aussieht. Ganz im Gegenteil sogar: Wie kann solch eine Schönheit nur Leiterin der Mordkommission sein? Sie hat ihre braunen langen Haare zum Zopf gebunden. Ihre Kleidung betont die sportliche, schlanke Figur. Ihre katzenhaft grünen Augen fixieren mich. Sie weiß ihre weiblichen Argumente gekonnt zu betonen. Die weiße Bluse hätte nicht enger sein können, da sie so schon für die Knöpfe im Brustbereich einen Waffenschein bräuchte.

»Aufgepasst!«, ermahne ich mich selbst. Leise, ohne dass sie es hört. Ich kenne diese Frau genau zwei Minuten und schon starre ich ihr wie ein Teenager auf die Oberweite. Da merkt man, dass ich sehr lange nicht mehr unter Leuten war. Mein Leben hat im Stillstand stattgefunden.

»Warum so förmlich, Tom?«, fragt sie und streckt mir die Hand entgegen. »Anette. Lass uns *Du* sagen«, bietet sie an. Mit einem gewinnenden Lächeln hebt sie meinen Blick. Weg von ihren Brüsten schaue ich nun auf ihren sinnlichen Mund. Das kann ja heiter werden.

»Tom, es tut mir leid, was passiert ist. Ich kann mir vorstellen, dass du nicht besonders scharf darauf bist, deinen Dienst bei uns im Kommissariat zu versehen, aber ich denke, wir werden die Zeit schon rumkriegen.« Aufmunternd klopft sie mir auf die Schulter.

Irgendwie passt das, was sie sagt, gar nicht zu den Signalen ihres Körpers. Alles in mir warnt vor der Gefahr dieses weiblichen Wesens. Die sympathischen Worte im Tonfall einer klaren Anweisung. Ich habe kein Problem, einer Frau unterstellt zu sein – es sein denn, sie gefällt mir.

»Na dann: auf gute Zusammenarbeit!«, entfährt es mir. Im selben Moment ärgere ich mich über die plumpen Worte. Anette heißt mich willkommen und ich bin nicht in der Lage, über meinen Schatten zu springen. Ich vermisse das Kommando schon jetzt. Das Training mit den Jungs. Der Adrenalinkick, wenn wir ausgerückt sind. Oft ging es um Leben und Tod. Hier nur noch um Tod.

»Das will ich hoffen!«, sagt sie und lächelt mir zu. »Ich werde dir das Team vorstellen und dein Büro …« Nun stockt sie und schaut sich um. »Ähm, in deinem Büro sind wir bereits. Ich hoffe, es gefällt dir.« Sie gibt mir einen Moment, um mich umzuschauen.

»Herzlich willkommen! Ich dachte, es wäre nett, dich gleich hier zu empfangen.«

»Danke. Es ist … gemütlich«, erkläre ich verlegen. In Wirklichkeit hasse ich es schon jetzt.

Skeptisch hebt sie ihre rechte Augenbraue, verkneift sich aber einen Kommentar.

»Viel Zeit zum Ankommen bleibt dir nicht. Wir haben einen neuen Fall und ich denke, das ist genau das Richtige für dich«, sagt Anette und zwinkert mir zu. Sie legt mir beruhigend die Hand auf die Schulter: »Keine Angst, wir werden zunächst zusammenarbeiten. Du musst nicht gleich allein los. Ich habe Hans versprochen, mich gut um dich zu kümmern«, erklärt sie mir zufrieden.

»Danke, aber ich habe schon eine Mutti. Im Dienst bin ich bisher allein zurechtgekommen«, entgegne ich gereizt.

Wieso behandeln mich alle wie einen Sechsjährigen am ersten Schultag?

»Schon gut. Ich habe es versprochen! Du hast wohl ein Stein im Brett bei dem alten Kauz?«, fragt sie, ohne es ironisch zu meinen.

»Wenn du das sagst«, antworte ich ausweichend, immer noch beleidigt wegen ihres Fürsorgeanfalls.

»Um 11:30 Uhr beginnt unser Meeting, da lernst du dann den Rest der Truppe kennen«.

Sie wendet sich zum Gehen und schiebt ein »Schön, dass du da bist, Tom!« hinterher.

Und weg ist sie.

Die legt ein ordentliches Tempo vor. Ihr Temperament und ihre heitere Art, mich zu empfangen, machen mir Kopfschmerzen, was natürlich auch mit ihrem Erscheinungsbild zusammenhängt.

Die verbleibende halbe Stunde brauche ich, um anzukommen. Neben meinem PC liegt eine Willkommensmappe des Präsidiums für mich. Zugangsdaten, einen Wegweiser zur Kantine, telefonische Erreichbarkeit der einzelnen Dezernate und der Gewerkschaft. Turngruppe »Fit im Büro«, lautet die Überschrift auf der letzten Seite. Eine Frau in Yogakleidung steht in der Baum-Pose. Ich kenne die Baumhaltung von meiner Ex. Dahinter stehen zwei uniformierte Kollegen und machen es ihr gleich. Das ist doch kein Sport, kommt es mir in den Sinn. Beim Sport muss man schwitzen. An seine Grenzen gehen ...

Wieder vermisse ich das Kommando. Wir hatten ein Viererbüro. Das war okay, denn wir haben es nur selten genutzt. Jede freie Minute haben wir mit dem Training verbracht. Laufen, Taktik, Pumpen und natürlich Schießtraining. Auch das ist weiterhin Tabu für mich. Es schmerzt, denn an der Waffe war ich der Schnellste. Niemand konnte zwei Magazine schneller leeren als ich. Dabei halte ich gleichzeitig den Rekord in der Trefferquote.

Ich bin nicht dafür geschaffen, lange stillzusitzen. Regelmäßige PC-Arbeit kann ich mir auch nicht vorstellen. Dennoch bin ich hier an einem Schreibtisch als Sachbearbeiter gefesselt. In mir macht sich ein unwohles Gefühl breit.

Das leise Piepsen meines Handys holt meinen Blick aus dem Fenster zurück ins Hier und Jetzt. Es ist Magnus. Er war damals auch bei dem Unfall dabei.

»Hey, Tippse, wenn du deine Berichte geschrieben hast, komm doch rüber, wir trinken noch was zusammen«, schreibt er. Das Ganze ist mit einem lachenden Smiley untermalt.

Na großartig! Schon habe ich den Spott auf mich gezogen. Auch die anderen Jungs würden mal zu alt für den Job bei der Spezialeinheit werden und sich etwas Neues suchen müssen. Ich bin eben unfreiwillig etwas früher ausgeschieden.

Ein Getränk mit den Jungs am Abend kann nicht schaden, also antworte ich: »Klar, wenn mich meine neue Dienstmutti rechtzeitig gehen lässt.« Doppelsmiley. Kurz muss ich schmunzeln, Anette behandelt mich wie einen Anfänger. Mal sehen, was hier noch für Typen auf mich warten.

Ich versuche, es mit Humor zu nehmen und freue mich, weiterhin Kontakt zu den Jungs zu haben.

Wie aus dem Nichts steht Annette im Raum.

»Und, Tom, wie kommst du zurecht? Funktionieren die Zugangsdaten? Ich hatte ganz vergessen, dir die Kaffeemaschine zu zeigen. Falls du was brauchst ...« Gemütlich lehnt sie im Türrahmen und schlürft aus ihrer Tasse.

Am liebsten hätte ich ihr geantwortet, dass ich gedanklich schon mit den Jungs vor einem kühlen Bier sitze, aber ich entscheide mich dagegen.

»Danke, vielleicht später«, sage ich mit einem für mich freundlichen Ton.

Sie zieht erneut die Augenbrauen hoch und lächelt mich an. Scheint so ein Tick von ihr zu sein. Wieder wandert mein Blick über den perfekten Körper dieser Frau. Sie weckt Gefühle in mir, die ich mir lange Zeit verboten habe. Meine letzte Beziehung ist fast zwei Jahre her. Sie hat mich verlassen, wegen meines Jobs. Es hatte mich getroffen, denn eigentlich konnte ich mir eine Zukunft mit ihr vorstellen. Aber mein Beruf gehört zu mir und hat nun mal höchste Priorität.

»Du hättest mich nicht abholen müssen!«, sage ich, da sie immer noch wartend dasteht.

»Du wärst nicht der Erste, der zu weich fürs K11 ist. Ich wollte sichergehen, dass du nicht verschwindest, bevor die anderen dich kennenlernen können«, kontert sie.

Ein neuer Fall

Tom

Der Besprechungsraum sieht aus wie beim Tatort im Fernsehen: Ein kleiner kahler Raum mit einer großen Magnettafel als Front. Zwei Typen stehen davor und sehen sich Fotos von einer Frau an. Viel kann man nicht erkennen, denn ihr Kopf liegt mit der Stirn auf einem kleinen, sehr ordentlichen Schreibtisch. Vor ihr steht ein PC, wahrscheinlich ist sie eiskalt beim Tippen erwischt worden. Ihre langen wilden Locken umspielen ihren Kopf. Die Enden der Haarpracht sind getüncht in ihr eigenes Blut. Tiefrote Farbe überdeckt das goldene Blond. Die Arme sind zu den Seiten angewinkelt und liegen mit den Ellenbogen auf dem Tisch auf. Die Hände ruhen noch auf der Tastatur. Aus ihren Handgelenken fließt augenscheinlich das Blut, ergießt sich über den Schreibtisch und nimmt dann seinen Weg weiter auf den Boden. Der graue Teppich hat eine tiefrotbraune Färbung angenommen. Bei der Menge an Blut muss sie lange so dagelegen haben. Auf den weiteren Fotos sind Tatortbilder und Detailaufnahmen der Frau.

»Jochen, Peter: Das ist Tom. Er wird uns für ein halbes Jahr unterstützen. Er kommt vom SEK und strebt eine Tätigkeit an der Akademie an.« Mit den Worten stellt mich Anette vor.

Die zwei sehen genauso aus, wie man sich typische *Innendienstler* so vorstellt: bequeme Turnschuhe, Jeans und natürlich einen warmen Pullover. Beim vielen Sitzen wird einem schnell kalt.

Peter gibt mir als erstes die Hand: »Willkommen im Team«, sagt er breit grinsend über seinen akkurat gestutzten Bart hinweg.

Dann Jochen: »Dito, auf eine gute Zeit!«

Mit dem Händedruck wären sie niemals zum Kommando gekommen, es fühlte sich an, als ob ich in ein Pfund Gehacktes greife.

»Peter, Jochen. Gut bei euch zu sein«, lüge ich, da ich sie nicht enttäuschen möchte.

Ich werde mich sehr anpassen müssen. Es wird ein langes halbes Jahr.

Als Anette vor die Tafel tritt, kommen zwei Frauen Anfang dreißig zu uns. Sie beäugen mich mit klarem Interesse, was man ihnen bei der vorhandenen Auswahl an Männern auch nicht verübeln kann. Die Rothaarige ist wohl die aufgeschlossenere von beiden. In engen Jeans und fast bauchfreiem Oberteil kommt sie auf mich zu.

»Da hat uns das SEK ja mal was fürs Auge geschickt. Ich bin Sonja«, stellt sie sich vor. Ihren Worten folgt ein verführerischer Blick.

Wesentlich schüchterner begrüßt mich die Blondine: »Karina, schön, dass du da bist.«

Ihre Körpermaße sind nicht annähernd so sexy wie die von Sonja, dafür hat sie ein sympathischeres Gesicht. Ihre rehbraunen Augen funkeln mich unschuldig an.

»Hey, danke für das herzliche Willkommen ...«, beginne ich, doch Anette unterbricht mich, bevor mir von meinem eigenen Gesülze schlecht wird.

»So, da das Team endlich vollständig ist, möchte ich euch alle begrüßen. Unseren Neuzugang Tom habt ihr kennengelernt«, sagt sie bestimmend in meine Richtung, während Sonja an einer ihrer Haarsträhnen nestelt und mich ununterbrochen anlächelt. Ob sie davon Muskelkater in den Wangen bekommt? Frausein muss für manche echt anstrengend sein.

Anettes redet weiter und ihre Worte lenken meine Aufmerksamkeit wieder zurück auf sie.

»Okay, wir haben einen neuen Fall. Eine Bestseller-Autorin namens Ellen Carter. Sie wurde gestern Abend tot in ihrer Wohnung aufgefunden.«

»Von wem?«, unterbricht Jochen schroff.

»Von ihrer Schwester, Cynthia Harper. Sie wollten Essen gehen«, antwortet Anette. »Wir haben es bei diesem Fall mit einer hohen Präsenz der Presse zu tun. Ellen Carter ist eine bekannte Autorin, die es geschafft hat, in den Sozialen Medien aufzutreten und privat inkognito zu bleiben. Ich werde den Fall übernehmen. Tom wird mich unterstützen.«

»Seit wann bekommen die Praktikanten den besten Job?«, regt sich Peter direkt auf. Er streicht sich über sein unrasiertes Kinn und klopft mit den Fingern auf den Tisch. Diese Geste lässt mich vor zusammenfahren. Ich hasse die Geräusche. So ein Idiot. Was denkt er eigentlich, wer er ist?

Anettes Antwort lässt im Ton keine Widerrede zu: »Erstens ist er kein Praktikant und zweitens arbeitet er unter meiner Anweisung. Möchtest du mit ihm tauschen?«, fragt sie. Lauernd blickt sie Peter direkt in die Augen und ich meine, Respekt in seinem Gesicht zu erkennen.

So langsam bekomme ich das Gefühl, nicht jeder will gerne mit Anette zusammenarbeiten. Genau das gefällt mir an ihr.

Ein Blick auf Karina lässt mich erstarren. Erst dachte ich, sie wäre auch eifersüchtig auf mich, da sie ebenfalls gern an diesem Fall arbeiten würde. Doch dann sehe ich, wie sie fassungslos in Tränen ausbricht. Ein wahres Wechselbad der Gefühle.

»Das kann doch nicht sein! Sie war meine Lieblingsautorin! Ich habe mir auf der Buchmesse sogar ein Autogramm von ihr geben lassen«, jammert sie. Die Tränen kullern nur so an ihr herab.

Sonja reicht ihr ein Taschentuch, in das sie lautstark schnieft.

»Okay, Karina, wie wäre es, wenn du dich noch kurz zusammenreißt. Du kannst dann später weitertrauern, wenn du an deinen Schreibtisch zurückkehrst«, schlägt Anette vor. Wie fürsorglich?

Abwartend schaut sie Karina an, die sich nun die feuchten Augen trocknet.

»Entschuldige, Anette, es hat mich eiskalt getroffen«, sagt sie immer noch schluchzend.

Anette ist mit dieser Art Gefühlsausbrüchen anscheinend überfordert. Ihr würde so etwas nicht passieren. Da bin ich mir sicher.

»Es gibt im Fall einige Widersprüche, denen es nachzugehen gilt. Die einzige Verwandte der Toten ist ihre Schwester und gleichzeitig ihre Verlegerin. Ellen Carter hat mit zwei Autoren zusammengearbeitet: Holger Brecht und Mirjam Greif.

Brecht war vermutlich der Lebensgefährte von Ellen Carter. Die Todesursache ist noch nicht klar. Beide Pulsschlagadern weisen tiefe Schnitte auf. Es wird von Fremdeinwirkung ausgegangen.«

»Quer oder längs?«, wirft Jochen ein und ist bereit, sich Notizen zu machen.

Anette nimmt die ständigen Unterbrechungen durch Jochen unkommentiert hin und antwortet sogleich: »Längs.«

Jochens Kommentar dazu: »Profi am Werk!«

Anette fährt fort: »Aufgrund der Menge an ausgetretenem Blut ist davon auszugehen, dass sie auch daran verstorben ist. Ob ein Fremdverschulden vorliegt, oder sogar von einem möglichen Selbstmord auszugehen ist, kann erst sicher durch die Obduktion des Leichnams festgestellt werden.«

»Abschiedsbrief oder irgendein Indiz, dass es sich um einen Suizid handelt?«, löst Peter Jochen im Fragen ab.

»Nichts dergleichen. Das Spurenbild deutet auf Fremdverschulden hin, ist aber noch nicht sicher«, ergänzt Anette.

Kurze Unterbrechung, während sie in ihrem Notizbüchlein blättert. »Ach ja, am Opfer sowie am Schreibtisch wurden Fingerabdrücke sichergestellt, konnten allerdings im System noch nicht zugeordnet werden. An der Maus des PCs wurde ein Handabdruck links gesichert, ein Indiz dafür, dass der Täter Linkshänder ist«, liest Anette die bereits dokumentierten Fakten vor.

»Liegen Einbruchsspuren vor?« Es ist wieder Jochen der nachhakt.

»Genau das ist einer der fragwürdigen Umstände. Laut Spurensicherung gibt es Fremdspuren am Tatort, allerdings keine Aufbruchspuren an Haus- und Wohnungstür. Ich muss nicht extra dazu sagen, dass die Öffentlichkeit großes Interesse am Fall Carter hat. Daher der ernst gemeinte Hinweis, nichts weiterzugeben«, berichtet Anette und schaut eindringlich in unsere Gesichter.

»Sonja und Karina werden sich mit der Auswertung der bisherigen Erkenntnisse beschäftigen. Ich erwarte ein ausführliches Tatortprotokoll«, verteilt Anette nun die Aufträge.

Sogleich springen die beiden auf und verlassen den Raum. Ich kann Karina ansehen, dass sie die Nachricht des Todes ihrer Lieblingsautorin noch nicht verdaut hat.

»Jochen und Peter, wenn ihr nichts weiter zu diesem Fall zu sagen habt, könnt ihr eigentlich wieder an die Arbeit gehen. Ihr kümmert euch um die Altlasten. Sobald ihr in dem Fall unterstützen könnt, gebe ich euch Bescheid. Ich muss gleich mit Tom zur Obduktion«, erklärt sie weiter.

Moment mal, habe ich da richtig gehört? Eine Obduktion? Auf keinen Fall werde ich zusehen, wie diese Frau einmal komplett aufgeschlitzt und wieder zugenäht wird.

»Anette, ich würde mich gern noch etwas einarbeiten, bevor ich ins Geschäft einsteige«, sage ich so ruhig wie möglich. Ich tue, als hätte sie mir eine Wahl gelassen.

»Na, hat der große starke Krieger etwa Angst?«, spottet sie sofort. »Keine Chance, das gehört zu unserem Geschäft dazu und wird dir mit der Zeit leichter fallen«, beschließt sie.

Ich kann Peter frotzeln sehen. Nur weil ich keine Lust habe, mit anzusehen, wie ein Körper auf links gedreht wird, werde ich mich von dem nicht einschüchtern lassen.

Gerichtsmedizin für Anfänger

Tom

Eine gute halbe Stunde später sitzen wir im Warteraum der Gerichtsmedizin. Sie befindet sich im Untergeschoss der Uniklinikum. Der süßlich beißende Geruch nach Tod liegt in der Luft und bereitet mir augenblicklich ein flaues Gefühl im Magen. Anette ist superrelaxed. Sie hat sich schnell noch ein XXL-Baguette und einen Pott Kaffee beim Bäcker um die Ecke mitgenommen. Der Anblick einer fröhlich mampfenden Anette neben Kühlschränken voll toter Menschen lässt meine erotischen Gedanken ihr gegenüber etwas abflauen.

Ein Arzt im mintgrünen Kittel erscheint in der Tür. Auch er schmatzt gerade noch den letzten Bissen seines Mittagessens.

»Hey, Anette, wen hast du denn da im Schlepptau, ist der nicht etwas zu alt für einen Praktikanten?«, fragt er und saugt sich noch einen Brocken aus dem Backenzahn.

Ich kann ihn beim ersten Anblick schon nicht leiden. Mit dem Spruch lässt sich da auch nichts mehr reißen. Zum zweiten Mal am heutigen Tage hält man mich für Anettes Praktikanten. Dabei war ich bis zu diesem einen schicksalhaften Moment an den gefährlichsten Einsätzen überhaupt beteiligt. Wir waren die, die gerufen wurden, wenn nichts mehr ging. Ich stehe wieder ganz am Anfang. Hier bin ich der Neue im Geschäft.

»Rheinfried, das ist Tom Erkelenz. Er ist uns zur Unterstützung für ein halbes Jahr zugewiesen«, antwortet Anette.

Sie denkt gar nicht daran, ihr Baguette zur Seite zu legen.

»Hey, Jungs, fangt schon mal an, ich werde noch schnell mein Mittag verspeisen«, sagt sie und beißt wieder herzhaft in ihren Schinken. Die hat Nerven.

Rheinfried schiebt mich in den Flur. Dort steht bereits eine Bahre mit der Leiche von Ellen Carter, bedeckt mit einem dünnen mintgrünen Leinen. Überhaupt dominiert diese Farbe die Gerichtsmedizin. Lediglich die Füße sind noch zu sehen. An ihrem großen Zeh baumelt ein Namensschild. Alles ist genauso, wie ich es in Erinnerung habe, einschließlich dieses immer unangenehmer werdenden Geruchs.

Auf Rheinfrieds Anweisung ziehe ich mir Gummihandschuhe über, hoffe aber nicht, irgendetwas anfassen zu müssen.

Anette hat wohl doch beschlossen, von Anfang an dabei zu sein und später weiter zu essen. Sicher will sie nichts verpassen. Energisch streift sie ihre Handschuhe über.

Die Art, wie sie das tut, gibt mir ein klares Zeichen, dass sie keine Skrupel hat, alles ganz genau zu inspizieren. Auch wenn das heißt, ein bisschen mit anzupacken.

»Na dann mal los!«, fordert sie mich auf.

Rheinfried schiebt die Bahre in die Mitte des Obduktionssaals. Ein kleiner silberner Wagen mit den nötigen Instrumenten steht bereit.

Beim Anblick derer steht für mich fest: Dieser Job, egal ob der des Arztes oder der von Anette, kann nicht zu meinem täglichen Brot werden.

Vor allem die Säge sieht aus wie die alte Eisensäge aus meiner Garage. Gibt es denn mittlerweile nichts Neues? Irgendetwas mit Motor und vielleicht sogar per App gesteuert? Das kann doch nicht sein.

Bevor Rheinfried das Tuch von der Leiche zieht, hält er eine Schweigeminute ab. Auch Anette steht ehrfürchtig neben ihm. Sie hatte mir bereits erklärt, dass ich dem Leichnam gegenüber, meinen vollen Respekt erweisen soll, sonst würde ich schneller rausfliegen, als ich denken kann, da wären die Rechtsmediziner radikal.

»Was haben wir denn da? In den Akten habe ich gelesen, dass wir eine Berühmtheit auf dem Tisch haben«, sagt Rheinfried und zieht das Tuch zur Seite weg.

Der Blick auf die Frau ist frei, die mein erster Fall beim K11 sein soll. Nun dann. Ich weiß nicht, was ich mir vorgestellt hatte. Sie sieht aus, als ob sie schläft – besonders tief schläft. Die fehlende Atmung ist jedoch auffällig. Die blonden Locken liegen wild um ihren Kopf herum. Die Haarspitzen sind noch voll klebrigen Blutes.
Im Anschluss an die Obduktion wird der Leichnam aufgeschönt werden, damit die Angehörigen sich verabschieden können. So weit ist es aber noch nicht. Ihre Haut ist dermaßen blass, dass sie fast weiß ist. Aus ihren Lippen ist jede Farbe gewichen. Eine Schönheit ist sie nicht, aber dennoch hat sie etwas Niedliches. Eine Schande, dass dieses Wesen so früh sterben musste.

Wie gern würde ich ihr versprechen, ihren Mörder zu finden; zumindest würde ich mein Bestes geben, um die Umstände ihres Todes aufzuklären.

Anette reißt mich aus meinen Gedanken: »Tom, würdest du das Protokoll führen? Normalerweise hätten wir einen Assistenten der Rechtsmedizin dabei. Aufgrund deiner Anwesenheit haben wir darauf verzichtet. Bei Personen aus dem öffentlichen Leben sollen so wenige wie möglich bei der Obduktion dabei sein«, erklärt sie und reicht mir Kladde und Stift.

»Klar doch, kann ich machen«, antworte ich knapp. Deprimiert notiere ich Datum und Namen der Anwesenden. Es ist zum Heulen. Wenn die Jungs vom SEK mich sehen könnten, wie ich hier sitze und Protokoll führe …

Dann geht es los. Anette und Rheinfried fangen mit der äußeren Leichenschau an. Ich notiere Gewicht, Größe, Alter. Ellen Carter ist nicht sportlich, hat aber dennoch eine gute Figur. Als Rheinfried sie auf den Bauch dreht, fällt mein Blick auf eine enorme Tätowierung zwischen den Schulterblättern: ein wildes Konstrukt aus Lilien. Die Stängel scheinen direkt aus ihrem Kopf zu wachsen und in wundervollen Blüten zu enden. Gemeinsam schauen wir uns das Kunstwerk genauer an. Dabei stelle ich fest, dass die Blütenstängel aus dunkelgrünen, aneinandergereihten Buchstaben bestehen.

Ich beginne, die Wörter zusammenzufügen und bin davon überzeugt, dass es sich hierbei um die Titel ihrer Bücher handeln muss.

»Klingt nicht nach Büchern, die ich lesen würde?«, sage ich zu Anette.

»Du meinst auch, dass es sich um Buchtitel handelt? Meridian klingt doch nett!«, sagt Anette ironisch.

»Meine Frau ist Fan. Hat jedes Buch hypnotisch gelesen«, lacht Rheinfried spitz.

Dann wird er wieder sachlich: »Sie muss lange tot auf ihrem Schreibtisch gelegen haben. Die bläulichen Leichenflecke im Bereich der Unterarme und unterhalb der Brust sind besonders stark ausgeprägt«, stellt Rheinfried fest. Mit einem Millimetermaß misst er die Länge und Breite und diktiert mir die Daten. Zwischendurch schaut er mich über seine Brille hinweg an, um zu prüfen, dass ich ja nichts vergesse. Idiot.

»Die Verletzungen an den Handgelenken sollten die Todesursache sein. Sie geben mir allerdings ein Rätsel auf.«

»Was denkst du?«, fragt Anette. Ihr Blick fällt auf die dunkelblauen Stellen unterhalb des Daumenansatzes: je ein langer Schnitt von etwa fünf Zentimetern Länge. Auf den Bildern der Spurensicherung waren diese, vor lauter Blut, nicht so gut zu erkennen.

Rheinfried zögert mit seiner Antwort. »Es ist schwer zu sagen, mit welchem Gegenstand die Verletzungen an den Handgelenken herbeigeführt wurden«, sagt er und nimmt sein Lupenglas. Er schaut noch einmal genauer hin.

»Ein runder, eher stumpfer Gegenstand. Ich muss mir noch mal Gedanken machen und die rechtsmedizinischen Befunde abwarten«, vermutet Rheinfried und schabt mit dem Skalpell Proben von den Schnitten. Dann beschriftet er kleine Behältnisse, bevor er sie einfüllt. Vorsichtig hebt er die Zeigefinger an. Mir fällt auf, dass sie eine unnatürliche Krümmung aufweisen. Damit bin ich nicht der Einzige.

»Die Zeigefinger sind beide gebrochen!«, stellt Rheinfried fest. »Wer war zuerst am Leichnam?«

Anette schaut ebenfalls genauer hin. »Nachdem die Schwester des Opfers sie gefunden hat, ist der Kriminaldauerdienst vor Ort gewesen. Ich denke nicht, dass die diese Verletzungen herbeigeführt haben. Das klären wir später.« Sie macht sich Notizen in ihr Heft.

»Es wäre ein Zufall, dass bei der Berührung des Opfers nur die Zeigefinger brechen und die anderen unversehrt bleiben.« Rheinfried untersucht auch die anderen Finger.

»Vielleicht hat der Täter ihr die Zeigefinger gebrochen, das könnte ein Hinweis auf das Motiv sein«, sinniert Anette. »Kannst du herausfinden, was zuerst war. Leichenstarre oder gebrochene Finger?«

Rheinfried nickt stumm.

Es folgt die innere Leichenschau: Organe werden untersucht und Proben vom Gewebe entnommen. Die arme Frau wird komplett geöffnet, auf links gedreht und anschließend wieder professionell verschlossen. Außer den sichtbaren Nähten bleibt keine Spur der

Obduktion zurück. Da, wo größere Proben entnommen wurden, wird mit Zellstoff aufgefüllt. Der ganze Bereich des Kehlkopfes wird nach dessen Entnahme professionell von Rheinfried reproduziert.

Anette ist voll in ihrem Element, sie macht Detailaufnahmen und assistiert, wo sie nur kann. Ich halte mich dezent zurück. Es fühlt sich an wie eine respektvoll und legal durchgeführte Plünderung des Inneren eines menschlichen Körpers. Das wird garantiert kein Hobby von mir.

Jetzt greift Rheinfried tatsächlich zu der *Puksäge*; den Stirnbereich hat er bereits zur Öffnung der Schädeldecke freigelegt.

Das ist der Punkt, an dem ich dringend für kleine Königstiger muss. Das ist zu krass. Anette spart sich sogar einen Kommentar und erklärt mir ungefragt den Weg zur nächsten Toilette.

Ich lasse mir Zeit. Wasser läuft über meine Hände. Ich befeuchte meine Schläfen, als mich ein schmerzhafter Gedanke packt. Chris.

Hatte man ihn auch zur Obduktion gebracht? Musste er etwa dasselbe Prozedere überstehen? Der Gedanke an meinen Freund hier im Obduktionssaal lässt mir das Blut in den Adern gefrieren. Ich stehe auf wackeligen Beinen und brauche einen Moment, um wieder klarzukommen.

Warum hatte ich nicht auf mein Bauchgefühl gehört? Ich hatte gespürt, dass irgendetwas an diesem einen Morgen nicht okay war. Und zwar ganz und gar nicht okay.

Da trifft mich auch schon der nächste Gedanke: Waren Anette und Rheinfried bei der Obduktion meines Freundes dabei gewesen? Hatte Anette die Ermittlung zu dem Unfall für das K11 geleitet? Wusste sie von den Einzelheiten des fehlgeschlagenen Einsatzes? Ich muss sie dringend danach fragen.

Meine Gedanken umkreisen mich, kalter Schweiß läuft mir den Rücken herunter, mein Herz rast und ich muss hier raus. Den Rest würde Anette sicher allein schaffen, für mich ist an dieser Stelle erst mal Schluss.

Zu Fuß gehe ich zurück ins Büro, zu verwirrt, um Anette Bescheid zu geben. Ich ziehe die frische Luft tief in meine Lunge und versuche mich wieder zu fassen. Meine Umwelt nehme ich gar nicht wahr. Auch das Zeitgefühl hat mich verlassen. Als ich im Büro ankomme, habe ich mich, soweit es geht, beruhigt. Ich werde dieses halbe Jahr durchziehen, sowohl für mich als auch für Chris.

Um 16 Uhr haben wir ein abschließendes Meeting. Anette berichtet von den ersten Ergebnissen der Obduktion: »Es ist noch zu wenig, um die genaue Todesursache, in Bezug auf die Vorgehensweise, nachzuvollziehen.

Fest steht: Ellen Carter ist aufgrund des hohen Blutverlustes verstorben. Rheinfried hat leider immer noch keinen Ansatz, wie die Mordwaffe aussehen könnte. Allerdings hat er festgestellt, dass die Zeigefinger beider Hände gebrochen waren. Ein weiteres Indiz dafür, dass Fremdeinwirkung vorliegt. Wir warten die Querschnitte der Organe ab. Morgen sehen wir weiter«, schließt sie ihren Bericht.

»Wer bricht denn die Zeigefinger seines Opfers?«, fragt Karina verzweifelt.

»Vielleicht hat ja nicht jedem gefallen, was deine Superautorin geschrieben hat«, frotzelt Jochen. Er lacht sich schlapp über seinen Witz und bemerkt gar nicht, wie sehr er seine Kollegin verletzt hat.

Mein erster Tag beim K11 ist um. Ein langer, ereignisreicher Tag, ausreichend für mindestens zwei. Das Treffen mit den Jungs sage ich ab, mir ist nicht nach einem Bier in geselliger Runde.

Die schmerzhaften Erinnerungen an Chris haben mich zurückgeworfen. Ich hatte gerade angefangen zu verarbeiten, was passiert war. Aber heute ...

Wer recherchiert, der findet

Tom

Am nächsten Morgen begrüßt mich Jochen mit seiner BVB-Kaffeetasse. Er erfüllt echt alle Klischees. Ich will nicht unfreundlich sein und geselle mich zu ihm, allerdings bleibe ich bei meinem Proteinshake.

»Und, Sportsfreund, wie ist deine Milch?«, fragt er spitzbübisch.

Er kommt sich unheimlich komisch vor und grinst mich gewinnend an.

Ich ignoriere es. Fast. »Würde dir auch guttun. Zu viel Kaffee ist ungesund und macht schwarze Füße«, sage ich knapp. Mein Blick senkt sich auf seinen Turnschuh. Air Jordan 4. So ein Angeber.

»Wie war die Obduktion gestern, war es deine erste?« Er klingt jetzt nicht mehr so sarkastisch, anscheinend hat Anette nichts von meinem vorzeitigen Abgang erzählt.

»Ich war im Studium mal bei einer. Aber in der großen Runde konnte man nicht so gut sehen wie gestern«, antworte ich ehrlich. Meinen Ekel muss ich ihm nicht aufs Auge schmieren. Für Jochen ist es bestimmt ein alltägliches Ereignis.

Bevor wir Einzelheiten besprechen können, steckt Peter den Kopf herein.

»Hey, *Sekko*, Anette will dich sehen. In ihrem Büro«, sagt er und zwinkert mir zu. Voll peinlich. Schon der Ausdruck »*Sekko*« zeigt mir, dass die Akzeptanz mir gegenüber nicht gegeben ist. Es ist ein eher abfälliger Spitzname für SEK-Beamte, basierend auf Neid, wie ich finde.

»Sorry, Jochen, ich muss dann mal«, nutze ich meine Chance, ohne weitere Kommentare, zu verschwinden.

Anette steht an dem großen Fenster mit Blick auf die Stadt und telefoniert. Ihre Rückansicht ist nicht übel. Schade, dass die Gute nicht einen weiblicheren Job gewählt hat. Dieser hier steht ihr ganz und gar nicht. Die strengen Gesichtszüge und das tägliche Elend, das sie begleitet, wird sie sicher privat nicht loslassen. Ob sie Familie hat? Ich scanne den Raum. Suche den Schreibtisch nach Hinweisen ab. An den Wänden hängen Bilder von mir unbekannten Künstlern. Wilde Farbmuster machen einen unruhigen Eindruck auf mich. Passt gut zu dieser ständig aktiven Frau. Nur der Gummibaum in der Ecke strahlt eine harmonische Ruhe aus.

Nachdem Anette das Telefon auf den Schreibtisch gelegt hat, wendet sie sich mir zu. »Guten Morgen, Tom. Gut geschlafen?«, fragt sie.

Sehe ich etwa Mitleid in ihren Augen?

»Was, wenn es nicht so wäre?«, versuche ich möglichst neutral zu klingen.

»Du wirst dich schon an den Job hier gewöhnen«, muntert sie mich auf. Sie legt mir eine Mappe hin. Die Aufschrift besteht aus einer Zahlenkombination, scheint das Aktenzeichen zu sein.

»Ich habe heute ein Meeting wegen eines früheren Falles. Du musst dich also allein mit den Hausaufgaben durchschlagen. Da der Obduktionsbericht noch nicht da ist, liegt Aufklärungsarbeit am PC an. Ellen Carter war auf allen Kanälen der Social Media vertreten. Schau dich um. Lerne ihr Umfeld kennen. Die Spurensicherung hat bereits ihren Laptop freigegeben. Er wird im Laufe des Vormittages vorbeigebracht. Sonja kann dir helfen. Man sieht es ihr nicht an, aber sie ist eine Fachfrau im Netz. Außerdem hat sie ein außerordentliches Talent, verborgene Dateien aus Festplatten wieder sichtbar zu machen. Ihr zwei macht das schon. Heute Nachmittag möchte ich deinen ersten Bericht auf dem Tisch haben«, erläutert sie mir meinen Auftrag. »Ach ja, nicht wieder wegrennen, wenn es zu viel wird, klar?« Prüfend schaut sie mich an.

Nicht böse oder tadelnd. Es fühlt sich an, als ob sie mich fragen möchte, ob ich okay bin.

»Wegen gestern ... Es tut mir leid. Ich habe an Chris gedacht und ...« Weiter komme ich nicht. Ob sie von Chris weiß?

»Schon gut! Du musst nicht gleich das Handtuch werfen, nur weil du kein Blut sehen kannst. Hätte ich bei so einem starken, großen Kerl nur nicht vermutet«, antwortet sie schmunzelnd. Ein kurzer Seitenblick und fort ist sie.

Mann, die hat Sprüche drauf. Voller Selbstvertrauen! Vielleicht muss sie sich aber auch so geben, um in diesem Job bestehen zu können. Frauen in ihrer Position haben es noch immer nicht leicht bei der Polizei. So langsam beginne ich sie mit anderen Augen zu sehen.

Wo sie wohl hin muss? Ob es sich bei dem alten Fall um Chris handelt? Unbedingt muss ich sie darauf ansprechen. Die Ungewissheit beeinflusst meinen Tinnitus und befeuert die Ohrengeräusche.

Vollkommen demotiviert setze ich mich wieder an meinen Schreibtisch. Mit den Gedanken bei Anette fange ich an, die Suchmaschinen mit dem Namen »Ellen Carter« zu füttern. Was ich sehe, überrascht mich, da ich eigentlich das Bild einer langweiligen, selbstverliebten Schreibtisch-Nixe erwartet hatte. Zurückhaltend, schüchtern und unscheinbar.

Doch nichts davon trifft zu. Der knallige rote Lippenstift untermalt den entschlossenen Gesichtsausdruck. Mit gehobenem Kinn lächelt sie in die Kamera. Ellen Carter ist auf jedem Portal gleich mehrfach vertreten: Buchankündigungen, Fanseiten, Homepages ...

Es würde Jahrzehnte dauern, bis ich hier durchsteige. Lustlos starre ich auf den Monitor.

Zu allem Unglück kommt Sonja hereinstolziert.

»Hey, Tom, so fleißig am Morgen?«, fragt sie und leckt sich über ihre Lippen. Sie stützt sich neben mir auf dem Schreibtisch auf. Ihr linkes Bein winkelt sie obligatorisch an. So positioniert sie sich filmreif. Dabei gibt sie ein Dekolleté frei, das sich durchaus sehen lassen kann. Ihren Hintern reckt sie mir entgegen. Gerade als ich mich frage, was das soll, unterbricht sie meine Gedanken.

»Man tut, was man kann«, antworte ich ausweichend.

»Du gehst falsch an die Sache ran«, entscheidet sie bei einem Blick auf meine Suchkriterien.

Ganz in die Bildschirmergebnisse vertieft, erklärt sie mir, wie ich es besser machen kann. Ich bin dadurch gezwungen, zwischen Bildschirm und ihrer Oberweite zu verharren. Es ist nicht das erste Mal, dass ich von einer Kollegin fast genötigt werde, auf ihre Brüste zu starren. Doch es lässt mich kalt, denn anders als viele denken, sehe ich mehr in Frauen als nur ihren Körper.

»Hey, Tom, findest du, was du suchst?«, fragt sie.

Peinlich berührt schaue ich ihr in die Augen. Sicher hat sie in dieser Haltung verharrt, damit ich die Aussicht genießen kann. Also tue ich ihr den Gefallen und lasse sie in dem Glauben, es getan zu haben.

»Sorry, reine Recherche«, sage ich mit rauer Stimme.

»Wollen wir nicht erst mal über den Fall reden?«, fragt sie grinsend. »Anette erwartet einen ausführlichen Bericht. Sie kommt bestimmt pünktlich zur Mittagszeit zurück. Wir wollen doch nicht, dass sie uns die wertvolle Pause streicht.« Langsam schüttelt sie den Kopf und ich muss dringend Abhilfe schaffen.

»Danke für deine Hilfe. Wenn wir uns ganz auf unseren Dienst konzentrieren, wird das sicher nicht passieren!« Vorsichtig schiebe ich sie zur Seite und ziehe meinen Besucherstuhl heran. Demonstrativ stelle ich ihn neben meinen eigenen. Mit einem Fingerzeig deute ich ihr, sich zu setzen.

»Ganz wie du meinst«, schmollt sie. Die Botschaft ist angekommen. Sie nimmt neben mir Platz und achtet nicht weiter auf ihre

Haltung. Tatsächlich zieht sie sogar eine Bildschirmbrille aus ihrer Tasche.

Sofort entspannt sich die unangenehme Situation und ihre Finger gleiten über die Tastatur.

Die Zeit vergeht wie im Flug. Ich gebe es ungern zu, aber mit Sonjas Hilfe geht es wirklich besser. Sie weiß genau, wo sie suchen muss.

Am Ende haben wir drei brauchbare Ansätze. Zum einen die Schwester von Ellen Carter, Cynthia Carter. Als Verlegerin hat sie ein gesteigertes Interesse an möglichst hohen Verkaufszahlen. Angeblich bekommt sie zwanzig Prozent der Einnahmen. Cynthia Carter wird in Verlegerkreisen *The Bookaholic* genannt. Sie soll eine dieser Karrierefrauen sein, bei denen es keine Schwächen gibt. Es zählt nur der Erfolg, egal mit welchen Mitteln. Ich persönlich halte solche Menschen von Natur aus für gefährlich.

Dann sind da noch zwei Autorenkollegen, mit denen sie langfristig zusammenarbeitet. Mirjam Greif und Holger Brecht. Über sie waren nicht sehr viele Informationen im Internet zu finden. Hier und da mal eine Buchvorstellung oder Veröffentlichung. Mit Mirjam Greif schrieb Ellen Carter gelegentlich gemeinsam Romane, wobei diese eher die unbekannteren Werke sind.

Holger Brecht hält Lesungen in Firmen zum Thema: *Digitalisierung und ihre Folgen.* Auffällig ist: Wenn er öffentlich auftritt, steht Mirjam Greif an seiner Seite, die ihn fleißig anhimmelt. Dabei war er der Lebensgefährte von Ellen Carter.

»Vielleicht steckt ein Beziehungsdrama hinter dem Mord?«, spreche ich meine Vermutung laut aus.

»Wenn du den Brecht meinst ... Kann schon sein, er ist verdächtig oft mit der Greif im Netz zu sehen«, bestätigt Sonja.

Zu guter Letzt gibt es noch ein paar Anti-Fans. Die negativen Posts reichen von *Analphabetin* bis hin zu: *Schreibstil im Grundschulniveau.* Eine Bloggerin kommt besonders oft vor: *Bücherlilie693.* Den Namen habe ich mir notiert. Ansonsten hat sie sich aus der Öffentlichkeit eher rausgehalten. Ihre Kommunikation fand komplett in den sozialen Netzwerken statt. Hier wären bestimmt ein paar Theorien möglich, wie ein passendes Motiv aussehen könnte. Für mich allerdings nichts Überzeugendes.

»Wir sollten anfragen, wer sich hinter dieser *Bücherlilie* versteckt. Es sind auffällig viele Posts, vor allem abwertende«, schlage ich vor.

Sonja nickt: »Sicher. Auch wenn ich mir nicht vorstellen kann, dass Autorinnen sich gegenseitig angehen. Die Vermutung ist naheliegend, dass es was mit ihrer Arbeit zu tun hat, warum sonst sollte ihr jemand die Finger brechen?«

Kurz bevor wir unsere Recherche abschließen, kommt ein Praktikant aus der Technik. Er bringt uns den Bericht zur Auswertung des PCs von Ellen Carter. Unendlich viele E-Mails sind angehängt. Mit einem speziellen Suchsystem werden Schlüsselworte, welche auf eine Bedrohung schließen können, gefiltert. Anscheinend hat es hier einen Treffer gegeben.

Sonja überfliegt die E-Mails. »Die auffälligsten stammen von einer Claudia Kramer. Sie schreibt wohl selbst Bücher, ist aber nicht erfolgreich, sondern unbekannt.«

»Okay, ich setze ihren Namen mit auf die Liste der Verdächtigen. Hast du noch mehr über sie?«, hake ich nach.

Sonjas Hände tippen augenblicklich drauflos. »Sie hat vor drei Monaten Ellen Carter beschuldigt, eines ihrer Bücher *ausgesaugt* zu haben. Ich frage mich, um was es dieser Kramer eigentlich geht. Warum sollte sich eine bekannte Schriftstellerin bei einer unbedeutenden Autorin bedienen?«

Ich hefte die E-Mails an meinen Bericht und suche ebenfalls im Internet nach Informationen zu Claudia Kramer. Sofort tauchen Bilder eines Unfalls auf. Ein harter

Schicksalsschlag hat die Familie vor ungefähr drei Jahren getroffen. Allerdings hat dies nicht im Geringsten etwas mit unserem Fall zu tun.

»Schlimme Sache«, sagt Sonja, als sie mir über die Schulter guckt. »Wie ich sehe, kommst du mit dem Rest allein zurecht. Heute Mittag geh ich mit Karina zu Tisch, die ist immer noch voll geknickt.«

»Mach das, ich lese noch etwas im Bericht«, sage ich schnell. Sonja soll auf keinen Fall auf die Idee kommen, ich wolle mitgehen.

Sofort vertiefe ich mich in die unzähligen ausgedruckten Seiten.

»Interessant«, sage ich laut und ärgere mich, dass ich mich schon mit mir selbst unterhalte. Als Teamplayer ist es ungewohnt, allein zu arbeiten.

Am Sonntag haben zwei Fremdzugriffe auf Ellen Carters PC stattgefunden. Anscheinend hat jemand ordentlich aufgeräumt und mehrere Dateien gelöscht. Die meisten davon unwiderruflich, hier war ein Fachmann am Werk. Nur eine Stunde vor dem Eintreffen der Polizei wurden erneut zwei Dateien gelöscht. Diese konnten jedoch wiederhergestellt werden: Es sind die aktuellen Buchdateien.

Pünktlich, als ich mir eine Kleinigkeit zum Mittag gönnen will, kommt Anette zur Tür herein.

»Und, alles klar?«, fragt sie.

»Falls du den Bericht meinst. Der ist fertig«, antworte ich mit einer Spur Stolz in der Stimme.

»Gib mir Infos, ich will endlich mal einen Ansatz haben in diesem Fall«, fordert sie mich auf.

»Vermutlich …«, fange ich an.

»Hey, Tom, bitte keine Vermutungen, nur Fakten. Du kennst doch den Unterschied zwischen Beweis und Indiz, oder?« Sie legt den Kopf schief und erwartet tatsächlich eine Antwort.

»Denkt denn immer noch die ganze Polizei, beim SEK wird nichts anderes gemacht, als von morgens bis abends mit Sturmhaube rumzulaufen und bewaffnete Straftäter wahlweise zu erschießen oder brutal festzunehmen?«, frage ich gereizt.

Anette denkt über meine Worte nach. Doch dann legt sie den Kopf erneut schief und grinst. »Nein, natürlich nicht, auch wenn die Vorstellung verlockend ist.« Sie zwinkert mir zu und ich beginne ihren Humor zu verstehen.

»Sehr witzig«, antworte ich etwas verstimmt, aber mit einem leichten Unterton. Es gefällt mir, dass sie auch mal locker ist.

Dann komme ich endlich dazu, meine ersten Fakten darzulegen.

Nachdenklich schaut sie mich an. »Habt ihr einen Hinweis darauf gefunden, dass sie in letzter Zeit Probleme hatte? Wir dürfen die Tatsache nicht verwerfen, dass sie sich die Verletzungen selbst zugefügt haben könnte«, fragt sie genauer nach.

»Meinst du?«, frage ich nachdenklich. »Wie würde das mit den gebrochenen Zeigefingern und den Zugriffen auf ihrem Computer zusammenpassen?«

»Bleib ruhig und lass uns los!«, sagt sie, nachdem ich fertig bin. Schon springt sie wieder auf und schaut mich auffordernd an.

»Wohin?«, frage ich erstaunt.

»Zur ersten Vernehmung. Wir knöpfen uns zunächst die Schwester der Carter vor«, beschließt Anette voller Tatendrang. Ich lasse mich von ihr anstecken. Eilig gehen wir in die Tiefgarage.

Die trauernde Schwester

Tom

Wenige Minuten später sitzt Anette neben mir im Auto. Sie lässt sich durch den Nachmittagsverkehr chauffieren, während sie mit der Pressestelle telefoniert. Anscheinend kommen immer mehr Nachfragen, wie der Stand im Fall Carter sei. Der Druck der Öffentlichkeit, möglichst schnell erste Kenntnisse zu gewinnen, lastet schwer auf ihr. Sie kommt kaum zu Wort und ist sichtlich angespannt. Nachdem sie aufgelegt hat, massiert sie ihre Schläfen. Ein eindeutiger Beweis dafür, dass sie doch ein Mensch ist.

Ich genieße es, ihr ein wenig Ruhe zu gönnen, stelle keine Fragen. Sie schließt die Augen. Die Stille hat keinen guten Einfluss. Sofort kehrt mein Ohrgeräusch mit voller Wucht zurück. Ich versuche mich auf andere Geräusche der Umgebung zu konzentrieren, doch ich schaffe es nicht. Es pfeift so laut, dass ich nervös mit den Fingern auf dem Lenkrad trommle.

»Hier, versuch es mal damit.« Anette reicht mir ein Kaugummi. Ich verstehe nicht, was sie meint.

»Nimm am besten gleich zwei und fokussiere dich aufs Kauen«, empfiehlt sie mir und hält mir die in Aluminiumpapier gewickelten Streifen hin. »Ich hatte vor ein paar Jahren einen Burn-out, begleitet von einem Hörsturz. In der Klinik hat mir mein Bettnachbar den Tipp gegeben, Kaugummi zu kauen, wenn es ganz schlimm ist. Du kannst dich auf die Bewegungen deiner Backenmuskeln konzentrieren. Mir hat es geholfen«, erklärt sie und schließt erneut die Augen.

Einen Versuch ist es wert. Mit der linken Hand wickele ich das Kaugummi aus. Ein zarter Duft nach Zimt steigt mir in die Nase. Allein die Beschäftigung hilft mir, mich etwas zu beruhigen. Gleichmäßig fange ich an zu kauen. Spanne die Muskeln an und konzentriere mich auf die kaum hörbaren Geräusche meiner Kiefer.

»Danke«, sage ich leise. Meinen Blick stur auf die Straße vor mir gerichtet.

»Stets zu Diensten«, flüstert sie halb abwesend.

Wir nähern uns der Zieladresse. Kurz bevor wir ankommen, weist mich Anette noch einmal in die bevorstehende Befragung ein. Sie würde das Gespräch leiten, während ich mich ein wenig dabei umgucke und natürlich alle Informationen notiere.

Ich bin wirklich kurz davor, Anette darauf hinzuweisen, dass ich der Dienstältere von uns beiden bin und durchaus Polizeierfahrung habe, beschließe dann jedoch, mich zurückzuhalten. In den letzten Stunden hat sie bewiesen, dass sie es tatsächlich gut mit mir meint. Es fühlt sich schon fast mütterlich an. Natürlich stört mich das. Warum meint sie, mich beschützen zu müssen?

Das Haus von Cynthia Carter liegt in einem noblen Viertel nahe der Altstadt. Es ist viel zu groß für nur eine Person. Der Stil gefällt mir. Betonfassaden verkleidet mit Holz und großen Fensterflächen. Ich parke den Wagen auf dem Kies. Wir steigen aus und stehen mitten in einer grünen Oase. Der Garten wirkt gepflegt. Neben unzähligen Obstbäumen hat sie mehrere Gewächshäuser und eine Sitzgruppe unter Palmen.

»Muss sich lohnen, als Agentin zu arbeiten«, stellt Anette fest.

»Hast du den Schwimmteich gesehen? Ich wette, sie hat sich eine Gartenpumpe installieren lassen. Ein wahres *Träumchen*«, sage ich beeindruckt. So etwas würde mir auch gut gefallen, passt leider nicht ins Budget. Mit einem enttäuschten Gesicht schaue ich zu Anette.

»Bei dem miesen Wetter in Deutschland? Ne, da würde ich doch bis zur Rente warten und an den Gardasee ziehen.« Anette wirkt nervös. Sicher kann sie es kaum erwarten, Cynthia Carter zu befragen.

Als wir uns dem Haus nähern, sehe ich, wie ein Vorhang im oberen Stock sich leicht zurückbewegt.

Es dauert eine Ewigkeit, bis geöffnet wird. Anette will bereits das zweite Mal klingeln, als die Tür endlich aufschwingt.

»Guten Tag, kann ich Ihnen helfen?«, begrüßt uns Cynthia Carter vollkommen verdutzt. Sie ist kleiner, zarter und eleganter als ihre Schwester. Mit ihrem kurzen schwarzen Bob unterscheidet sie sich enorm von der blond gelockten Powerfrau.

»Thomas, Kriminalpolizei«, stellt sich Anette vor.

Cynthia Carter schaut sie fragend an, bevor sie Anette die Hand reicht.

»Anette Thomas, Hauptkommissarin und Leiterin der hiesigen Mordkommission«, erklärt sie und drückt kraftvoll zu. Cynthia Carter verzieht ihr Gesicht schmerzerfüllt. Nun schaut sie zu mir, mustert mich fast ängstlich.

»Das ist mein Kollege, Tom Erkelenz«, stellt Anette mich vor.

Cynthia Carter reicht mir ihre Hand. Ich greife sie vorsichtig. Sie sieht so zerbrechlich aus, dass augenblicklich mein Beschützer-instinkt getriggert wird. Dankbar dafür, dass ich ihr nicht auch noch ihre zarte Hand zerquetsche, lächelt sie mich an.

»Sehr angenehm, kommen Sie doch herein, Herr Erkelenz.« Ihre Augen leuchten mich schüchtern an.

Anette räuspert sich lautstark: »Ich geh dann mal vor.«

Ihre Worte sind klar an mich gerichtet. Ein Zeichen, dass der gute Cop noch nicht gefragt ist. Cynthia Carter führt uns durch das modern eingerichtete Haus. Nackte Betonwände mit kunstvollen Beleuchtungselementen. Die Flure sind minimalistisch eingerichtet. An den Wänden hängen riesige Gemälde, die abstrakte Kunst zeigen.
Als wir in die Bibliothek kommen, verschlägt es mir die Sprache. Selten habe ich so viele Bücher auf einem Fleck gesehen. Sie stehen nach Größe und Farben geordnet in deckenhohen Massivholzregalen. Aufwendige Ornamente verzieren die Seitenwände. Ein großer Schreibtisch bildet die Mitte des Raumes. Daran steht ein edel verzierter Ledersessel mit denselben Musterungen wie an den Regalen.

Anette nimmt ungefragt auf einem der hohen Ledersessel, gegenüber von Cynthia Carter, Platz. Ein Seitenblick signalisiert mir, dass ich den Stuhl neben ihr nehmen soll.

Bevor ich darauf eingehe, schaue ich mich noch einmal im Raum um. Im hinteren Eck entdecke ich eine Leiter, welche speziell für diese Bibliothek hergestellt worden sein muss. Sie hat gleichen Verzierungen im Holz und passt ganz wunderbar zu den Regalen.

»Kompliment, selten habe ich so einen beeindruckenden Raum betreten. Er scheint Ihnen viel zu bedeuten.« Ich versuche meine Rolle als guter Cop weiter auszuweiten.

Gerade als Cynthia Carter antworten will, geht meine liebe Chefin dazwischen: »Frau Carter, kommen wir zurück zu unserem Anliegen ...«

»Bitte nennen Sie mich nicht Frau Carter, das ertrage ich nicht. Ich heiße Cynthia.« Theatralisch packt sie sich dabei an die Stirn und schaut verzweifelt zu Boden.

»Okay, Cynthia Carter. Dann fangen wir mal an.« Anette schlägt ihr Notizbüchlein auf und will gerade die erste Frage stellen, doch ein tiefes Schluchzen lässt sie davon absehen. Anette rollt genervt mit den Augen.

»Verzeihen Sie, aber ich habe Ihren Kollegen doch schon alles erzählt. Ich schaffe es nicht, die Szene bei Ellen wieder und wieder vor meinen Augen zu sehen«, erklärt Cynthia Carter weinend. Sie greift nach einem Taschentuch und schnäuzt sich vornehm.

Zeit für den guten Cop. Ich gehe auf Cynthia zu und strecke meine Hand aus. Tränen schimmern in ihren Augen.

»Frau Carter, ich meine Cynthia. Was meine Kollegin und ich zunächst sagen wollen: Unser herzliches Beileid zum Verlust Ihrer Schwester«, beginne ich meinen Trost.

»Vielen Dank, Herr Erkelenz«, sagt sie und schnäuzt sich erneut. Sie tupft sich die Nase und lächelt mich tapfer an.

Anette legt ihr Diktiergerät lautstark auf dem Tisch ab. Sie streckt Cynthia auch ihre Hand hin, welche diese ängstlich ignoriert. »Mein Beileid!«

»Danke, Frau Thomas.«

Und noch ein Schnäuzen.

»Jetzt, wo wir die Höflichkeiten geklärt haben, können wir nun endlich anfangen?«, fragt Anette. Eine Antwort wartet sie nicht ab. »Wann haben Sie Ihre Schwester zum letzten Mal gesehen?«

Es dauert eine Weile, bis Cynthia Carter zu sprechen beginnt: »Wir waren am Sonntag zum Essen verabredet. Aus Angst, die Nachbarn würden aufmerksam werden, sollte ich immer im Auto warten. Als sie nicht herunterkam, habe ich mehrere Male geklingelt. Aber es machte keiner auf. An ihr Smartphone ging sie auch nicht. Von der Straße aus konnte ich sehen, dass Licht in ihrer Wohnung brannte. Ich fing an, mir Sorgen zu machen. Wahllos klingelte ich bei irgendwelchen Nachbarn. So gelangte ich ins Treppenhaus.

Die Wohnungstür war verschlossen. Ich klopfte mehrfach an die Tür. Nichts passierte. Mittlerweile hatte ich die Hausbewohner auf mich aufmerksam gemacht. Ein Mann aus dem Obergeschoss versuchte, mich zu beruhigen und schlug vor, die Polizei zu rufen. Eine Streife kam nur Minuten später und öffnete die Tür mit ihren Spezialwerkzeugen. Bevor mich einer der Polizisten zurückhalten konnte, habe ich einen kurzen Blick auf meine tote Schwester werfen können. Mir wurde schwarz vor Augen.

Als ich wieder zu mir kam, hat mich eine Polizistin gefragt, wer ich bin und ob ich die Tote kennen würde. Unfähig, auch nur einen klaren Gedanken zu fassen, beantwortete ich ihre Fragen. Anschließend bat man mich den Tatort zu verlassen. Ich sollte zu Freunden gehen und besser nicht allein sein.« Nachdem sie ihre Erzählung geschlossen hat, fängt sie hemmungslos an zu schniefen. Sie braucht eine Weile, um sich wieder zu fassen.

»Haben Sie jemand Verdächtigen gesehen, während Sie im Auto warteten?«, hakt Anette nach.

»Nein, es kamen nur zwei Leute aus dem Haus. Eine kleine ältere Frau und der junge Student aus dem Erdgeschoss.«

»Haben Sie irgendetwas Auffälliges an der Wohnungstür festgestellt?«, fragt Anette weiter.

Cynthia Carter scheint kurz zu überlegen. »Nein. Ich glaube sie war nicht beschädigt. Es ging alles so furchtbar schnell. Und dann der Blick auf meine Schwester, wie sie da lag …«

»Hatte Ihre Schwester Feinde?«, fragt Anette ihre vorbereitete Liste weiter ab.

»Sie war eine sehr erfolgreiche Schriftstellerin. Neider gibt es da viele, aber Feinde? Nein, nicht dass ich wüsste«, sagt sie und schüttelt den Kopf.

»Hat Ihre Schwester Ihnen von E-Mails erzählt, in denen sie bezichtigt wird, ihre Bücher nicht selbst zu schreiben?«, fragt Anette und blickt auf. Ich kenne das Verhalten aus guten Krimis. Man macht es gern bei brenzligen Fragen. Tut so, als ob man mit bohrenden Blicken der Wahrheit näherkommt.

»Ich erinnere mich schwach daran, aber leider an keinen Namen. Wie gesagt, es wird einem in diesem Business der Erfolg nicht von jedem gegönnt. Daran muss man sich gewöhnen. Ich fokussiere mich stark auf die Verkaufswege von Ellens Büchern«, erklärt unser Gegenüber.

»Frau Carter, Sie sind die Verlegerin und Managerin Ihrer Schwester. Beschreiben Sie Ihr privates sowie berufliches Verhältnis«, bittet Anette, diesmal ohne aufzublicken.

»Wissen Sie, es ist schwer, ein rein privates Verhältnis zu pflegen, wenn man so eng zusammenarbeitet. Es gab immer etwas bezüglich der Bücher zu besprechen. Ellen hat mich oft überreden wollen, gemeinsam in der Öffentlichkeit aufzutreten. Sie meinte, es wäre gut, wenn die Leser ein Bild über ihr Leben und auch über unsere Zusammenarbeit bekommen würden. Daher bestand sie darauf, in diese teuren Restaurants zu gehen.« Cynthia tupft sich erneut die Nase.

Anette hakt nach: »Frau Carter, fiel es Ihnen schwer, Ihre Rolle im Hintergrund zu akzeptieren? Sie selbst haben auch nicht viel von sich preisgegeben?«

»Meine Schwester hat mir berichtet, wie schnelllebig das Internet ist. Ständig muss man posten. Immer neue Aktionen auf allen möglichen Portalen. Videos, Bilder, Storys … Das bin nicht ich. Ellen war da ganz anders. Sie hat …, wie sagten sie so schön? … eine Rolle gespielt. Hat einen lebendigen Avatar aufgebaut und diesen zu ihren Fans sprechen lassen. Das, was man von ihr gesehen hat, war nicht sie selbst«, erklärt Cynthia Carter und schaut betroffen zu Anette. Offensichtlich war sie nicht erfreut über das Verhalten der Schwester. Schnell redet sie weiter: »Es muss auch jemand die versteckten Arbeiten tätigen. Es gefällt mir, die Bücher zu vollenden. Mit der Sprache so zu jonglieren, dass es wie eine Melodie klingt«, verteidigt sich Cynthia Carter und verplappert sich ein wenig.

Anette setzt ein provozierendes Grinsen auf, denn sie hat es sofort bemerkt: »Sie haben also auch geschrieben?«

»Nein, natürlich nicht. Ich habe die Arbeit als Lektorin übernommen. Wenn Sie jetzt keine weiteren Fragen mehr haben ...« Cynthia Carter steht auf und reibt sich die schwitzigen Handflächen an der Hose ab. »Ich gebe Ihnen noch rasch die Nummer meines Anwalts.«

Ihr Verhalten weckt den Eindruck, dass sie uns schnellstmöglich loswerden möchte. Sehr verdächtig, denke ich.

»Cynthia, ich will ehrlich zu Ihnen sein. Wir können nicht ausschließen, dass Ihre Schwester sich selbst die Verletzungen zugefügt hat«, spricht Anette das prekäre Thema an.

Erschrocken stockt Cynthia der Atem: »Aber warum sollte Ellen das tun? Sie war glücklich. Wir haben alles erreicht, was wir uns immer gewünscht hatten!«

»Wir?«, fragt Anette sehr leise. Ich bin mir nicht sicher, an wen die Frage gerichtet war oder ob es nur ein laut ausgesprochener Gedanke war.

Wir erheben uns ebenfalls. Während Anette das Diktiergerät ausstellt, gehe ich auf Cynthia Carter zu und halte ihr ein Foto hin, welches auf dem Regal stand.

»Wer ist dieses Paar hier mit Ihnen auf dem Bild?«, frage ich interessiert.

»Das sind Holger Brecht und Mirjam Greif, Freunde sowie Kollegen meiner Schwester. Auch sie stehen bei mir unter Vertrag. Allerdings ist Herr Brecht der Partner von Ellen und nicht von Mirjam«, erklärt sie mit einem merkwürdigen Unterton.

»Sind Sie ausschließlich Verlegerin?«, hake ich nach und betrachte das Bild weiter.

»Nein. Sie fanden, meine Korrekturen an Ellens Skripten würden die Bücher zu etwas ganz Besonderem machen und wollten das auch für sich. Seitdem lektoriere ich auch deren Bücher.«

Ich stelle das Foto zurück und sehe aus dem Augenwinkel, dass Anette bereits an der Tür steht.

»Ich denke, wir sind hier fertig. Wenn Ihnen noch etwas einfällt, melden Sie sich bitte umgehend.« Anette reicht Cynthia Carter ihre Visitenkarte. Kurz hält sie in der Bewegung inne. »Ach ja, eine Frage noch: Wo waren Sie am Samstagabend gegen 18 Uhr?«

Der Schock ist Cynthia Carter anzusehen.

»Sie denken doch nicht etwa …« Sie räuspert sich, um nicht die Fassung zu verlieren. »… ich hätte meine eigene Schwester umgebracht?«

»Nichts für ungut, aber ich überprüfe lediglich Ihr Alibi. Während meiner Zeit beim

K11 habe ich schon einiges erlebt, also …?« Abwartend schaut Anette sie an.

Ich beschließe, mich rauszuhalten und den hilfesuchenden Blick von Cynthia Carter zu ignorieren. Der böse Cop ist am Zug. Diese Rolle steht Anette ausgezeichnet.

»Ich war mit Freunden im Theater, ich kann Ihnen noch die Karten zeigen.« Cynthia Carter öffnet eine Schublade ihres Schreibtisches und hält uns die besagte Theaterkarte vor die Nase.

»Kann ich die haben?«, fragt Anette und wartet die Antwort gar nicht ab. Sie nimmt die Theaterkarte entgegen.

»Bitte notieren Sie mir die Kontaktdaten zu Ihren Freunden. Wir werden Ihr Alibi selbstverständlich überprüfen. Sie müssen Ihre Aussage noch bestätigen. Kommen Sie in den nächsten Tagen ins Polizeipräsidium. Mein Kollege wird Ihnen das Protokoll zur Überprüfung und Unterschrift vorlegen.« Anette verabschiedet sich mit einem knappen: »Wiedersehen.«

Ich gebe Cynthia Carter zum Abschied die Hand. »Wir finden selbst raus, machen Sie sich nicht die Mühe.«

»Kommst du, Tom?«, ruft Anette.

Eigentlich wollte ich noch ein paar persönliche Worte an Cynthia Carter richten, entscheide mich aber dagegen. Tief in meinem

Inneren glaube ich zu wissen, dass sie es nicht gewesen ist.

Also folge ich Anette zum Wagen.

Auf der Rückfahrt herrscht Schweigen. Meine Ohrgeräusche halten sich in Grenzen. Anette hat mir aufmerksam einen Kaugummi angeboten, bevor wir losgefahren sind. In Gedanken gehe ich die Antworten von Cynthia Carter noch mal durch. Vor allem die schnelle Herausgabe der Theaterkarte hat mich stutzig gemacht. Wusste sie, dass wir danach fragen, und hat sie zuvor bereitgelegt? Auch Anette scheint in Gedanken versunken.

Als die Melodie von *Eye of the Tiger* aus Anettes Smartphone ertönt, biete ich ihr an, ranzugehen. Es ist ihr Diensthandy. Beim Kommando war es normal, den Fahrer zu entlasten und eingehende Gespräche anzunehmen.

Anette lehnt in einem etwas zu scharfen Ton ab. Sie parkt den Wagen auf dem Seitenstreifen, um selbst ranzugehen.

»Warte kurz!«, spricht sie in den Hörer und steigt aus.

Ich spitze meine Ohren, kann aber aufgrund dieses elendigen Rauschens auf meinem rechten Ohr nichts hören. Im Gegenteil: Wenn ich versuche, mich zu konzentrieren, wird es in meinem Ohr nur lauter. Da hilft auch kein Kaugummi.

Fünf Minuten später steigt Anette zurück ins Auto und setzt die Fahrt fort.

»Tom, morgen früh steht die Vernehmung von Claudia Kramer auf dem Programm. Es gefällt mir nicht, aber ich habe da eine Besprechung, die ich nicht verschieben kann. Eben bei Cynthia Carter hast du deine Sache gar nicht schlecht gemacht. Du scheinst mit der Damenwelt gut zu können. Ich hoffe, es macht dir nichts aus, ohne mich zu ihr zu fahren. Sie ist eine harmlose Schriftstellerin, mit ihr solltest du fertig werden.« Sie blickt mich grinsend an und wartet einen Moment, bis sie weiterspricht. »Zur Not kannst du dir auch Sonja als Unterstützung mitnehmen.«

War das gerade ein verstecktes Lob? Ich überlege nicht lange. »Ich schaff das schon allein. Immerhin haben wir bei meiner alten Dienststelle auch Vernehmungen durchgeführt.«

»Bevor oder nachdem du geschossen hast?«, fragt sie amüsiert.

So ganz scheint mir Anette doch nicht zu vertrauen.

»Ich werde dir noch einen Fragenkatalog zusammenstellen, daran kannst du dich orientieren. Wir sehen uns gegen Mittag und werten das Vernehmungsprotokoll aus.«

Anette parkt gerade den BMW, als sie noch ein: »Enttäusche mich nicht«, hinterherschiebt. Sie verabschiedet sich auf dem Parkplatz von mir und weg ist sie.

Zufrieden mit den Ergebnissen des Tages fahre ich nach Hause.

Den Abend verbringe ich allein. Wohl fühle ich mich nicht. Meine Wohnung ist teuer und stilvoll eingerichtet, allerdings nicht von mir. Meine letzte Freundin war die Tochter einer erfolgreichen Innenarchitektin. Gemeinsam mit ihrer Mutter hatte sie meine Wohnung in eine Art Ausstellungsraum für modernes Interieur verwandelt. Die letzten zwei Jahre habe ich mir immer vorgenommen, etwas daran zu ändern. Damit werde ich bald anfangen.

Es ist spät und ich sollte ins Bett gehen, aber wie immer zu diesem Zeitpunkt steigt meine innere Unruhe ins Unermessliche. Der Drang, in Ruhe zu schlafen, ist groß. Ich kann der Versuchung nach einer Einschlafhilfe schwer widerstehen. Die Ärzte meinten, es würde mit der Zeit leichter werden, trotz der starken Ohrgeräusche einzuschlafen. Auch die Albträume würden nachlassen. Bisher kommen sie jede Nacht. Mal heftiger, mal nur ganz schwach.

Wenn die Polizei plötzlich klingelt

Claudia

Es sind jetzt zwei Tage vergangen, seit ich von Ellen Carters Tod erfahren habe. Seitdem sind einige mysteriöse Dinge geschehen. Ich bin eine kleine Autorin und schreibe nur zum Hobby. Meine Verkäufe zeigen momentan allerdings etwas anderes. Gestern habe ich zweihundert E-Books verkauft. So viel wie sonst in einem Jahr. Ich kann es immer noch nicht fassen. Woher kommt das plötzliche Interesse an meinen Büchern und warum gerade jetzt? Sind die Leute etwa so makaber, dass sie sich direkt nach dem Tod ihrer Lieblingsautorin sofort etwas Lebendiges und Neues suchen? Und warum ausgerechnet mich? Als ich nachschaue, ob es neue Bewertungen für meine Bücher gibt, sind es sage und schreibe sechsunddreißig! Sechsunddreißig an nur einem Tag und allesamt positiv. Fünf Sterne. Eilig überfliege ich die ersten.

Der Stil ist ähnlich von Ellen Carter, aber irgendwie nicht so altbacken, eher modern geschrieben.

Diese Bewertung fällt mir besonders ins Auge. Sie ist von einer *Bücherlilie693*. Wie kommt sie darauf, mein Buch mit dem von Ellen zu vergleichen? Ich muss der Sache auf den Grund gehen. Diese Bücherlilie hat lediglich mein Buch, einen Ratgeber von Holger Brecht und natürlich Ellens Bücher bewertet.

Auf der Fanseite von Ellen finde ich keinen Kommentar von *Bücherlilie693*, aber da gibt es etwas viel Interessanteres: Und zwar unter dem Post ihrer Schwester und Managerin, in dem sie den plötzlichen Tod bekannt gibt.

Vor zwei Tagen habe ich einen Kommentar unter den Post gesetzt. Also nicht ich war es, da muss sich irgendjemand mit meinen Daten eingeloggt haben. Ungläubig starre ich auf den Monitor. Er oder sie hat auf jeden Fall keine Beileidsbekundung ausgesprochen, so wie alle 3498 anderen Follower. In meinem Namen stehen folgende Worte darunter:

Selbstverständlich ist ihr Tod bedauerlich, vor allem die Umstände. Aber so gut waren ihre Bücher auch wieder nicht. Das alles hat man schon mal gelesen, und zwar von jemand anderem.

Da fällt mir doch glatt das Essen aus dem Gesicht. Ellen und ich waren keine Freunde, eher Kontrahenten. Okay, ich habe sie abgrundtief gehasst ...

Aber so etwas hätte ich im Leben nicht gepostet! Viel zu großen Respekt hätte ich vor der Gegenwehr. Kurioserweise erhalte ich nicht nur Kritik für diesen Post. Einige stimmen mir zu und schreiben Dinge wie:

... endlich traut sich mal jemand, seine Meinung zu sagen, wenn auch nicht gerade im rechten Moment.

Egal, was ich versuche, ich kann diesen Post nicht löschen. Die entsprechende Funktion gibt es bei all meinen Posts, nur bei diesem nicht. Als ich kurz davor bin, vor den PC zu treten, schreibe ich einen neuen Post. Also nicht ich, denn meine Hände stecke ich demonstrativ in meine Hosentaschen. Die Buchstaben erscheinen wie von Geisterhand. Ich ändere meine Strategie, indem ich wie verrückt auf die Tastatur einschlage und zu verhindern versuche, was da geschieht. Es ist aussichtslos; vielleicht ist dieser Post ja nicht so negativ wie der erste.

Doch er ist es. Und noch viel schlimmer.

Claudia Kramer: So, ihr Lieben, trocknet eure Tränen und schaut mal auf meine Seite. Hier könnt ihr die wahren Geschichten von Ellen Carter lesen, denn die besten Handlungen und Worte sind alle nur gestohlen.

Gerade als mich die Panik versucht, in Ohnmacht fallen zu lassen, klingelt es an der Haustür. Die Jungs können es eigentlich nicht sein, die Schule ist erst in knapp zwei Stunden aus. Vielleicht ist einer von beiden krank?

Ein kurzer Blick in den Spiegel gibt mir grünes Licht. Für einen Vormittag am PC sehe ich ganz okay aus. Das Chaos in der Wohnung ist dafür umso größer. An das Zusammenleben mit Kindern habe ich mich noch nicht gewöhnt. Ich bin ein ordnungsliebender Mensch. Überall verbreiten sie ihr Chaos. Heute Morgen hat Fynn seine Lego-Eisenbahn in tausend Teile zersprengt. Wer auch immer es ist, ich wimmle ihn einfach an der Tür ab. Mit schnellen Schritten eile ich zur Wohnungstür, als es erneut klingelt. Voller Schwung reiße ich die Tür auf, nur um sie beim Anblick des Besuchers gleich wieder zuzuschlagen. Wer um Himmels willen ist dieses Prachtstück von Mann? Es war nicht viel Zeit, um ihn genau zu betrachten, aber genug, um zu sehen, dass der Typ nicht von dieser Welt ist. Unmöglich, dass er zu jemanden wie mir möchte. Groß, sportlich und dunkle, leicht gewellte Haare. Genau mein Beuteschema. Gerade als ich mich frage, was zu tun ist, vernehme ich seine tiefe männliche Stimme:

»Claudia Kramer? Mein Name ist Tom Erkelenz von der Kriminalpolizei. Bitte öffnen Sie die Tür«, ruft er so laut, dass ich ihn gut verstehen kann.

Polizei, oh mein Gott, ist den Jungs etwas passiert? Oder meinen Eltern? Schnell öffne ich die Tür und schaue ihn entsetzt an.

»Ist etwas mit den Jungs? Oder mit meinen Eltern?«, stammele ich und er schüttelt den Kopf.

»Ich komme wegen Ihnen …«, sagt er freundlich.

Meine Angst wandelt sich sofort in Erstaunen. Hat meine Freundin Sarah ihn geschickt, weil sie mich daran erinnern möchte, dass ich schon lange kein Date mehr hatte? Nein. Vor Schüchternheit starre ich ihn nur an und bringe kein einziges Wort heraus.

Ein Lächeln umspielt seinen Mund, fast so, als würde er sich über mein Verhalten amüsieren.

Dann wird er ernst: »Können wir diese Spielchen jetzt lassen? Ich würde mich gern mit Ihnen unterhalten. Wenn es geht, nicht ganz so sehr in der Öffentlichkeit.«

»Na gut« ist die einzige Antwort, die ich zustande bringe.

Ich öffne die Tür und er tritt in mein Reich ein. Ich weiß gar nicht, ob ich jemals einen so gutaussehenden Mann zu Besuch hatte. Er muss sich beim Eintreten fast etwas bücken, also ist er locker einen Meter neunzig groß. Seine breiten Schultern lassen auch nicht viel Platz in meinem engen Flur. Irgendwie sieht er ungeduldig aus. Da fällt es mir wie Schuppen von den Augen: Wohin mit ihm? Überall ist Chaos.

Er hat mich eiskalt erwischt. Ich habe Fynn hoch und heilig versprochen, die Finger von den Lego-Teilen zu lassen und mit ihm zusammen aufzuräumen. Zum Glück sieht Herr Erkelenz nicht so aus, als sei etwas Schreckliches passiert. Wohl oder übel führe ich ihn in mein Wohnzimmer, welches zugleich auch mein Arbeitszimmer ist. Er setzt sich auf die Couch und ich bewundere sein Selbstbewusstsein. Er ist kein bisschen unsicher, obwohl er bei mir reinpasst wie Aschenputtel ins Weiße Haus.

Langsam werde ich unruhig. Was will er von mir und wann fängt er endlich an zu reden? Unsicher setze ich mich auf meinen Schreibtischstuhl und habe eine etwas höhere Sitzposition, was mir ein besseres Gefühl verschafft.

»Frau Kramer, ich will gleich zum Punkt kommen. Sie sind Autorin, richtig?«, fragt er und guckt mich eindringlich an.

Moment mal, habe ich etwa vergessen, meine Steuern zu bezahlen? Vollkommen verdutzt antworte ich: »Ähm, ja, das bin ich."

Nervös reibe ich mit den Händen über die Oberschenkel. »Aber nur nebenberuflich«, schiebe ich schnell noch nach, wegen der Steuern.

Er zieht eine Augenbraue nach oben. Ich kenne schon die nächste Frage.

»Was machen Sie denn hauptberuflich?«

»Ich bin Hausfrau.«

Jetzt reicht es mir, ich fasse all meinen Mut zusammen und frage ihn höflich: »Sie sagten, Sie sind von der Kriminalpolizei. Ist irgendwas passiert, jemand zu Schaden gekommen?« Ganz so oft hatte er das wohl auch noch nicht gemacht, er wirkt perplex.

»Ja, das kann man so sagen. Haben Sie mitbekommen, dass eine bekannte Kollegin von Ihnen am Wochenende verstorben ist?«, fragt er und holt seinen Notizblock heraus.

Jetzt bin ich vollkommen verwirrt, meint er wirklich Ellen Carter? Wahrscheinlich ist er hier, um mir zu sagen, dass sie vermuten, ich sei das nächste Opfer.

»Ähm, ja, das habe ich. Aber Kollegin würde ich nicht behaupten«, erkläre ich und versuche damit, mich von Ellen Carter zu distanzieren.

»Frau Kramer, was haben Sie am Wochenende gemacht, speziell am Samstagabend?« Bereit zum Schreiben zückt er einen Kugelschreiber.

Gerade als ich fröhlich anfange zu erzählen, was ich mit den Jungs alles so unternommen habe, bevor sie dann am Nachmittag mit ihren Großeltern ins Kino gegangen sind, fällt endlich der Groschen.

Mein Herz rast und ich bekomme schlecht Luft, kann nicht sprechen. Alles um mich herum dreht sich. Mir wird schwarz vor Augen und ich fange an zu hyperventilieren.

Mit zwei schnellen Schritten ist Herr Erkelenz bei mir. Er hält mir eine Tüte zum Atmen hin und fängt an, mir sanft über den Rücken zu streicheln. Das fühlt sich gut an, aber es ging mir schon besser. Kräftig sauge ich durch die Tüte ein und aus. Dann beruhige ich mich. Wenigstens bin ich wieder zum Reden in der Lage.

»Sie glauben doch nicht im Ernst, dass ich damit etwas zu tun habe?« Meine Worte überschlagen sich. »Wie kommen Sie denn darauf?«

Ich lege die Tüte auf meinen Schreibtisch und blicke dabei auf meinen Bildschirm. Die Fanseite von Ellen Carter ist immer noch geöffnet.

In einem blau umrahmten Kästchen blinkt mein Post. Das ist nicht gut. Ich drehe mich um und ärgere mich, keinen Bildschirmschoner zu haben. Gespannt beobachtet mich Herr Erkelenz. Auch er hat meinen PC bereits entdeckt und schaut interessiert auf den Monitor. Ich klicke das Bild weg.

»Dürfen Sie hier einfach so reinplatzen und gucken, was ich am PC mache?«, frage ich nun eher angriffslustig. Dabei versuche ich so vor meinem Bildschirm zu sitzen, dass er nicht darauf gucken kann.

»Frau Kramer, wir haben mehrere E-Mails gefunden, in denen Sie Ellen Carter beschuldigen, die Inhalte Ihrer Bücher gestohlen zu haben. In welcher Beziehung standen Sie zu Frau Carter?« Sein Blick wandert über meine Schulter zum Monitor.

»In welcher Beziehung? Es tut mir leid. Ich verstehe nicht …«

»Können Sie Ihre Beschuldigungen beweisen? Und wie hat Frau Carter auf Ihre E-Mails reagiert?«, hakt er nach.

Das sind eindeutig zu viele Fragen. Völlig hysterisch springe ich auf. Wie gut dieser Typ aussieht, ist mir jetzt egal. Ich baue mich vor ihm auf, was aufgrund seines muskulösen Körpers lächerlich ist. Meine Stimme ist fest. Adrenalin pumpt durch meine Adern.

»Ja, ich habe Ellen Carter geschrieben. Es stimmt auch, dass sie und ihre gierigen Freunde meine Bücher nach Belieben kopieren. Das heißt aber noch lange nicht, dass ich mit ihrem Tod etwas zu tun habe, auch wenn ich sie manchmal vor Wut gern in die Verdammnis geschickt hätte!«, platzt es nur so aus mir heraus.

Herr Erkelenz bleibt trotz meines Gefühlsausbruches gelassen.

»Großartige Rede, Frau Kramer, aber irgendwie entlastet sie das alles nicht, eher im Gegenteil. Sie haben sich gerade auf Platz eins meiner Liste der Hauptverdächtigen katapultiert. Aus diesem Grund möchte ich Sie belehren. Als Beschuldigte in einem Strafverfahren haben Sie das Recht ...«

Ich höre ihn zwar noch, verstehe die Worte aber nicht. Was zu viel ist, ist zu viel! Ich sehe zu, wie sich mein Wohnzimmer in einen sich drehenden Strudel verwandelt. Meine Ohren rauschen und ich falle zu Boden.

Als ich meine Augen wieder öffne, habe ich einen kalten Waschlappen auf der Stirn und blicke in diese stechend blauen Augen. Wie schön wäre es, wenn dieser starke Ritter gekommen wäre, um mich zu retten. Nicht, um mich zu verhaften. Ein Tränenschleier legt sich über meine Augen, in eineinhalb Stunden werden die Jungs aus der Schule kommen. Ich sitze dann bestimmt schon hinter Gittern. Herr Erkelenz muss meine Gedanken gelesen haben.

»Frau Kramer, irgendwie läuft die Sache gerade aus dem Ruder. Vielleicht sollten wir noch mal von vorn anfangen. Sie erklären mir erst mal, in welchem Verhältnis Sie zu Ellen Carter stehen.«

Mit Mühe beruhige ich mich, stehe auf und setze mich etwas taumelig auf die Couch. Sein Vorschlag klingt gut.

In der folgenden Stunde erzähle ich alles von meiner Schreiberei. Vor allem, wie ich mit meinem ersten Buch *Worte aus meinem Herzen* die vielen Rückschläge in meinem Leben verarbeitet habe. Wie verzweifelt ich war, als ich meine Worte neu verpackt in einem anderen Buch wiedergefunden habe. Ich habe mich meines geistigen Gutes beraubt gefühlt. Die schlimmen Ereignisse sind wieder präsent geworden.

Herr Erkelenz hört mir aufmerksam zu. Ich zeige ihm auch die beiden Posts, die wie von Zauberhand in meinem Namen geschrieben worden sind. Auch die dadurch erhöhten Verkaufszahlen meiner Bücher verschweige ich nicht. Irgendwie habe ich das Gefühl, dass er mir glaubt. Das ist bestimmt nicht leicht, denn während ich meine Geschichte so erzähle, finde ich sie selbst sehr abstrakt.

Kurz vor eins beende ich meinen Monolog. Prüfend schaue ich auf und sehe in das nachdenkliche Gesicht des Polizisten.

Er lehnt sich zurück in meine kuscheligen Kissen. Die geblümten Pastellfarben passen nicht zu ihm, viel zu sanft, denke ich.

Nach einer gefühlten Ewigkeit beginnt er leise zu reden.

»Ich glaube, ich habe fürs Erste genug gehört. Ich werde mir auf der Rückfahrt zur Dienststelle Gedanken machen. Irgendwie glaube ich Ihnen, auch wenn das den Fall verkompliziert. Wenn es stimmt, was Sie sagen, versucht da jemand, diesen Fall zu manipulieren. Ich habe bereits erwähnt, dass Sie zu dem Kreis der Verdächtigen gehören. Wenn Ihnen noch ein Zeuge für ihr Alibi einfällt, der bestätigen kann, dass Sie den ganzen Samstagabend hier in Ihrem Haus waren, rufen Sie mich an.«

Anrufen klingt gut, aber wie? »Hätten Sie vielleicht eine Visitenkarte für mich? Ich kann schlecht die 110 wählen und nach Tom Erkelenz fragen.« Nervös blicke ich zu Boden, ich weiß, dass meine Frage provozierend war, aber ich kann die Worte nicht zurückhalten.

»Nein, aber das Problem können wir lösen«, antwortet er freundlich und nimmt einen Stift Er kritzelt auf eines der herumfliegenden Blätter meines Skriptes seine Nummer.

»Frau Kramer, erlauben Sie noch eine letzte Frage?« Er blickt mir streng ins Gesicht.

»Klar«, sage ich unsicher.

»Haben Sie Ellen Carter jemals persönlich kennengelernt?«

»Nein«, verneine ich sofort die Frage. »Ich wusste nicht einmal, dass sie in meiner Nähe wohnt.«

Als er aufsteht und sich zum Gehen wendet, höre ich die Jungs zur Tür hereinkommen. Mist, wie soll ich ihnen unseren Besucher erklären?

Fynn sieht uns als Erster und merkt, dass etwas nicht in Ordnung ist.

Tom Erkelenz reicht ihm die Hand. »Guten Tag, junger Mann, wie war die Schule?«

Fynn nuschelt ein »Gut« und geht, ohne ihn eines Blickes zu würdigen, an dem Polizisten vorbei.

Auch Lukas ist nicht gesprächig, gibt ihm jedoch wenigstens die Hand.

Dann verabschiedet sich Tom Erkelenz und mein Leben hat mich zurück.

»Wer war das denn?« Fynns Stimme klingt vorwurfsvoll.

»Er war von den Städtischen Werken, Strom ablesen«, lüge ich schnell.

Es scheint okay zu sein, denn Fynn fragt nicht weiter nach. Der Gedanke, mein Besucher wäre tatsächlich von den Stadtwerken und wir hätten gemeinsam den Zähler gesucht und auch abgelesen, lässt mich schmunzeln.

Es ist nicht die schlechteste Fantasie. Denn es wäre sicher sehr reizvoll, ihn auf andere Weise kennengelernt zu haben. Doch leider ist das schier unmöglich, was nicht an meinem Äußeren liegt. Nein. Ich finde, ich sehe durchaus gut aus mit meinen grünen Augen und dem honigbraun glänzenden Haar, das ich locker zu einem Zopf gebunden trage. Man könnte noch viel mehr daraus machen, aber mein Motto ist eben graue *Maus*, und zwar am besten zu *Haus*. Die Jungs haben aktuell Priorität.

Eigentlich wollte ich ihnen erst mal etwas kochen, da heute noch Fechten auf dem Programm steht, wie jeden Mittwoch. Zum Kochen bin ich aber viel zu durcheinander. Mir fällt nichts ein, was ich schon wieder auf die Schnelle zaubern soll, denn den Vormittag habe ich ja mit diesen wilden Theorien des Herrn Polizisten verbracht. Trotz der harten Beschuldigungen, eine Mörderin zu sein, hatte ich schon schlechtere Begegnungen. Er gefällt mir, dieser Tom Erkelenz, und ich glaube, er mag mich auch.

Irgendwie muss ich durchhalten, bis ich über all das reden kann – und zwar nicht mit irgendjemand. Dieses Thema geht nur mit einer.

Nachdem ich fürchterliche Kopfschmerzen vorgetäuscht habe, sitzen die Jungs mit einer Fertigpizza in der Küche. Ich selbst bin viel zu nervös zum Essen.

Wie kommt der Kerl nur darauf, ich könnte was mit dem Tod von Ellen Carter zu tun haben? Ich muss unbedingt herausfinden, was hier vorgeht, vor allem wer meinen Account gehackt hat. Die Nummer von Tom Erkelenz speichere ich vorsichtshalber in meinem Handy. Hinter den Namen mache ich automatisch ein Smiley-Emoji. Nicht, weil ich den Kerl scharf finde, nein, eher aus einer spontanen Laune heraus.

En garde

Claudia

Um Punkt drei Uhr sitzen wir im Auto auf dem Weg zu unserem einzigen festen Termin in der Woche: Fechten. Wie die Jungs darauf gekommen sind, weiß ich nicht. Aber sie mögen es; und zwar beide. Es ist eine der wenigen Aktionen, bei denen sie sich einig sind und auch kräftemäßig auf einer Höhe stehen, trotz des Altersunterschieds von drei Jahren. Ich vermute, auch der Mangel an Kommunikation bei dieser Sportart imponiert ihnen sehr.

Seit ungefähr zwei Jahren trainieren sie jetzt. Es gibt keinen sichtbaren Fortschritt, aber sie haben Spaß. Ihre Trainingspartner sind zwei Jungen im gleichen Alter; die Chemie stimmt, das hätte ich nie für möglich gehalten. Ihre Mutter Sarah ist mir eine gute Freundin geworden.

Als ich sie zum ersten Mal gesehen habe, war ich erstaunt, wie offen und ehrlich sie war. Wir kannten uns kaum, da hat sie mir schon Details aus ihrem Leben anvertraut. Ich bewundere Leute ohne Berührungsängste, denn so bin ich definitiv nicht. Außerdem hat sie zumeist gute Laune, das geht dann schnell auf mich über und auch ich habe mich ihr irgendwann geöffnet. Es hatte etwas Anonymes und zugleich so Vertrautes. Was aber viel wichtiger ist: Sie versteht mich. Als ich wieder mal ein Buch veröffentlicht hatte, schenkte ich ihr eins, natürlich handsigniert. Dazu nutzte ich meine geliebte Schreibfeder.

Ich wusste aber auch, dass sie ihre Meinung nicht für sich behalten kann. Sie trägt ihr Herz auf der Zunge und redet zielstrebig drauf los.

Seitdem erhalte ich so eine erste Rückmeldung zu meinen Werken, bevor sie jemand anders zu Gesicht bekommt. Manchmal ist bei ihren vielen überschwänglichen Ideen etwas richtig Gutes dabei.

An einem unheimlich warmen Sommertag saßen wir im Fechtklub nebeneinander und ich erzählte ihr von meinen Vermutungen, dass sich jemand an meinem geistigen Gut bedient. Sie glaubte mir sofort. Ich erzählte ihr von meiner Wut und was ich am liebsten mit diesem Jemand machen würde. Das tat gut, auch wenn es nur Spaß war. Sie hatte mir die ganze Zeit über beigestanden und mich vor groben Dummheiten bewahrt. Ich habe heute mehrfach an unser Gespräch von damals gedacht. Irgendjemand hat meine bösen Fantasien tatsächlich in die Tat umgesetzt. Ich bin also nicht die Einzige, die Ellen Carter so sehr gehasst hat.

Sarah selbst hat eine schwere Zeit durchgemacht. Nach einem Burn-out beendete sie ihren Job. Gemeinsam mit ihrem Mann hat sie eine Fechtschule mit zweitem Schwerpunkt *Selbstbehauptung für Kinder und Jugendliche* gegründet. Sie geht darin auf, vermisst ihr altes Leben dennoch.

Wir ergänzen uns gut und vereinen damit unsere Unterschiede.

Geschickt lenke ich den alten Golf in die Parklücke direkt vor der Fechtschule. Die Jungs sitzen, in ihre Handys vertieft, auf der Rückbank.

»Da sind wir. Aussteigen. Es ist wieder mal knapp mit der Zeit«, rufe ich und störe ihre digitale Meditation. Demonstrativ öffne ich die hintere Tür und winke mit der rechten Hand.

»Muss das sein? Mir ist heute gar nicht gut!«, stöhnt Fynn. Widerwillig legt er sein Smartphone aus der Hand.

»Hilf mir, mir ist ganz übel«, ruft Lukas und hält sich den Bauch. Seine Zunge ist weit rausgestreckt und er verdreht die Augen.

Kurz muss ich schmunzeln, denn es ist immer dasselbe. Wenn sie erst mal dabei sind, macht es ihnen Spaß, aber der Weg dahin ist mühsam. Für mich!

»Los jetzt, ich komm ungern zu spät.« Mit diesen Worten treibe ich sie erneut an.

Lustlos folgen mir die beiden in durch den Eingang in das Backsteingebäude. Die alte Fassade lässt nicht durchblicken, wie modern und stilvoll die Inneneinrichtung ist. Helle Räume mit viel Grün und warmen Licht laden ein, sich wohlzufühlen.

»Hey Claudi, alles klar?«, schallt es mir entgegen. Dieses unverkennbare Lächeln und die fröhliche Stimme. Meine Freundin Sarah. Gleich habe ich das Gefühl, die Sonne strahlt etwas intensiver als zuvor. Niemand außer ihr nennt mich Claudi, irgendwie mag ich es. Unsere Kinder begrüßen sich ebenfalls überschwänglich und gehen in die Umkleidekabine. Das Training übernimmt Andreas, Sarahs Mann.

Wir Muttis genießen einen Cappuccino und reden über dies und das. Meine Sorgen versuche ich dabei für mich zu behalten, um Sarah nicht auch noch damit zu belasten. Sie fährt diese Woche mit den älteren Jungen zu einem Wettkampf mit Übernachtung. Es ist schön zu sehen, wie engagiert sie ist.

»Ellen Carter ist tot!«, platzt es dann doch aus mir heraus.

»Ich weiß«, lautet die knappe Antwort. Sarahs Lächeln ist nun wie aus ihrem Gesicht gefegt.

Also frage ich nach: »Findest du das nicht heftig? Hast du nicht mitbekommen, wie sie gestorben ist?« Unwillkürlich fangen meine

Hände an zu zittern. Mein Puls beschleunigt sich.

»Nein, natürlich nicht! Immerhin sind deine Probleme jetzt gelöst. Die schreibt nicht mehr so schnell bei dir ab.« Genüsslich trinkt sie einen Schluck Kaffee. »Du hast mir jahrelang vorgejammert, wie gemein diese Frau ist. Sie wäre zu allem imstande, um dich als Autorin zu vernichten. Du kannst doch kein Mitleid haben.«

Sarah sieht die Dinge oft pragmatisch. Wie beneidenswert!

Ich erzähle von den ominösen Posts auf meinem Account und von dem Besuch des netten Polizisten. Bei dem Namen Tom Erkelenz muss sie überlegen. Er kommt ihr wohl bekannt vor.

Na klar. Das hätte ich mir denken können. Immerhin hat sie sechzehn Jahre für die Polizei gearbeitet – in der Bekleidungskammer. Nur allzu oft hat sie mir erzählt, wie sie die gut aussehenden, kräftigen Männer der Spezialeinheiten eingekleidet hat, bevor sie ihren großen Zusammenbruch hatte. Die Arbeit, zwei kleine Kinder und einen Mann, der sich versucht, beruflich neu auszurichten. Das war einfach zu viel für sie.

Jetzt ist sie doch ein wenig neugierig.

»Dieser Tom: Ist er groß, gut gebaut, viel zu dichtes blondes Haar für sein Alter und bestechend blaue Augen?«, fragt Sarah.

Ihre genervte Stimme passt nicht zu der Beschreibung. Sie sagt es mit einem abwertenden Ton. Sicher mochte sie ihn nicht.

Sie hat ihn gut beschrieben, also antworte ich: »Ja, genau. Kennst du ihn?«

»Nun, ich glaube schon, nur war der Tom Erkelenz den ich kenne, eigentlich beim SEK und nicht bei der Kripo. Der passt dahin wie ein Gartenzwerg an den Strand.«

Da hat sie wohl recht. Bei ihrem Vergleich muss ich lachen.

»Er war bei mir, weil er im Fall Ellen Carter ermittelt. Ich bin eine der, ähm ... Was bin ich denn eigentlich? Beschuldigte?«, berichte ich. Im selben Moment läuft es mir eiskalt den Rücken herunter. So habe ich das noch gar nicht gesehen. Für einen Moment bin ich nur noch fähig, in meinem Cappuccino zu rühren. Immer schön langsam kreist der Löffel in der Tasse.

Sarah starrt mich entgeistert an: »Claudi, du machst mir gerade ein wenig Angst. Wie kommt die Kripo darauf, du hättest was mit dem Tod von der Carter zu tun? Die können doch nicht Gedanken lesen.«

»Vielleicht haben sie uns hier beim Kaffeetrinken belauscht, wie wir vor Verzweiflung diesem Miststück alles Mögliche an den Hals gewünscht haben?«, spreche ich meine Gedanken laut aus.

Sarah ist vollkommen außer sich. So kenne ich sie gar nicht. Lautstark knallt sie ihre Tasse wieder auf den Unterteller: »So eine Schei…!«

»Hör mal, du musst mir helfen! Irgendjemand manipuliert meinen PC und hetzt mir die Kripo auf den Hals. Ganz zufällig nur ein paar Tage nach dem Tod von Ellen Carter. Die Frau, die bei meinen Büchern gefühlt sogar das Inhaltsverzeichnis mit abgeschrieben hat. Das alles musste ich hinnehmen, nur weil sie wesentlich bekannter ist als ich!« Wie immer schmerzt mein Herz, wenn ich an diese schreckliche Zeit zurückdenke, als mir bewusst geworden war, dass mich jemand so ausnutzt.

»Bleib ruhig, okay! Ich will mal sehen, was ich in Erfahrung bringen kann. Und stress dich nicht mehr wegen der Carter. Die erzählt sicher keinem mehr Lügen über dich.«

Sarah hat oft einen sehr mitleidlosen Humor. Und schon geht es weiter.

»Am besten ist, du erwähnst gegenüber der Kripo nicht, dass wir uns kennen. Ich bin mit dem Verein durch und will auch nichts mehr damit zu tun haben. Am Ende stehen sie noch bei mir vor der Tür. Dann habe ich auch noch Ärger mit Andreas«, sagt sie. Es klingt fast wie ein Befehl.

Jetzt verstehe ich gar nichts mehr, was ist mit ihr los? Warum ist sie so negativ, wenn es um ihre ehemalige Arbeit geht? Ich werde das Gefühl nicht los, dass mehr dahintersteckt. Momentan gibt es Wichtigeres zu klären.

Sarah schaut mir in die Augen: »Claudia, ich weiß, wie wütend du auf die Carter bist. Wenn du nur im Geringsten was mit dem Fall zu tun hast, würdest du es mir doch sagen, oder?«, fragt Sarah wütend.

Eine Gänsehaut bildet sich auf meinen Armen. Das ist doch nicht ihr Ernst? Da habe ich mich doch wohl verhört?

»Mann, Sarah, das glaubst du nicht wirklich?« Geschockt spannen sich meine Schultern an.

»Gut. Ich vertraue dir.« Sie durchbohrt mich weiterhin mit diesem fragenden Blick, also nicke ich langsam.

»Ach ja, halt dich fern von Tom Erkelenz! Du weißt, was ich dir über diese Typen erzählt habe. Leg dich nie mit einem Polizisten an.«

Nun bin ich doch etwas verdutzt. »Wie kommst du darauf, dass ich den Typen gut finde, ich kenne ihn doch gar nicht?«

»Claudia, Tom Erkelenz ist ein unglaublich gutaussehender Mann mit einem traumhaften Körper. Ich kann dir gar nicht sagen, wie viele Frauen dem schon verfallen sind«, erklärt sie mir. »Ich habe doch gesehen, wie dein Gesicht ihn förmlich angehimmelt hat, als du mir von seinem Besuch erzählt hast.

Gerade als ich noch etwas dazu sagen möchte, kommen auch schon die Jungs zurück vom Fechttraining. Dabei wollte ich noch so viel mit ihr besprechen. Meine Probleme habe ich auch nur kurz geschildert. Ich versuche, es zu akzeptieren, und hoffe auf später. Den Jungs und meinen Eltern werde ich zunächst nichts von der ganzen Sache erzählen.

Ein unerwünschter Besucher

Claudia

Am Abend parke ich die Jungs vor dem auf der Couch und stelle den Fernseher an. Der heutige Tag war so ereignisreich, dass vierundzwanzig Stunden nicht ausreichen, um alles zu verarbeiten. Ich brauche dringend etwas Ruhe.

Nur körperlich anwesend stehe ich in der Küche und schmiere Brote. Für mich gibt es lediglich Kräutertee. Meine Nerven sind angespannt. Ich zittere ein wenig, als ich den Brotaufstrich auftrage.

Unser kleines Reich ist wie ein Rundparcours. Man kommt von einem Raum in den anderen. Für Kinder ein Paradies, denn es eignet sich hervorragend, um Fangen zu spielen. Die Wohnung ist eigentlich zu klein für drei, aber dafür umso gemütlicher.

Blickkontakt zu den Jungs habe ich nicht, weiß aber, dass sie gebannt vor *Tom und Jerry* sitzen. Sie haben schon zweimal nach ihrem Abendessen gerufen.

»Wann ist das Essen fertig?«, tönt es erneut aus dem Wohnzimmer. »Wir haben Hunger!«

»Noch fünf Minuten«, rufe ich zurück.

»Das sagst du immer.« Die Stimme von Fynn klingt anklagend, doch in Wahrheit kann er nicht anders. Seit er in die Pubertät gekommen ist, verschlingt er doppelt so viel wie vorher.

Als ich nach meiner Teetasse greife, höre ich ein leises, schleifendes Geräusch im Flur. Was war das denn? Die Jungs quieken vor Freude, sie sind es also nicht. Was dann?

Die Teetasse in der rechten Hand gehe ich in den Flur und blicke in Richtung Wohnzimmer. Mir stockt der Atem: Wer ist das denn? Meine Großmutter? Nein. Graue Haare ja, aber keine Frau. Eher ein Mann, etwas schmuddelig und vor allem groß. Oft habe ich mir ausgemalt, wie ich in solch einer Situation reagieren würde. Ein Einbruch war immer eine meiner größten Ängste gewesen. Die Realität hat mich dennoch überrascht.

Ängstlich, aber doch ganz gefasst frage ich: »Kann ich Ihnen irgendwie helfen?« Es klingt für mich logisch, so abstrakt es auch ist.

Der Mann dreht sich um und ich stelle fest: Ich kenne ihn wirklich nicht. Vielleicht sollte ich um Hilfe schreien oder ihm voll eine verpassen.

Nein, das kann ich bestimmt nicht, außerdem habe ich immer noch die Teetasse in der rechten Hand. Mein Geist registriert die Gefahr, aber mein Körper bleibt ruhig.

Er schaut mir direkt ins Gesicht und sagt ebenfalls überrascht: »Katschmarek, ich suche Katschmarek.« Seine Körperhaltung wirkt dabei nicht bedrohlich.

Verdutzt antworte ich: »Katschmarek? Nein, hier wohnt kein Katschmarek. Im Übrigen wäre es nett, wenn Sie jetzt gehen würden. Die Straße immer weiter runter bis zum Ende. Fragen Sie dort noch mal nach«, erkläre ich ruhig.

Es funktioniert. Er setzt sich langsam in Bewegung und geht zur Haustür. Sie steht noch immer offen. Da bemerke ich, dass der Schlüssel steckt. Mist! Vergessen abzuziehen. Kurz bevor er an der Tür ankommt, hält er in der Bewegung inne. Er schaut nach links zu meiner Garderobe und greift zielstrebig nach meiner Haarbürste. Ich sage lieber nichts. Hauptsache, der Typ geht. Was will er nur damit? Er sieht so strubbelig aus, dass er die Bürste definitiv nötiger hat als ich, also gönne ich sie ihm.

Er soll einfach verschwinden! Endlich findet er den Weg nach draußen und überschreitet die Türschwelle.

Dann passiert das Unglaubliche: Mein Körper wagt es doch tatsächlich, die linke Hand zu heben und zum Winken anzusetzen.

Mein Mund öffnet sich und ich höre mich sagen: »Auf Wiedersehen.«

Dabei komme ich mir reichlich blöd vor.

Am Fenster stehend blicke ich ihm noch eine Weile nach. Er bewegt sich verwirrt und scheint wirklich etwas zu suchen. Ich könnte schnell ein Foto von ihm machen, aber ich bin handlungsunfähig. Als ich die Jungs erneut lachen höre, eile ich zu ihnen. Anscheinend haben sie nichts von der Aktion mitbekommen. Zum Glück!

»Alles gut bei euch?«, frage ich zittrig.

»Klar. Aber noch besser wäre es, wenn wir endlich essen könnten«, stellt Fynn klar.

Er hat sogar vom wegrennenden Jerry aufgeblickt. In seinen Augen kann ich sehen, dass er wirklich Not leidet. Der arme Junge wird verhungern. Natürlich nicht, rüge ich meine Gedanken.

»Entschuldige, das habe ich in der Küche vergessen!«, antworte ich knapp.

Fynn guckt mich irritiert an. »Alles gut bei dir?«

»Selbstverständlich!«, sage ich und zwinge mich zu einem Grinsen. Dann hole ich die Teller. Auf dem Weg in die Küche schaue ich mich prüfend um, ob alle Türen und Fenster verschlossen sind.

Mit links schnappe ich mir das Tablett: Brot, Gurken, Tomate und einen Apfel für jeden. Zurück im Wohnzimmer greifen die Jungs eilig nach den Schnittchen.

»Danke«, geben sie im Chor mampfend von sich.

Ich kann nicht glauben was gerade passiert, und setze mich zu ihnen. Großzügig erlaube ich noch etwas mehr Fernsehen. Die Teetasse habe ich noch immer in der Hand. Ein eiskaltes Gefühl in meinen Beinen zieht sich bis in die Oberschenkel. Instinktiv lege ich sie auf ein Kissen hoch. Mein Atem beschleunigt sich und mir wird schwummrig. Ich sitze in typischer Schockposition auf der Couch neben meinen tiefenentspannten Jungs und versuche, das eben Erlebte zu verarbeiten.

»Willst du gar nichts essen?«, fragt Fynn und blickt mich bei den Worten nicht einmal an, zu spannend ist das Programm. Ein klein wenig fasziniert mich die Situation, die beiden haben echt gar nichts mitbekommen.

»Nein, danke. Ich werde heute mal fasten«, erkläre ich mich, was sie zustimmend hinnehmen.

Den Rest des Abends funktioniere ich einfach, hilflos meiner Angst ausgeliefert. Ein Fremder ist in mein Reich eingedrungen. Das auch noch! Irgendwie muss ich gerade an Ellen Carter denken. Ein dicker Kloß sitzt mir in der Kehle. Ich habe unheimlich Angst, dass der Mann wiederkommt. Katschmarek, den Namen habe ich noch nie gehört.

Normalerweise sitze ich abends noch allein im Wohnzimmer am PC oder telefoniere. Nicht heute. Den Degen von den Jungs neben das

Bett gestellt, kauere ich im Kinderzimmer und lausche jedem Geräusch. Zum Glück steht hier noch die alte Schlafcouch, auf der ich es mir jetzt bequem mache. Mein Herz rast und ich weiß nicht, wie ich die Nacht überstehen soll. Ich nehme mir fest vor, demnächst beim Fechten etwas zuzusehen. Es könnte vielleicht hilfreich sein.

Auf meinem winzigen Handydisplay gebe ich Selbstverteidigungsstrategien in die Suchmaschine ein. Eine klingt vielversprechend. Eine Frau führt ihre Faust in Richtung Auge des Angreifers. Was hat sie da in der Hand? Ich drehe mein Smartphone und entdecke etwas Schwarzes. Einen Autoschlüssel. Was will sie damit? Im nächsten Bild lässt sie den Schlüssel nach vorn schnellen und sticht ... Oh mein Gott, das würde ich nicht schaffen. Schnell suche ich nach etwas weniger Blutrünstigem.

Meine Eltern informiere ich besser nicht. Sie sollen nicht unnötig beunruhigt werden. Es reicht, wenn ich kein Auge zumache. So viele wirre Gedanken. Hat das alles etwas mit den ominösen Nachrichten auf meinem PC zu tun? Hat es jemand auf mich abgesehen? Unruhig wälze ich mich hin und her. Mittlerweile ist es kurz vor Mitternacht. Irgendwann schlafe ich doch ein. Es ist ein unruhiger, angsterfüllter Schlaf.

Tappen im Dunkeln

Tom

Ich beeile mich, heute etwas früher im Büro zu sein. Das Frühstück besteht aus einem Kaffee, schwarz, mit viel Zucker. Für später nehme ich mir einen Shake aus dem Gefrierschrank mit. Zum Glück habe ich für diese Tage vorgesorgt.

Ich schaffe es gerade so, den Computer anzuschalten und das Telefon auf Standby zu stellen, als Anette ihren Kopf reinsteckt.

»Kommst du?«, fragt sie.

Kein *Guten Morgen*, kein Lächeln, aber dennoch freue ich mich auf die Besprechung. Sie versteht ihr Handwerk und dieser Fall macht mich neugierig. Die Arbeit lenkt ab, auch wenn ich mich an die regelmäßigen Bürozeiten gewöhnen muss.

Ich nehme meine fertig sortierten Unterlagen und folge ihr.

Diesmal sitzen wir zu zweit in ihrem Büro. Der Obduktionsbericht liegt bereits auf ihrem Schreibtisch bereit.

»Dein Bericht über die Bezugspersonen war okay. Viel mehr interessiert mich aber, wie es gestern bei dieser Kramer war.«

Ich überreiche ihr das Protokoll, das ich von der gestrigen Vernehmung angefertigt habe.

»Claudia Kramer ist durch die Auswertung des E-Mail-Postfachs von Ellen Carter unter Verdacht geraten«, beginne ich.

»Tom, das weiß ich bereits. Du sollst mir erzählen, was ich noch nicht weiß«, unterbricht mich Anette schroff. Warum ist sie heute so genervt? Müde reibt sie sich die Schläfen.

Ich fahre fort, ohne darauf einzugehen, wie unhöflich ihr Verhalten ist. Mittlerweile weiß ich, dass sie es nicht böse meint, sondern einfach viel um die Ohren hat und gern alles Unnötige weglässt, um Zeit zu sparen.

»Claudia Kramer passt nicht recht in den Fall, hat aber dennoch als Einzige ein annehmbares Motiv. Leider auch kein Alibi«, erläutere ich den aktuellen Stand.

»Ihr Verhalten ist auffällig, aber einen Mord würde ich ihr nicht zutrauen.«

»Stopp!« Anette hebt den Blick. »Tom, ich will nur Fakten hören, keine Vermutungen, klar? Du darfst keine Sympathien aufbauen. Das macht dich blind für die Realität.«

»Klar« ,sage ich und ärgere mich über mich selbst. Anette hat recht. So wie ich es gesagt habe, lag eine Wertung in meinen Worten.
Unbewusst habe ich Claudia Kramer in Schutz genommen. Warum auch immer, aber sie tut mir leid.

»Claudia Kramer ist ebenfalls Schriftstellerin, aber eine sehr unbekannte. Sie scheut die Öffentlichkeit und ist in den sozialen Netzwerken wenig vertreten. Ihr eigentlicher Beruf ist Lehrerin, welchen sie aktuell nicht ausübt. Als Hausfrau verdient sie sich ein Zubrot mit E-Books, die sie verkauft. Sie beschuldigt Ellen Carter, ihre Ideen zu kopieren«, fahre ich fort. »Man kann eine Verzweiflung in ihrer Anklage hören. Ich vermute, sie ist sich sicher, dass sie recht hat.«

»Hat sie Beweise dafür?«, fragt Anette. Skeptisch schaut sie in ihre Unterlagen.

Wieder habe ich das Gefühl, sie verteidigen zu müssen. »Nein, aber …«

»Tom, ich kann so Leute nicht leiden. Sie bedauern ihren eigenen Misserfolg und suchen sich jemanden, auf den sie die Schuld schieben. Häufig spielen Eifersucht und Enttäuschung eine große Rolle. Was hat sie als Alibi angegeben?«, fragt sie abwartend und schaut mich an.

»Allein zu Hause«, antworte ich. Auch ohne das Seufzen von Anette ist mir die missliche Lage von Claudia Kramer klar. So gerne ich ihr helfen möchte, muss ich objektiv bleiben.

Stille. Es sind auch keine Worte nötig.

»Gut. Ich werde mir deine Aufzeichnungen zusammen mit den E-Mails der Kramer genauer ansehen«, beschließt Anette und übernimmt das Gespräch.

»Hier habe ich den Obduktionsbericht von Rheinfried vorliegen: Ellen Carter ist aufgrund des hohen Blutverlusts verstorben. « liest sie mir laut vor.

»Todeszeitpunkt Samstag, gegen 18 Uhr. Beim Auffinden durch die Polizei war sie dementsprechend fünfundzwanzig Stunden tot. Die Leichenstarre war bereits stark fortgeschritten. Die inneren Organe waren altersgemäß in Ordnung. Herz okay. Im Blut waren große Mengen gerinnungshemmender Medikamente nachweisbar. Stellungnahme ihres Hausarztes ist angefordert. Die Schnitte an den Armen sind mit einem stumpfen Gegenstand ausgeführt worden, der nicht näher bestimmt werden konnte. Fraglich ist, wie sie den zweiten Schnitt gesetzt hat, die Schmerzen müssten sie an der Ausführung gehindert haben. Die Schnitte unterscheiden sich in der Länge. Am linken Arm sechs Zentimeter, am rechten nur dreieinhalb Zentimeter lang. Das größte Rätsel gibt mir die Tatsache auf, dass beide Zeigefinger gebrochen waren. Diese Brüche sind nicht aufgrund der fortgeschrittenen Leichenstarre entstanden. Sie hatte also einen Besucher, der ihr nicht ausschließlich sein Beileid ausgesprochen hat, sondern die bereits tote Ellen Carter geschädigt hat«, beendet Anette den Bericht und knallt die Mappe lautstark auf den Tisch.

Jetzt schalte ich mich ein: »Wer bricht einer Leiche die Zeigefinger?«

»Wohl der Gleiche, der sich nach dem Tod an ihrem PC zu schaffen gemacht hat«, lautet ihre Antwort.

»Was hat man davon?«, überlege ich laut. »Warum ausgerechnet die Zeigefinger?«

Anette sieht mich auffordernd an: »Genau das werden wir herausfinden.«

Psychologie für Abgeneigte

Tom

Am Nachmittag stehe ich vor dem schlichten Wohnhaus und drücke den Klingelknopf. Alles in mir schreit danach, so schnell es geht, das Weite zu suchen. In diesem Moment ertönt der Türöffner und ich betrete den Hausflur. Meine Füße heben und senken sich. Mein Körper bewegt sich auf die Eingangstür zu, während mein Geist bereits auf dem Weg nach Hause ist.

»Guten Tag. Sie müssen Tom sein?«, höre ich eine freundliche Stimme und schaue dabei in das Gesicht einer älteren Dame mit schulterlangen grauen Haaren. «Mein Name ist Sabine Peters.«

»Guten Tag«, erwidere ich ihren Gruß blechern.

»Kommen Sie herein. Ich gehe einmal vor«, weist sie mich an.

Ich folge ihr in das Zimmer am Ende des Flurs. Anders als ich mir es vorgestellt habe, ist dort keine Liege. Ein heller Raum erwartet mich. Direkt vor Kopf steht ein großer Holzschreibtisch mit einem flackernden Monitor. Anscheinend hat sie gerade noch etwas geschrieben. Am Fenster stehen sich zwei schlichte Sessel gegenüber. Neben dem einen ein kleines Tischchen mit einer Kladde darauf, neben dem anderen eine Yuccapalme. Dort nehme ich Platz.

Unbehagen macht sich in mir breit. Beide Hände liegen unruhig auf den Oberschenkeln. Mein Körper verkrampft sich, denn schon jetzt überlege ich fieberhaft, was ich ihr zu sagen habe.

Freundlich lächelt sie mich an.

»Wie geht es Ihnen, Tom?«, fragt sie.

»Gut.«

»Gut im Sinne von: Ihnen geht es rundum gut oder eher: Gut, denn ich sage immer gut, egal wie es mir geht?«, fragt sie und schaut mich ernst an.

Ich weiß nicht, was ich sagen soll, denn sie wird mich durchschauen. Ich habe schon oft mit Psychologen zusammengearbeitet. Beim Kommando haben sie uns nach schwierigen Einsätzen beraten und die Nachbereitung übernommen. Besser, ich lege die Karten auf den Tisch.

»Hören Sie, ich weiß Ihre Mühen zu schätzen, aber es geht mir gut. Wenn es nicht so wäre, hätte ich auch kein gesteigertes Interesse, darüber zu reden. Es stimmt, die letzten Wochen waren hart. Im Schlaf bin ich von Albträumen geplagt worden und tagsüber haben mich die Ohrgeräusche gehindert, ein einfaches Gespräch zu führen, aber jetzt ist es okay. Ich möchte nicht wieder alles aufrollen und in Einzelteile zerlegen. Ich bin ausschließlich hier, weil …« Ich breche meinen Redeschwall ab, denn ungern möchte ich zugeben, dass ich nur hier bin, um meine drei Pflichtstunden abzusitzen.

»Es freut mich, dass es Ihnen besser geht.« Sie legt ihre Kladde beiseite und faltet die Hände auf ihrem Schoß. »Wollen wir die Zeit nutzen, um Ihre Ohrgeräusche näher zu betrachten?«

Ich freue mich über das Angebot, doch zweifle ich, dass es was bringt, mit ihr darüber zu reden. »Sollten wir nicht eigentlich über die Ereignisse reden, die mich in die Situation gebracht haben, Sie aufzusuchen?«, frage ich skeptisch.

»Tom, ich möchte Ihnen helfen. Wobei … das bestimmen Sie. Ich kann nicht in Sie reinschauen.« Sie greift wieder nach ihrer Kladde. »Sie sagten, Sie haben Probleme, Gesprächen zu folgen?«

»Ja. Es kommt immer darauf an, in welcher Umgebung ich mich befinde. Im Freien ist es einfacher als in geschlossenen Räumen. Auch kommt es darauf an, in welcher Position ich mich zu meinem Gegenüber befinde«, erkläre ich.

»Das Knalltrauma ist noch nicht lange her, Ihr Gehirn wird noch etwas Zeit brauchen.« Sie schaut über ihren Brillenrand zu mir.

Redet nicht weiter. Es macht mich unruhig, dass sie Fakten in den Raum stellt und sie nicht erklärt oder abschließend bewertet.

»Es war nicht das erste Mal, dass ich ein Knalltrauma erlitten habe. Blendgranaten oder Schüsse aus dem Fahrzeug, so etwas passiert nun mal bei meinem Job ...« Meine Stimme ist zu laut, ich habe mich provoziert gefühlt.

»Hatten Sie zuvor schon mal eine Infusionstherapie nach einem Knalltrauma?«, fragt sie ganz ruhig und ignoriert meinen Ausbruch.

»Zweimal«, sage ich knapp.

»Dann sollten Sie bis zum nächsten Mal herausfinden, wo der Unterschied lag«, gibt sie mir die Aufgabe.

»Wird es jemals wieder so wie vorher?« Meine Stimme klingt betrübt und ich fühle mich auch so.

»Ihr Gehirn ist lernfähig, solange sie es zulassen. Wenn Sie es schaffen, den Vorfall, der das Trauma ausgelöst hat, zu verarbeiten, stehen die Chancen gut.«

Sie drängt mich nicht, das gefällt mir. Bisher habe ich noch mit niemanden darüber geredet. »Klingt ermutigend.«

Eine unangenehme Stille entsteht. Für meinen Geschmack ist alles gesagt. Auch habe ich das Gefühl, dass sie mir schon ausreichend geholfen hat. Ein Blick auf die

Uhr versetzt mir einen Schock. Es sind gerade fünf Minuten von fünfzig vergangen. Unruhig setze ich mich in eine andere Position. Über meinem rechten Auge zuckt ein Muskel unangenehm. Auf den Ohren rauscht es.

Dann erlöst mich mein Gegenüber. »Tom, wie geht es Ihnen denn, seit Sie wieder arbeiten?«

»Es tut gut«, sage ich ehrlich und entspanne mich etwas.

»Haben Sie dort auch Schwierigkeiten beim Hören?«, fragt sie interessiert.

»Es ist manchmal nicht leicht, bei Besprechungen zum Beispiel. Die Gesprächspartner wechseln dann sehr schnell und ich habe nicht ausreichend Zeit, mich darauf einzustellen. Meine Konzentrationsfähigkeit lässt gefühlt nach zehn Minuten nach.« Meine Handfläche reibt über die Stirn. Ich kann nicht ertragen, wie mich dieses Versagen täglich hemmt.

»Viele unterschiedliche Gesprächspartner sind für uns alle eine Herausforderung und lange Debatten anstrengend. Lassen Sie uns ein paar Übungen dazu machen.«

Die folgende halbe Stunde vergeht wie im Flug. Sie erklärt mir mein Hören und gibt mir gute Tipps, wie ich es optimieren kann.

Auch wenn ich es ungern zugebe, aber sie ist die Erste, die versteht, was gerade bei mir los ist. Woher sollte ich auch wissen, dass sie mehrere Jahre auf einer Tinnitus-Station in der Uniklinik gearbeitet hat? Spezialisiert auf Hörtherapien. Sie hat mir empfohlen, mich beruflich und privat so zu orientieren, dass ich mich wohlfühle. Ohne Stress würde mein Hirn es leichter schaffen, die Geräusche als normal zu betrachten und mit der Zeit zu überblenden. Unvorstellbar, dass ich eine Chance habe, mit diesem Rauschen zu leben, ohne ständige Nervosität zu fühlen.

Als die Zeit um ist, bin ich erleichtert, den ersten von drei Terminen hinter mich gebracht zu haben.

Verbotene Begegnung

Claudia

Je dunkler es wird, desto unruhiger werde ich. Noch immer steckt mir der Schock des gestrigen Abends in den Knochen. Was, wenn der Typ heute Abend wieder auftaucht? Ich schaue verzweifelt nach den Kindern. Mit ihnen fühle ich mich sicherer, auch wenn sie mir nicht wirklich helfen können. Wenigstens bin ich nicht allein. Ich möchte sie nicht in Gefahr bringen, sondern eher beschützen. Sie dürfen in ihrem Zuhause keine Angst bekommen. Schon gar nicht nach all dem, was sie in ihrem zarten Alter durchmachen mussten. Hier ist ihr geschützter Ort.

Kurzentschlossen täusche ich einen Migräneanfall vor und bringe die beiden zu meinen Eltern. Sie wohnen schräg gegenüber in einem schicken Einfamilienhaus. Es ist gut, so nah beieinander zu sein, da die Jungs sehr viel Zeit bei ihnen verbringen wollen. Meinen Eltern habe ich nichts von meinem abendlichen Besucher erzählt. Meine Mutter würde vor Sorge kein Auge zu machen und mein Vater müsste sich zerteilen, da er gern seine Frau und seine Tochter nebst Enkeln beschützen möchte.

»Hey, Liebes, du siehst ganz krank aus«, begrüßt meine Mutter mich besorgt. Hast du dich schon wieder über diese Autorin aufgeregt? Du weißt doch, dass du davon deine Migräne bekommst. Kann nicht irgendjemand diesem Miststück den Mund stopfen?« Sie nimmt mich in den Arm und gibt mir sanft einen Kuss auf die Stirn.

Oh, nein, denke ich. Sie weiß es noch gar nicht. »Hey, Mama, hast du es nicht gelesen? Sie ist tot!«

Ein erstaunter Ausdruck erscheint auf ihrem Gesicht, so als könnte ich damit etwas zu tun haben. »Nein, Mama. Ich war das nicht.«

Völlig entnervt stelle ich die Schultaschen in den Flur und verabschiede mich.

»Willst du schon wieder gehen, ich könnte dir noch einen Kräutertee kochen«, bietet sie fürsorglich an. »Dann kannst du erzählen …«

»Nein, danke, du weißt doch: Ruhe und Dunkelheit. Das Einzige, was hilft.«

Schnell verabschiede ich mich von den Jungs und winke meiner Mutter, dann eile ich zurück nach Hause.

Jetzt, wo ich die Jungs gut versorgt weiß, kann ich mich wieder ganz und gar auf meine eigene Angst konzentrieren. Um 17:53 Uhr ist es zu dieser Jahreszeit noch hell. Ich muss irgendwas tun. Zum Schreiben bin ich zu nervös und kann auch sonst keinen klaren Gedanken fassen.

Als ich mich in meinen vier Wänden umsehe, wird mir klar, was ich machen muss: Aufräumen. Alles liegt voller Spielzeug. Mein Schreibtisch ist zu klein. Mehrere Stapel Manuskripte stapeln sich und ich beginne, sie zu sortieren.

Da fällt mir ein gedruckter Zettel auf. Es ist eine Ankündigung für das neue Buch von Ellen Carter, den ich vor einer Woche auf Faceb**k gefunden habe. Buch. Unglaublich. Manchmal fühle ich mich, als hätte sie mir meine schönsten Worte gestohlen und dann zu ihren gemacht. Ich hasse sie. Schnell schmeiße ich den Zettel weg und hole den Staubsauger. Mit ein wenig Musik von BTS geht es gleich viel besser. Beschwingt tanze ich im Rhythmus und nur das Stromkabel des Saugers kann mich stoppen.

Nach fast zwei Stunden harter Arbeit gefällt mir das Ergebnis gut. Ich habe nicht nur die zerfallene Lego-Eisenbahn wieder zusammengebaut, sondern auch einen Bahnhof und die Verladestation; am Morgen hatte mir Fynn großzügig seine Erlaubnis dazu gegeben.

19:45 Uhr. Die Dämmerung bricht an. Es regnet. Bei schlechtem Wetter habe ich noch mehr Angst als bei gutem. Unruhig knete ich meine Hände. Ich schalte alle Lichter aus und kauere im Dunkeln auf meiner Couch. Wenn mich keiner sieht, wird mich auch keiner angreifen. Dummerweise konzentrieren sich jetzt all meine Sinne auf die Geräusche um mich herum. Die Holzverkleidung meiner Wände und die alten Fenster sind dabei keine Hilfe. Es knarzt und knackt in jeder Ecke, oder bilde ich mir das nur ein? Ich muss mich ablenken, indem ich eine Freundin anrufe. Gute Idee! Nach drei Besetztzeichen und zweimal Nicht-Abheben ist mein spärlicher Bekanntenkreis abgegrast. Sarah ist heute Morgen mit einer Jugendgruppe zu einem Wettkampf gefahren, sie kann mir also auch nicht helfen. Außerdem sind sie wieder in diesem Naturfreundehaus untergebracht, wo es garantiert, elektrosmogfrei ist. Keine Handys erwünscht.

Meine virtuellen Freunde sind auch keine Hilfe. Es ist mittlerweile 22:19 Uhr und meine Angst ist kaum zu ertragen, als ein Blinken am PC-Monitor meine Aufmerksamkeit auf sich zieht.

Ich schaue genau hin: Eine E-Mail ist es nicht, der Bildschirm wird schwarz und es tauchen langsam aneinandergereiht Buchstaben auf.

DU MUSST SCHREIBEN, TU ES FÜR MICH!

Oh mein Gott! Jetzt ist mein Puls am Rasen, ich schwitze am ganzen Körper. Meine Finger zittern stark. Völlig hilflos und panisch verstecke ich mich unter meinem Schreibtisch und ziehe das Kabel vom PC. Da fällt mein Blick auf meinen Kalender, der ordentlich neben meinem Telefon auf der Anrichte liegt. Der gestrige Tag ist noch aufgeklappt und ich entdecke die Notiz mit Tom Erkelenz‘ Nummer darauf. Ich schnappe mir den Zettel und fische mein Smartphone hervor. Er geht nach nur zweimal Klingeln ran. Völlig atemlos rede ich wirres Zeug. Ich weiß nicht, was ich mir erhoffe. Er gab mir die Nummer für den Notfall und falls mir noch was einfällt, nun ist beides eingetroffen. Ich habe einen Notfall und ich muss ihm von der Botschaft auf meinem Monitor erzählen. Schließlich stimmt er zu vorbeizukommen, er sei ganz in der Nähe, da er noch bei einem Freund zu Besuch war.

Ich sitze unruhig unter meinem Schreibtisch und warte. Es dauert viel zu lange, bis endlich mein Smartphone vibriert. Tom Erkelenz hatte mir aufgetragen, erst die Tür zu öffnen, wenn er vorher durchgeklingelt hat.

Ich schaue trotzdem noch mal durch meinen Türspion und vergesse all meine Angst bei dem Anblick dieses Mannes. Er ist lockerer gekleidet als beim letzten Mal:

Sweatshirt und Bluejeans. Ein paar Turnschuhe runden sein Outfit ab: Lässig und unheimlich männlich steht er vor meiner Tür. Ich selbst muss zum Weglaufen aussehen, immerhin habe ich die Panik des Lebens hinter mir. Eilig streiche ich mein wirres Haar mit den Fingern glatt.

Langsam öffne ich die Tür. »Herr Erkelenz, es ist so nett, dass Sie gleich vorbeischauen«, sage ich mit einem nervösen Zittern in der Stimme.

Er schaut an mir vorbei und macht mir ein kleines Kompliment, denke ich zumindest. »Sie haben die Lego-Eisenbahn wieder aufgebaut?«

Es ist ihm aufgefallen. Meine Wohnung muss beim letzten Mal grausam ausgesehen haben.

»Es tut mir leid, dass ich so spät gestört habe, aber ich weiß nicht mehr weiter. Hier gehen Dinge vor sich, die ich nicht erklären kann. Ich habe Angst und bin am Ende«, rede ich viel zu schnell und hysterisch.

»Sie werden doch nicht wieder umkippen und hyperventilieren? Dann sollten Sie lieber den Rettungsdienst anrufen.«

»Nein, ich denke nicht, aber danke, dass Sie gekommen sind.« Unsicher lächele ich ihn an.

Seine Mundwinkel heben sich belustigt. »Ist schon okay, ich will den Fall lösen, dazu muss ich allen Hinweisen nachgehen.«

»Also gut, ich weiß nicht mehr weiter. Seit gestern passieren so viele merkwürdige Dinge«, fange ich an zu erklären und gehe vor ins Wohnzimmer.

»Das sagten Sie bereits. Erzählen Sie mir erst mal von dem Eindringling gestern Abend. Mich interessieren alle Details: Wie sah er aus, was hat er gesagt? Was hat er getan, bevor sie ihn bemerkt haben?«, fragt er viel zu viel auf einmal.

Wir setzen uns wie gestern gegenüber: ich auf meinen Drehstuhl und Tom Erkelenz zwischen meinen Kissen auf die Couch. Seine Anwesenheit beruhigt mich, daran könnte ich mich gewöhnen. Er wirkt so stark und selbstsicher. Er ist der erste Mann seit … Nein. Nicht jetzt an so schlimme Sachen denken. Einfach seine Gegenwart genießen.

Ich erzähle ihm ruhig, was passiert ist. Seine verlangten Details bleibe ich ihm dabei jedoch schuldig, denn im Großen und Ganzen bin ich froh, dass ich noch lebe und die Jungs nichts mitbekommen haben. Wie hätte ich da noch das Äußere des Mannes studieren sollen?

Als ich fertig bin, scheint Tom Erkelenz genau zu überlegen, bevor er etwas sagt.

»Das macht alles keinen Sinn. So wie Sie den Mann von gestern Abend beschreiben, ist er eher ein armes Würstchen, das sich mit Tageswohnungseinbrüchen über Wasser hält. Was nicht heißt, dass diese Typen nicht gefährlich sind, immerhin haben sie nichts zu verlieren. Aber das passt alles nicht zu dem Computerprofi, der sich an Ihrem Rechner zu schaffen macht.«

Bevor er weiterredet, setzt er sich auf und fängt an, mich mit Blicken zu durchbohren. »Eins steht fest: Bei Ihren Erzählungen haben Sie mir noch nicht gesagt, wer Ihr Feind sein könnte.« Kurze Pause. »Vor allem, warum?« Erwartungsvoll schaut er mich an.

»Das ist genau die Frage, die ich mir selbst immer wieder stelle. Warum passieren ausgerechnet nach Ellen Carters Tod solche komischen Dinge?
Ich habe mit dieser Frau nie persönlich geredet. Sie und ihre Konsorten waren sich bis dato zu fein dazu.« Ich reibe meine Schläfen und hoffe, dass ich nicht wirklich Migräne bekomme.

»Moment. Welche Konsorten meinen Sie?«, fragt Tom Erkelenz überrascht.

»Bin ich der Ermittler oder Sie?« Ich verdrehe gespielt die Augen. »Ellen Carter hat zwei verbündete Autoren: Mirjam Greif, mit der sie ab und zu sogar gemeinsam geschrieben hat, und ihr bester Freund

Holger Brecht. Man munkelt, sie wären manchmal mehr als beste Freunde«, erkläre ich ihm das Trio, was mich seit einiger Zeit schier in den Wahnsinn treibt.

»Woher wissen Sie das so genau?«, hakt er nach. Seine Stirn legt sich in Falten.

Ich weiß nicht, wie viel ich von meiner Geschichte preisgeben will. Unruhig rutsche ich auf meinem Stuhl hin und her. »Ich habe seit einem Jahr Ärger mit dieser Frau und nutze jede Information, um sie zu überprüfen; was ihr nächster Schritt ist und so. Immerhin werde ich kein weiteres Buch von mir zum Kopieren freigeben.«

Jetzt kann ich seine Gedanken genau lesen. Bei meinen nächsten Worten weiß ich, dass ich einen Volltreffer gelandet habe. »Nein, ich habe sie immer noch nicht umgebracht!« Energisch schüttele ich meinen Kopf.

Er grinst verlegen, was ihm hervorragend steht. Dieser böse Blick und das zaghafte Lächeln ... Verträumt starre ich ihn an.

»Sie müssen mich verstehen, immerhin sind sie eine der Hauptverdächtigen in dem Fall. Jetzt erzählen Sie mir, Sie haben das Opfer und ihr Umfeld abgrundtief gehasst. Da wird man doch skeptisch sein dürfen.« Er lehnt sich zufrieden zurück in die Kissen. Mittlerweile fixiert er mich wie ein Raubtier. Verschwunden ist das Lächeln.

Da hat er recht. Vielleicht würde ich mir an seiner Stelle auch kein Wort glauben.

Wir schweigen eine Weile. Das halte ich nicht lange durch, daher versuche ich es anders.

»Wollen Sie was trinken?«, frage ich und stehe schon auf, um etwas aus der Küche zu holen.

»Es ist besser, wenn ich jetzt gehe. Ich sollte sowieso nicht hier sein.« Auch er steht auf und macht Anstalten zu gehen.

»Oh nein, bitte nicht gehen, dann bin ich ja wieder allein. Gerade habe ich mich so sicher gefühlt. Mein privater Polizeischutz darf noch nicht gehen.«

Überleg, Claudia, überleg. »Ähm, ich wollte noch so viel erzählen. Da gibt es noch einige Kuriositäten«, lüge ich.

Er hadert neugierig mit sich und schaut noch einmal auf die Uhr. »Na gut, dann nehme ich ein Wasser.

»Wasser? Ich hätte auch ein Bier!«, biete ich an. Vielleicht trinkt er auch zwei und kann nicht mehr fahren. Dann würde er …

»Nein, danke, ich bin im Dienst«, antwortet er knapp. »Ich sollte nicht hier sein. Ich ermittle in Ihrem Fall und bin noch auf Bewährung bei der Kripo. Ich kann Probleme bekommen, wenn das hier rauskommt.« Er zeigt mit der Hand um sich.

Ich ignoriere seinen Einwand und eile in die Küche. Die Zeit nutze ich, um mir etwas einfallen zu lassen. Zurück im Wohnzimmer frage ich das Erste, was mir in den Sinn kommt.

»Wieso sind Sie eigentlich weg vom SEK?«, frage ich ganz beiläufig. Dann fällt mir ein, dass ich davon gar nichts wissen kann. Mist.

Sein Blick trübt sich augenblicklich. »Was soll das hier werden? Wollen Sie mich aushören, ich dachte eigentlich, Sie hätten was zu erzählen?«

»Ja, genau.« Ich stelle das Wasser vor ihm ab und setze mich wieder.

Was erzähle ich ihm bloß? »Ich habe das Gefühl, ich bin Opfer eines großen Komplotts. Jeder Vorfall der letzten Tage für sich allein wäre schon merkwürdig, aber alle zusammen beängstigen mich sehr. Vor allem dieser Einbruch. Dass jemand in meinem Sicherheitsbereich eingedrungen ist, finde ich so schrecklich. Es hätte sonst was passieren können. Ich bin solchen Leuten doch hilflos ausgeliefert.« Meine Worte bringen mich in eine tiefe Verzweiflung. Vor meinen Augen taucht das Bild auf, als dieser Mann in meinem Flur steht. Er hätte sich umdrehen können und mich angreifen. Mich schlagen. Vielleicht hatte er auch eine Waffe.

»Am besten kommen Sie morgen früh ins Präsidium. Dann können Sie eine Aussage machen. Wir schauen, ob es in der Kartei jemanden gibt, der so aussieht wie Ihr unerwünschter Besucher«, schlägt er vor.

Er trinkt das Wasser aus und stellt das Glas zurück auf den Tisch. »Wenn es sonst keine wichtigen Hinweise zum Fall mehr gibt, werde ich mich mal auf den Weg machen.«

Die Bilder vor meinen Augen werden immer konfuser. Ich sehe, wie dieser Kerl mich angreift. Angst erfüllt meinen Körper. Steif sitze ich da. Was mache ich, wenn die einzige Chance auf Schutz weg ist. Allein die Vorstellung, dass der Typ wiederkommt, lähmt mich. Eine einzelne Träne der Verzweiflung rinnt über mein Gesicht.

Anscheinend hat Tom Erkelenz etwas gemerkt, denn er lehnt sich erneut in die Kissen zurück. »Ist das ein Problem für Sie?«

»Wenn ich ehrlich bin, weiß ich nicht, wie ich die Nacht überstehen soll. Ich kann nach all dem nicht allein sein«, schluchze ich. Ich bemühe mich, die aufsteigende Panikattacke zurückzuhalten. Meine Hände reiben nervös an meinen Oberschenkeln. Jeder Muskel in meinem Gesicht bewegt sich.

»Haben Sie keine Freundin, die vorbeikommen könnte?«, fragt er und sieht mich aufmunternd an.

»Ich habe bereits herumtelefoniert. Leider erfolglos.«

»Was ist mit Ihren Eltern?« Sein mitleidiger Blick gibt mir Hoffnung, dass er mir beisteht, also schaue ich ihn noch ein bisschen verzweifelter an.

»Ich habe die Jungs zu ihnen gebracht. Die kann ich unmöglich einweihen.« Unterstützend schüttele ich den Kopf. »Sie sind meine letzte Hoffnung«, gebe ich ehrlich zu.

Er scheint darauf anzuspringen: »Sie bringen mich damit ganz schön in die Bredouille. Es war falsch, überhaupt hierherzukommen.« Er reibt sich sein Kinn und zieht die Stirn in Falten.

»Sie könnten es sich auf meiner Coach bequem machen und den PC im Blick behalten. Vielleicht geht es gleich wieder los? Dann wüssten Sie, dass ich mir das nicht einbilde«, flehe ich ihn an.

Es scheint zu funktionieren, denn er entspannt sich. Den Blick auf den Monitor gerichtet, kann ich sehen, dass er überlegt.

»Ich werde Ihren Computer eine Weile beobachten. Dann gehe ich nach draußen in meinen Wagen. Von da aus habe ich Ihr Haus im Blick und kann notfalls einschreiten. Sie sollten morgen versuchen, bei ihrer Familie oder Freunden unterzukommen.«

»Die ganze Nacht draußen im Auto sitzen? Sie können auch gern hier oben bleiben.« Ich klimpere mit den Lidern und versuche ihn aufreizend anzusehen. Mir ist jedes Mittel recht, um ihn hier zu halten. Nur so kann ich diese Nacht überstehen. Morgen werde ich weitergehen, aber heute habe ich einen Beschützer gefunden.

Anscheinend deutet er es falsch. »Keine Sorge, das ist nicht die erste Nachtschicht. So etwas war schon immer Bestandteil meiner Arbeit. Man gewöhnt sich daran.«

»Danke, ich wüsste nicht, was ich ohne Sie machen soll.«

Am nächsten Morgen werde ich durch dauerndes Klingeln an der Tür geweckt. Fynn hat seine Sporttasche nicht mitgenommen. Leise schleiche ich am Wohnzimmer vorbei, doch dann sehe ich den Zettel auf dem Boden:

Liebe Frau Kramer,

ich hoffe, Sie haben gut geschlafen.
Bitte schalten Sie den PC vorerst nicht an. Falls ihn irgendjemand manipuliert, werden wir es herausfinden. Ich schaue mal, was man da machen kann.

Ich melde mich, sobald ich neue Informationen habe.

Tom Erkelenz

Geheimnisvolle Freunde

Tom

Zu was hatte ich mich da nur hinreißen lassen? Nie hätte ich dort mit ihr in der Wohnung sein dürfen! Sie sah so ängstlich und verzweifelt aus, wie hätte ich sie da allein lassen können? Ich bin doch kein Unmensch. Irgendwie glaube ich ihr die ganze Geschichte. In meinen Augen ist sie unschuldig. Ich hatte sie am Anfang für eine verschüchterte und verklemmte Schreibertante gehalten, aber da ist auch noch eine andere Seite an ihr. Sie hat so etwas Kumpelhaftes. Besonders süß war ihr Versuch, mich mit einem Mitleidsblick anzusehen, damit ich bei ihr bleibe. Es hat gutgetan, sie zu beschützen. Ich habe mich gebraucht gefühlt.

Zum Glück hat sie nicht mitbekommen, dass ich wohl beim Beobachten des PCs eingenickt bin. Um fünf bin ich etwas orientierungslos aufgewacht. Nachdem ich gemerkt habe, wo ich bin, war es mir unangenehm. Trotzdem habe ich letzte Nacht so gut wie lange nicht mehr geschlafen. Meine sonst so vertrauten Albträume waren nicht bis in ihre kleine Puppenstube vorgedrungen.

Und so fühle ich mich auch. Ausgeruht und entspannt. Diesen Körperzustand habe ich schon fast vergessen. Dafür hat es sich gelohnt, ein wenig gegen die Regeln zu verstoßen. Ich muss mich später unbedingt wegen ihres PCs umhören.

Anette erwartet mich bereits mit den Autoschlüsseln in der Hand. »Da bist du ja endlich, wir haben ein Termin!«

»Es ist 7:45 Uhr«, erwidere ich gehetzt. Eine Viertelstunde früher als verabredet, aber anscheinend immer noch zu spät für meine liebe Chefin. Sie ist einfach unverbesserlich.

»Zeit, um endlich loszulegen«, sagt sie immer noch vorwurfsvoll und wir gehen zu unserem Dienstwagen.

Wohin die Fahrt geht, erklärt sie mir, während sie das Auto gekonnt durch den morgendlichen Berufsverkehr lenkt.

»Dieser Fall scheint zunehmend das Interesse der Öffentlichkeit zu erwecken. In den Medien verstärkt sich die Meinung, dass Claudia Kramer die Mörderin von der beliebten Autorin Ellen Carter ist, die aus purer Eifersucht sterben musste.« Anette sagt das und sieht zufrieden aus, ganz im Gegenteil zu mir.

»Woher hat die Öffentlichkeit ihren Namen? Soweit ich weiß, gab es noch keine Pressemitteilung dazu.«

»Das stimmt. Doch leider verbreitet sie weiterhin ihren Hass im Netz und nutzt nun die Chance, Anklage gegen Ellen Carter zu erheben. Die Schwester hat bereits telefonisch angekündigt, dagegen vorzugehen«, erklärt mir Anette.

»Die hat es nötig«, flüstere ich mehr zu mir selbst, ungehört von Anette.

»Wir nehmen uns als nächstes diesen Holger Brecht vor. Er hat gerade verkündet, Ellen Carters letztes Werk, gemeinsam mit Mirjam Greif, zu veröffentlichen. Bis zum Schluss habe Carter daran gearbeitet und sei quasi bei geöffneter Datei gestorben. Für meinen Geschmack geht das alles ein bisschen schnell. Vielleicht ist das ein neuer Ansatz«, erklärt Anette ihre Theorie und packt ihre Tasche.

Ich stelle mir Brecht als langweiligen, unsportlichen Typen mit Brille vor, wie er an seinem Schreibtisch sitzt.

»Die wollen das Buch einfach weiterschreiben?«, frage ich irritiert.

»Seltsam. Ich habe das Gefühl, es trauert keiner der Autorin nach. Alles dreht sich bereits um diese Veröffentlichung und wie es mit den Büchern weitergeht. Die Buchbranche muss knallhart sein. Dem Brecht werden wir mal ordentlich einheizen. Ich stelle die Fragen. Du kannst ein wenig aus dem Off agieren«, bestimmt Anette.

»Ich bin gespannt, was du aus ihnen herauskitzelst«, sage ich.

Die restliche Autofahrt überlege ich, wie ich Anette beibringen soll, dass ich gestern noch einmal bei der Kramer war. Am besten lasse ich zunächst ihren PC überprüfen. Unauffällig tippe ich eine Nachricht in mein Smartphone. Durch das SEK habe ich noch einige nützliche Verbindungen. Mit den Ergebnissen lässt sich mein Hausbesuch sicher erklären. Warum fühlt es sich so verboten an, was ich gemacht habe? Zum Glück bleibt mir keine weitere Zeit zum Nachdenken, denn Anette fährt bereits auf den Parkplatz der Zieladresse.

Holger Brecht wohnt ganz in der Nähe seiner Managerin Cynthia Carter in einem modernen Architektenhaus. Es besteht aus zwei identischen Bungalows, die mit einem gläsernen Durchgang verbunden sind. Hinter dem Haus befindet sich eine im mediterranen Stil angelegte Poolanlage. Wahrscheinlich handelt es sich bei einem der Bungalows um das Wohnhaus und bei dem anderen um sein Atelier. Durch die großen Fenster kann man die wuchtigen Schreibtische erkennen. Kurz meine ich, eine Frau in einer erotischen Pose gesehen zu haben.

Wir parken den Wagen direkt vor der Tür. Mit dem Notizbuch bewaffnet, steige ich aus.

So offen auf einen möglichen Täter zuzugehen ist etwas ganz Neues. Eine Schusswaffe trage ich dennoch, wenn auch verdeckt. Vorsichtshalber scanne ich mein Umfeld. Fenster, Türen, sonstige Bewegungen im Garten …

Anette betätigt den Klingelknopf gleich zweimal, um der Dringlichkeit unseres Besuches Nachdruck zu verleihen, obwohl wir gar keinen Zeitdruck haben.

»Atelier Brechtig!«, knarzt es uns entgegen.

Sofort schaue ich auf das Namensschild. Da steht tatsächlich BRECHTig. Soll wohl eine Mischung aus prächtig und Brecht sein. Welch ein geniales Wortspiel. Ungläubig schüttele ich den Kopf. Was ein Idiot dieser Typ sein muss.

»Thomas. Kriminalpolizei. Bitte öffnen sie unverzüglich!«, erbittet Anette um Einlass. Ihre Mimik verfinstert sich mit jeder Minute, die man uns warten lässt.

»Oh …« Die Sekretärin öffnet bei dem Wörtchen *Polizei* sofort die Tür, wohl ohne Rücksprache mit dem Eigentümer zu halten.

Der Summer ertönt und wir gehen ins Haus. Erstaunt stelle ich fest, dass Anette sehr wohl alle Aspekte der Eigensicherung beachtet. Sie geht nicht ungeschützt in die Räume eines Verdächtigen, sondern checkt Gefahrenpunkte. Als die Sekretärin auf uns zukommt, hat sie die Hand im Gürtelbereich, wo sie einen kleinen Revolver und ein

Pfefferspray trägt. Sie zeigt der Frau ihren Dienstausweis.

»Wo ist das Büro von Herrn Brecht?«, fragt Anette sie auffordernd.

»Folgen Sie mir«, sagt sie schüchtern, fast ängstlich. Ohne weitere Nachfrage geht sie den Flur entlang bis zu einer breiten Holztür. Das Klingeln hat Brecht offensichtlich nicht gehört. Als sie an seine Bürotür klopfen möchte, schiebt Anette sie beiseite.

»Das schaffen wir schon.«

Die Frau guckt sie entgeistert an, entschließt sich dann aber, dem Wunsch Folge zu leisten. Es folgt ein kurzer Blick zu mir, ob ich auch etwas möchte. Unsicher steht sie da und tut mir ein wenig leid, denn die Situation scheint sie vollkommen zu überfordern.

Mit einem Kopfschütteln verneine ich und sie entfernt sich.

Anette öffnet die Tür. Natürlich ohne zu klopfen. Mit Erfolg. Auf dem Schreibtisch rekelt sich eine attraktive dunkelhaarige Frau. Darüber gebeugt amüsiert sich der Schriftsteller. In Trauerlaune ist hier keiner. Erschrocken blicken beide auf.

»Herr Brecht, nehme ich an? Mein Name ist Anette Thomas, Kriminalpolizei. Wir hatten bereits telefoniert. Das ist mein Kollege Tom Erkelenz«, sagt sie und scannt erneut die Umgebung.

Sprachlos blickt er erst zu mir, dann zu Anette. Eilig lässt er die Frau los und richtet seine Kleidung. Er streift sein schütteres Haar zurück. Die Frau tut es ihm nach und setzt sich aus dieser für sie unangenehmen Pose auf.

»Welch eine Freude, am frühen Montagmorgen solch angenehmen Besuch in meinem Haus zu haben«, gibt Brecht geschwollen von sich. Er zeigt ein kühles Lächeln und kommt zu uns herüber. Brecht haucht Anette tatsächlich einen Kuss auf den Handrücken.

Ungerührt zieht sie ihre Hand weg.

»Es wäre besser, wenn wir ohne Ihre Sekretärin reden können. Wie viele haben Sie davon?«, fragt Anette und bedenkt die Frau mit einem abwertenden Seitenblick.

Jetzt schaut Brecht empört. »Oh, là, là, das ist nicht meine Sekretärin. Darf ich vorstellen: Das ist die wunderbare Mirjam Greif.«

Anette mustert sie. »Wie schön. Zu Ihnen wollten wir als nächstes. Das spart uns einen Weg.«

Mirjam Greif würdigt uns eines seltsamen Blickes, zieht ihre Kleidung zurecht und kommt von dem Schreibtisch herunter.

»Guten Morgen.«

Wir setzen uns und ich hole sofort mein Notizbuch heraus. Anette führt, ungerührt der Schreibtischgymnastik der beiden, die Befragung fort.

»Herr Brecht, Ihnen ist sicherlich klar, dass wir bezüglich des Todes von Ellen Carter ein paar Fragen stellen müssen. Laut meinen Unterlagen haben Sie ein Alibi?« Sogleich ergänzt Anette ihre Frage: »Was genau haben Sie zur Tatzeit gemacht? Wer kann das bezeugen?«

Holger Brecht räuspert sich. »Ich habe gemeinsam mit Mirjam an ihrem neuen Werk gearbeitet. Meine Sekretärin, Frau Ludwig, kann das bezeugen. Sie hat einige Tapes bis spät in die Abendstunden getippt.«

»Waren Sie zu dritt in einem Raum?«, hakt Anette nach.

Etwas ängstlich blickt Mirjam Greif ihren Kollegen an. Doch der antwortet selbstbewusst: »Natürlich nicht, Frau Ludwig hat ihren eigenen Arbeitsbereich. Sie hat uns am späteren Abend Sushi bestellt. Wir saßen an einer spannenden Stelle fest.«

»Sollte dieses Buch ein Gemeinschaftswerk mit Ellen Carter werden oder allein von Ihnen, Frau Greif, sein?«, werfe ich ganz beiläufig ein.

Jetzt schaut mir Mirjam Greif auffällig in die Augen und leckt über ihre Lippen. Täusche ich mich oder ist sie unsicher?

»Sie sind aber sehr gut informiert. Interessieren Sie sich für Fantasy-Romane? Ich könnte Ihnen gern ein signiertes Buch zukommen lassen«, bietet sie an.

»Kommen wir mal wieder zum Punkt. Bitte beantworten Sie die Frage meines Kollegen«, unterbricht Anette kühl.

»Ist ja schon gut. Wir haben schon länger nicht mehr zusammen geschrieben. Ellen hat lieber allein gearbeitet. Sie hat sich in letzter Zeit zurückgezogen«, erzählt Mirjam. Ich habe das Gefühl, dass sie Ellen Carter nicht sonderlich mochte. Irgendetwas stimmt hier nicht.

Diese Erklärung scheint Brecht nicht zu gefallen. Er ergänzt die Worte von Mirjam Greif: »Wir haben zwar alle drei unsere eigenen Projekte, allerdings beraten wir uns gegenseitig. Man kann sich das wie eine Autorengemeinschaft vorstellen, bei der jeder jedem hilft.« Zufrieden greift Brecht nach einem Kugelschreiber und beginnt damit zu spielen. Anscheinend versucht er auf die Weise, seine Nervosität unter Kontrolle zu halten. Auffällig daran ist: Er hält den Stift in der linken Hand.

»Ist es dann nicht seltsam, dass nur eine in Ihrer *Autorengemeinschaft* so unglaublich erfolgreich ist?«, frage ich spitz. Diese Anspielung kann ich mir nicht verkneifen. Sehr zum Ärger von Anette, die mich jetzt fragend ansieht.

Die Antwort bleiben mir Greif und Brecht schuldig. In den Gesichtern der beiden

Autoren kann ich allerdings ein gewisses Unwohlsein lesen.

»Erzählen Sie mehr über Ihre Arbeit mit Ellen Carter. Sind das gemeinschaftliche Büroräume?«, fragt Anette und übernimmt wieder die Führung des Gespräches.

»Ja. Wir befinden uns hier in einem Nebengebäude meines Hauses, wie Sie bereits gesehen haben. Gemeinsame Werke werden hier besprochen. Ellen zog es vor, allein zu Hause zu schreiben. Mirjam und ich sind da etwas geselliger.«

»Das haben wir bereits gesehen!« Anette kostet den Moment des Ankommens noch einmal aus. »Hat das Ihrer Beziehung zu Frau Carter geschadet? Sie waren laut meinen Informationen schon seit einigen Jahren liiert.«

»Nein, natürlich nicht!« Empört steht Brecht auf. »So, ich denke, wir sind unserer Pflicht nachgekommen und haben Ihre Fragen beantwortet. Wie Sie wissen, schreiben wir gerade an Ellens letztem Werk. Die Fans sollen nicht länger warten. Mit diesem Buch können sie sich von ihr verabschieden. Wenn wir dann also weiterarbeiten dürften.« Brecht macht den Versuch, uns mit einer knappen Handbewegung des Raumes zu verweisen.

»Eine Frage hätte ich noch.« Anette macht eine kurze Pause, um ihre Worte zu betonen.

»Wer hat eigentlich die Rechte an diesem Buch?«, fragt sie.

»Frau Greif und ich haben fünfzig Prozent der Rechte und die anderen fünfzig Prozent gehen an Cynthia Carter. Sie ist Erbin aller Rechte von Ellens Büchern.« Brecht sagt das ohne Zweifel in der Stimme. Das Buch wird ob des öffentlichen Interesses viel Geld einbringen. Es scheint mir nicht so, dass es ihm unangenehm wäre, mit dem Tod seiner Freundin ordentlich Kohle zu verdienen.

Anette steht auf und tritt unmittelbar vor Brecht. Bedrohlich schaut sie ihm in die Augen. »Da wird doch ziemlich viel für Sie beide rumkommen, oder nicht?«, spricht sie meine Gedanken aus und fixiert Brecht. Es beginnt ein Duell der bösen Blicke.

Die Frage schwebt in der Luft und findet keine Antwort. Auch wenn sie auf der Hand liegt.

Jetzt wendet sich Anette an Mirjam Greif. »Frau Greif, wie bereits erwähnt, hätten wir Sie als nächstes aufgesucht. Können wir uns hier irgendwo ungestört unterhalten?«

Mirjam Greif schaut uns etwas ängstlich an und sucht auffällig den Blickkontakt zu Brecht, was diesem nicht entgeht. Beherrscht sagt er:

»Frau Greif und ich haben keinerlei Geheimnisse voreinander, Sie können gern in meinem Büro Ihre Fragen stellen.«

»Wie großzügig von Ihnen. Wenn Sie dann so freundlich sind und draußen warten.« Abwartend blickt Anette zur Tür. Brecht hat den offenen Rausschmiss verstanden und verlässt den Raum.

Anette setzt sich gegenüber von Mirjam Greif an den Schreibtisch.

»Frau Greif, können Sie Ihr gemeinsames Alibi mit Herrn Brecht bestätigen?«, beginnt Anette die Befragung.

Mit zarter Stimme antwortet sie: »Es war genauso, wie er sagte. Wir haben bis spät in die Nacht gearbeitet. Seine Sekretärin war im Nebenraum.« Anette geht den Fragenkatalog weiter durch: »Wie war Ihre Beziehung zu Ellen Carter?«

Immer noch sehr leise antwortet sie: »Ellen und ich haben uns durchs Schreiben kennengelernt. Sie war auf der Suche nach einer Co-Autorin. Holger hat uns zusammengebracht. Ich habe ihn auf einem seiner unglaublich guten Seminare zum Thema *Digitale Hypnose* kennengelernt. Ich habe mich mit Ellen sehr gut verstanden, wir sind aber außerhalb der Bücherwelt nicht wirklich zusammengekommen. Das ist sehr schade.«

»Sie haben beruflich sowie privat eher in ihrem Schatten gestanden, hat Ihnen das nichts ausgemacht?«, provoziert Anette sie.

Täusche ich mich oder hat sie gerade betrübt zu Boden geschaut? Jetzt blickt sie auf und ihre Stimme klingt plötzlich stark und energisch.

»Wenn Sie meinen, ich hätte Ellen ihren Ruhm und Erfolg nicht gegönnt, dann irren Sie sich. Ich habe viel von ihr gelernt. Sie schreibt schon wesentlich länger als ich und hat mir das Handwerk zu einer guten Autorin beigebracht. Ihr Erfolg war ganz und gar verdient!« Miriam Greif ist vollkommen entrüstet. Hektisch trinkt sie einen Schluck Wasser.

»Sehr schön!« Anette lässt auch dieses Mal kein bisschen Empathie durchblicken. Sie hat eine eiskalte Taktik, ihr Gegenüber zu befragen. »Sie haben den privaten Teil in Ihrer Rede vergessen. Mir scheint, Ihr Verhältnis zu Holger Brecht ist sehr innig?«, fragt Anette ungeniert.

»Ich würde jetzt doch gern erstmal meinen Anwalt konsultieren. Bitte wenden Sie sich an meine Verlegerin, die wird Ihnen den Kontakt vermitteln.«

»Cynthia Carter?«, fragt Anette.

»Ja, genau, haben Sie ihre Nummer? Sicher hat sie Ihnen bei Ihrem Besuch dort eine Visitenkarte gegeben.«

»Wie Sie wünschen, Frau Greif, wir sehen uns dann auf dem Polizeipräsidium. Wir werden Sie zeitnah vorladen.«

Anette verlässt das Büro. Ich gehe noch mal zu der sichtbar aufgeregten Mirjam Greif.

»Ich würde sehr gern auf Ihr Angebot zurückkommen. Würden Sie mir eines Ihrer Bücher signieren und zum Lesen überlassen?«, bitte ich schmeichelnd. In ihren Augen kann ich sehen, dass es sie stolz macht, mir ein Buch zu überreichen.

»Oh, sehr gern, Herr Erkelenz«, sagt sie erfreut und greift zum Stift. Beim Signieren des Buches hält sie den Füllfederhalter mit der rechten Hand und gibt mir damit eine wertvolle Information. Anschließend kommt sie noch mal zu mir und schaut mir tief in die Augen. Mit ihren roten Lippen wispert sie: »Bitte finden Sie den Mörder von Ellen. Sie lag mir sehr am Herzen.«

»Genauso sehr wie Herr Brecht?« Mit dieser Frage verabschiede ich mich und kann sehen, dass ich voll ins Schwarze getroffen habe.

Im Auto hält mir Anette eine Standpauke. Es wäre nicht okay, dass ich in ihre Vernehmung reinplatze. Manche Fragen könne man nicht einfach so stellen. Nicht nur, dass rechtliche Aspekte dagegensprechen, sondern auch taktische.

»Wie kommst du überhaupt auf diese ganze Buchsache. Du liest doch nicht solch einen Romantasy-Nonsens? Hast du denn nicht irgendwann mal genug von der Arbeit?« Anette schaut mich zweifelnd an.

»Ich habe mich eben sehr gut vorbereitet. Das Motiv könnte damit zusammenhängen«, erkläre ich mich und frage sie nach ihrem Eindruck.

»Klingt das Alibi für dich nachvollziehbar?«

»Was? Hast du denn nicht gesehen, dass die zwei lügen wie gedruckt?«, frage ich nun aufgebracht.

»Wir haben sie in flagranti auf dem Schreibtisch erwischt. Ellen Carter ist noch nicht mal unter der Erde und die haben nichts Besseres zu tun, als sich miteinander zu vergnügen, während sie Carters Buch beenden. Das kann einem doch schon mal unangenehm sein, findest du nicht?«, fasst Anette die Situation zusammen.

Der Klingelton meines Handys reißt mich aus meinen Gedanken.

Eine Nachricht von Claudia:

Hallo Herr Erkelenz, es wird immer unheimlicher, von meinem PC gehen weitere Nachrichten raus, ich habe Angst! Bitte helfen Sie mir!

Schnell tippe ich eine Antwort:

Bin im Dienst, melde mich später.

Anette wirft mir einen amüsierten Seitenblick zu. »Na, neue Freundin? Du sahst heute Morgen zufriedener aus als die Tage zuvor, habe ich mir doch gedacht, dass da was im Busche ist. Wenn wir zurück sind, kannst du Feierabend machen, der Bericht kann bis morgen früh warten. Mal sehen, was noch so ansteht. Vielleicht haben wir wenigstens Sonntag einen freien Tag. Du kannst was Schönes mit ihr unternehmen.«

Ein breites Grinsen begleitet ihre Worte. Rot geworden bin ich nicht, dazu habe ich viel zu lange gelernt, meine Emotionen im Griff zu haben. Das ist enorm wichtig bei verdeckten Ermittlungen. Dennoch hat mich Anette eiskalt erwischt. Die Sache mit Claudia ist nicht gut für mich und könnte ernste Schwierigkeiten bereiten. Ich habe ihr dummerweise meine Hilfe angeboten und kann irgendwie nicht aufhören, an ihren hilflosen Blick zu denken. Hat sie denn wirklich niemanden, der für sie da ist? Die Kinder müssen doch einen Vater haben.

Wenn Technik begeistert

Tom

Nachdem ich wieder allein im Büro sitze, rufe ich schnell einen Freund vom Kommando an. Er ist bei der technischen Truppe und ein echter Freak, außerdem schuldet er mir noch etwas. Auf meine Nachricht hatte er mir bereits seine Hilfe zugesagt. Wir verabreden uns nach Feierabend bei Claudia, um uns ihren PC genauer anzusehen.

Um Punkt 05.00 Uhr stehe ich vor Claudias Tür. Als sie mir öffnet, sehe ich sofort, wie schlecht es ihr geht. Ihr Gesicht ist von Angst und Verzweiflung gezeichnet. Kurz nach mir trifft Benny mit dem Ausrüstungskoffer ein.

»Hey, Benny, danke, dass du da bist«, begrüße ich ihn. Die Kumpel-Faust darf natürlich nicht fehlen.

»Du weißt, dass ich so was ungern mache. Es wäre mir lieber, du sprichst mit den technischen Ermittlern«, bemerkt Benny, ohne den Anschein zu machen, wieder gehen zu wollen. Mit einem Seitenblick erspäht er Claudia Kramer. Unsicher steht sie im Flur und fummelt am Saum ihres T-Shirts.

»Darf ich vorstellen. Claudia Kramer«, erlöse ich sie aus der Off-Situation.

»Hallo«, sagt sie schüchtern.

»Hey«, erwidert Benny. »Dann wollen wir den PC mal unter die Lupe nehmen.« Er betrachtet sie genauer und schenkt mir einen zweifelnden Blick. Ich kann es ihm nicht verübeln, sie ist so gar nicht mein Beuteschema. Wie soll er auch wissen, dass es überhaupt keine Rolle spielt, ob sie mir gefällt.

Gemeinsam gehen wir ins Wohnzimmer. Der Schreibtisch ist aufgeräumt. Wo zuvor stapelweise Papier lag, ist alles blank geputzt. Claudia entsperrt den Bildschirm. Dann setzen wir uns auf die Coach und lassen uns in die Kissen sinken. Ein Gespräch kommt nicht zustande. Claudia sieht Benny gespannt zu und ich nutze die Zeit, meine Nachrichten zu checken. Die Jungs vom Kommando haben noch nicht aufgegeben. Sie schreiben täglich und machen sich über mich lustig, was unheimlich erholsam ist. Nur so kann ich den Eindruck bewahren, hier nicht herzugehören.

Es dauert eine gefühlte Ewigkeit. Benny werkelt an PC und Router. Er schließt fachmännisch kleine Boxen an und überprüft die WLAN-Verbindung. Als Claudia den geöffneten PC-Tower sieht und die vielen ausgebauten Teile, kann sie sich nicht verkneifen zu fragen, ob er das auch wieder zusammengebaut bekommt.

»Ähm, entschuldigen Sie bitte, Benny, funktioniert er dann noch? Ich, ähm …« Eine Mischung aus Unsicherheit und Protest haben ihre Angst verdrängt. Claudia zeigt eine andere Seite von sich. Es ist mir unverständlich, warum sie so misstrauisch ist. Benny will ihr helfen, doch ich kann ihr ansehen, dass er ein Feindbild für sie darstellt. Es ist mir unangenehm, denn es war nicht leicht, ihn zu überreden, bei einer Mordverdächtigen den PC zu überprüfen – ohne Einverständnis meiner Vorgesetzten.

»Hören Sie mal, Lady. Ich mach das hier nicht zum Vergnügen. Ein bisschen Vertrauen in meine Arbeit ist wohl das Mindeste«, bittet Benny und macht sich wieder an die Arbeit. Die Stimmung ist gereizt.

Ausgerechnet jetzt muss sich mein Tinnitus wieder melden. Mein persönlicher Stresssensor. Bei meinen letzten Besuchen hier war es genau das Gegenteil. Die Fürsorge zu Claudia Kramer hatte mir geholfen, mich von meinen eigenen Problemen abzulenken. Lange wird das hier nicht gut gehen.

»Wollen Sie mir nicht ein paar ihrer Bücher zeigen?«, frage ich die angespannte Claudia. Dankbar für die Ablenkung holt sie einen Stapel Bücher.

»Hier, das ist mein Erstlingswerk.« Sie reicht mir ein Taschenbuch mit dem Titel *Seelenschmerz und Zaubertränke.*

»Klingt … interessant!«, sage ich, um meine Verblüffung zu verbergen. »Unter diesem Titel kann ich mir gar nichts vorstellen.« Ich wende das Buch und beginne den Klappentext zu lesen.

»Deshalb habe ich ihn gewählt, ich mag es, zwei Worte zu verbinden und damit die Neugier zu steigern.« Zufrieden schaut sie mich an.

Ich verschweige meine Zweifel an ihrem Konzept und lese mir die ersten Seiten durch. Geduldig wartet sie ab und schaut mir zu.

»Warum steht hier so viel mit Bleistift im Buch geschrieben?«, frage ich. Überall stehen die Sätze in veränderter Form. Es stört mich beim Lesen.

»Oh, das ist … Ich habe da einen Vergleich gemacht«, stottert sie.

Wieder dieser seltsame Blick, wenn ich sie bei einer unangenehmen Situation erwischt habe.

»Es ist nur … Es ist eine Gegenüberstellung. Ich habe eine Klage vorbereitet, in der ich nachweisen wollte, dass meine Bücher gnadenlos kopiert wurden.«

Gerade wollte ich nach dem Beklagten fragen, als Benny freudig verkündet, er sei fertig.

Angst im Dunkeln

Claudia

Tom hilft mir tatsächlich. Nachdem ich seine Nachricht erhalten habe, dachte ich schon, er würde mich abwimmeln – aber dann ist er mit Verstärkung aufgetaucht.

Benny ist eher ein unscheinbarer Typ Mann. Er hat meinen kompletten PC überprüft, aber leider nichts Auffälliges finden können. Den Router hat er ausgetauscht und will sich noch mal ganz in Ruhe damit beschäftigen. Eins konnte er schon sagen: Wenn sich jemand an meinem PC zu schaffen macht, dann ist es ein Profi.

Aber wer sollte so was tun? Was geht hier vor? Meine Nerven sind völlig am Ende. Tom sieht mich zweifelnd an. Er sitzt neben mir und will mir noch ein paar Fragen stellen. Ich werde das Gefühl nicht los, dass er mir nicht mehr glaubt.

Mein Magen knurrt, bei der ganzen Aufregung habe ich tatsächlich vergessen zu essen. Tom war jetzt schon den kompletten Nachmittag hier und hat während des Wartens mehrfach zu den bereitgestellten Snacks gegriffen. Mein Angebot, uns eine Pizza zu bestellen, hat er sofort angenommen.

Nachdem sein Kollege gegangen ist, sitzen wir gemütlich im Wohnzimmer, essen Pizza und trinken einen guten Rotwein. Er macht nicht den Eindruck, bald nach Hause zu wollen. Ich genieße seinen Anblick und lenke mich mit der genauen Betrachtung seines Körpers ab. Lässig posiert er in meinen flauschigen Kissen und ich stelle fest, wie muskulös er ist. Trotz der kalten Temperaturen sitzt er mir nur im T-Shirt gegenüber. Es macht mir gar nichts aus, im Gegenteil. Wenn ich ihn doch nur überzeugen könnte, eine weitere Nacht hierzubleiben. Wenigstens, bis ich Genaueres über meinen PC erfahren habe und Sarah von dem Wettkampf zurück ist. Die Jungs habe ich bis auf weiteres ausquartiert, sie machen Urlaub bei meinen Eltern. Ich habe ihnen nicht die Wahrheit gesagt. Nur, dass es mir nicht gut geht und ich mich ausruhen muss. Ich muss mich einfach etwas anstrengen und Tom mein Interesse an ihm zeigen.

Immer wieder gehe ich im Kopf die Geschehnisse der letzten Tage durch. Es gab eine Zeit, zu der Ellen Carter mich hat nachts nicht schlafen lassen. Täglich habe ich versucht, mich gegen ihre Selbstgefälligkeit abzugrenzen. Ich habe mir wieder und wieder gesagt, dass sie es nicht wert ist. Doch hat es mich so sehr belastet, dass ich ein krankes Herz bekommen habe. Nur mit einer Therapie habe ich es geschafft, klarzukommen. Jetzt, wo es mir gerade wieder besser geht, muss diese Ziege sterben. Warum ausgerechnet jetzt?

Ich verliere mich in meinen Gedanken. Tom redet mit mir, aber ich höre ihn nicht. Ich kenne den Zustand. Zweifel und Selbstkritik tragen mich in eine Welt aus dunklen Schatten. Immer düsterer werden meine Gedanken. Alle Strategien, die ich in der Therapie erlernt habe, funktionieren nicht.

Tom beugt sich zu mir herunter. Seine blauen Augen bilden den Punkt, den ich zu fixieren versuche. Wie ein rettendes Seil, das mich aus der Tiefe holt. Er streckt seine Hände nach mir aus und ich greife danach. Dann klären sich die Schatten etwas.

Tom kniet vor mir. Plötzlich verändert sich sein Blick. Skeptisch guckt er mir in die Augen. So ein toller Mann. Denkt er wirklich, ich bin die Mörderin von Ellen Carter?

Durchsuchung bei Nacht

Claudia

»Glaubst du wirklich, dass ich irgendwem gefährlich werden kann? Was muss ich tun, um dich endgültig von meiner Unschuld zu überzeugen?« Die Worte sprudeln aus mir heraus, während ich in diesem Schwebezustand verharre.

»Weißt du, in meinem Job lernt man, seinen Gegner erstmal gründlich unter die Lupe zu nehmen, bevor man beurteilen kann, wie gefährlich er ist.«

Seine Antwort klingt wie aus der Ferne.

»Okay. Dann nimm mich unter die Lupe, damit du aufhören kannst, mich mit diesem prüfenden Blick anzuschauen«, fordere ich ihn auf.

»Bist du dir sicher, dass du das möchtest?«, fragt er schmunzelnd. Sein Gesichtsausdruck spiegelt dieselbe Versuchung wider, die ich in diesem Moment auch verspüre.

»Ich habe nichts zu verbergen. Schau doch nach, wenn du mir nicht glaubst.« Ich stehe auf und biete ihm meinen Körper an.

Damit hätte Tom wohl nicht gerechnet – und ich ehrlich gesagt auch nicht.

»Danke für das Angebot. Bleibt noch die Frage, wie gut du deine Geheimnisse versteckst.«

Ich schaue ihm tief in die Augen und sage mit fester Stimme: »Ganz tief in mir drin.« Jetzt scannt er mich von oben bis unten, so als könne er durch mich hindurchblicken.

»Was ist? Worauf wartest du?«, provoziere ich ihn weiter.

»Du willst dich einer Durchsuchung unterziehen? Durch mich?«, fragt er und meine Welt klärt sich mit der aufkommenden Lust. Wie lange sehne ich mich schon nach Berührung? Bisher hatte ich keine Möglichkeit, jemanden kennenzulernen.

»Ich warne dich, du wirst die gleiche Behandlung erfahren wie jeder andere auch«, kündigt er streng an.

Ein wohliger Schauer überläuft mich und ich stelle mir die Frage, ob ich das wirklich will, was jetzt kommen wird. Ich spüre seine Blicke auf mir. Ein Feuer entfacht in meinem Inneren – mein ganzer Körper scheint in Flammen zu stehen.

Tom erhebt sich und tritt auf mich zu. Er packt mich unsanft am Handgelenk, schaut mir tief in die Augen und beginnt bestimmt und ruhig zu reden:

»Frau Kramer, hören Sie mir gut zu. Ich werde jetzt eine Leibesvisitation an Ihnen durchführen. Normalerweise müsste ich dazu eine weibliche Kollegin rufen, aber die haben bereits Feierabend. Es besteht bei Ihnen Gefahr im Verzuge. Ich möchte die ganze Zeit Ihre Hände sehen und keine hektischen Bewegungen.«

Jetzt muss ich schlucken – was habe ich mir bloß dabei gedacht? Kurz will ich mich aus seinem Griff befreien, lasse es aber, doch einen Kommentar kann ich mir nicht verkneifen: »Ein kleines *Bitte* ist ja wohl nicht zu viel verlangt.«

Jetzt kommt er mir mit seinem Gesicht noch ein Stück näher und ich kann seinen Atem spüren. Er riecht angenehm nach Minze.

»Ich bitte grundsätzlich nicht im Dienst. Ich gebe Anweisungen – die eines Gesetzeshüters. Der Unterschied ist: Bei einer Bitte lässt man seinem Gegenüber die Möglichkeit, *nein* zu sagen. Wird eine polizeiliche Anweisung nicht ausgeführt, kann man sie auch mit Zwang durchführen.«

Seine Worte sind dermaßen männlich, dass ich keine Angst bekomme, sondern ein Flattern in der Magengrube. Fast möchte ich ihn anflehen, endlich mit der Durchsuchung zu beginnen. Dass er mich plötzlich wieder siezt, stört mich dabei überhaupt nicht. Im Gegenteil: Irgendwie erhöht es den Reiz.

»So, jetzt möchte ich, dass Sie langsam Ihre Schuhe ausziehen, dann die Hose. Und den Pulli«, befiehlt er mir.

Ich spiele das Spiel mit. Zum Glück habe ich heute passable Unterwäsche angezogen: einen schwarzen Zweiteiler mit viel Spitze. Als ich halb nackt vor ihm stehe, kann ich ihm sein Interesse ansehen. Jedenfalls hat er beim Abstreifen des Pullovers aufgehört, mir in die Augen zu blicken.

»Jetzt umdrehen, Blick zur Wand. Die Hände an die Wand, Füße noch ein Stück zurück, ich werde jetzt an Sie herantreten.«

Meine Position könnte erniedrigend wirken, tut sie aber nicht. All meine Sinne sind geschärft auf das, was jetzt kommen mag. Mein Magen fühlt sich an, als würden tausend Ameisen ein Hamsterrad drehen. Er kommt nah an mich heran und flüstert in mein Ohr:

»Ich werde jetzt beginnen. Von oben nach unten, von rechts nach links, kein Winkel Ihres Körpers bleibt mir verborgen.«

Jetzt muss ich mich zusammenreißen. Ich bin so von Lust aufgeladen, dass ich es kaum noch aushalte – und dann passiert es. Er berührt meinen Kopf, ganz zart und leicht.

Er bewegt seine Finger durch meine Haare, auf der Suche nach was auch immer. Anschließend wandert seine Hand tiefer, meinen Nacken herab, und streift meinen ausgestreckten Arm entlang, von der Schulter bis zu den Fingerspitzen. Seine Berührung ist so liebevoll und doch bestimmend. Es geht weiter den Rücken hinab, nur die rechte Seite. Als er an meiner Hüfte angekommen ist, hält er kurz inne, um mich zu warnen.

Als ich erneut seinen warmen Atem neben meinem rechten Ohr spüre und er mir leise hinein flüstert, fange ich vor Erregung an zu zittern.

»Ich werde dich jetzt ganz sanft nach hinten biegen, um deine Vorderseite nach verbotenen Dingen abzusuchen. Hier werden häufig kleine Sachen versteckt, daher muss ich sehr gründlich sein. Keine Angst, ich werde dir nicht wehtun.«

Doch es schmerzt mich dennoch, das Kribbeln im Bauch und die aufsteigende Lust sind kaum noch zu ertragen. Er legt seine linke Hand unter mein Kinn und zwingt es mit dem kleinen Finger leicht nach oben – woraufhin ich die Brust etwas weiter herausstrecken muss und ins Hohlkreuz gehe, weg von der schützenden Wand. Seine rechte Hand gleitet von meiner Hüfte in Richtung Bauch und dann tiefer. Er lässt sich Zeit, viel Zeit. Er ist dabei sehr genau und berührt jeden Millimeter. Ich kann mich nicht mehr zurückhalten, während er seine Hand noch einmal über mein Höschen streift. Mich überkommt ein kaum noch zu steuerndes

Verlangen. Ich explodiere innerlich vor Lust und gebe mich dem voll hin. Er lässt mir den Moment, bevor er sich gnadenlos weiter nach unten arbeitet.

Erst als er an den Zehenspitzen des rechten Fußes angekommen ist, kann ich mich fangen. Er kommt hoch und sein warmer Atem streift mein Ohr. Mit seiner unglaublich rauen Stimme sagt er:

»Rechts ist safe, jetzt kommt die linke Seite dran.«

Bevor ich realisiere, was passiert, ist er schon an meinem Nacken angekommen und das Spiel beginnt von vorn. Als er erneut meine Mitte inspiziert, habe ich mich nicht mehr unter Kontrolle. Ich platze förmlich unter seinen Berührungen und ein alles verzehrendes Verlangen überrollt mich wie eine Welle. Heftig erschaudere ich und das Zittern muss für ihn deutlich spürbar sein. Er weiß genau, was er hier tut, wo und wie er mich berühren muss. Dies war das sinnlichste und erotischste Erlebnis, das ich je hatte.

Er lässt von mir ab und ich drehe mich um, blicke in sein Gesicht.

»Und, Mr. Officer, haben Sie was gefunden?« Ich versuche dabei, so gelassen wie möglich zu klingen. Seine Augen sind getrübt vor Lust, auch er hat diese Prozedur sichtlich genossen.

»Wenn du glaubst, ich bin fertig mit dir, solltest du wissen, dass ich das noch nicht bin. Per Gesetz ist es mir erlaubt, genauer nachzuschauen. Und ich habe da schon was im Sinn. Dazu werde ich dich zunächst zu Boden bringen müssen. Frauen sind oft gefährlicher, als man denkt.«

Während ich noch starr vor Lust, Vorfreude und ein wenig Angst vor ihm stehe, leistet er ganze Arbeit und reißt mich mit seinem Fuß an meiner rechten Wade von den Beinen. Rückwärts gleite ich zu Boden. Sanft fängt er mich ab und bewahrt mich vor einem Aufprall. Ich klammere mich an seinem Körper fest und kann einen kleinen Aufschrei nicht unterdrücken.

Ich blicke ihm fest in die Augen. Wohl wissend, dass ich auf das, was er vorhat, nicht vorbereitet bin. Er lässt mir keine Zeit, darüber nachzudenken. Mit einer geschulten Bewegung öffnet er meinen BH, küsst meine Brüste, berührt mich an den Spitzen. Scharf atme ich ein, während er mich gekonnt meines Höschens entledigt.

»Was hast du vor mit mir? Ich zweifle langsam an der Rechtmäßigkeit deines Verhaltens«, hauche ich zu meiner Verteidigung.

»Bitte wehr dich nicht, Widerstand ist zwecklos, ich möchte dich ungern fesseln müssen.« Fesseln ist keine Option, denn so kann ich wenigstens diesen perfekten Körper berühren. Meine Finger streichen wie von selbst über seinen muskulösen Oberkörper. Ich erkenne mich kaum wieder. Sonst bin ich eher schüchtern. Ich spüre keine Kälte, meine aufsteigende Angst ist wie weggefegt, ich bin bereit für einen weiteren Höhepunkt.

Seine Lippen legen sich auf meine. Erst vorsichtig, dann immer forschender. Seine Zunge erkundet die meine. Ich kann mich nicht erinnern, je so geküsst zu haben. Während ich in das Spiel unserer Zungen vertieft bin, entledigt er sich seiner Kleidung. Er löst sich kurz von mir und streift sein Shirt über den Kopf. Atemlos betrachte ich seine Muskeln. Wie schön ein männlicher Körper sein kann. Ich berühre ihn nach Herzenslust. Als er in mich eindringt, bin ich kaum in der Lage, mich zurückzuhalten. Tom zum Glück auch nicht, denn alles andere wäre jetzt reine Folter für mich. Seine rhythmischen Bewegungen bringen mich an den Abgrund. Ich kann es nicht mehr steuern und so überlasse ich mich meinen Empfindungen. Eine Explosion wütet in mir, wie ich sie noch nie zuvor gespürt habe. Atemlos liegen wir eng aneinander gekuschelt am Boden. Ich fühle mich so unglaublich gut. Es gibt kein Morgen, nur ein Hier und Jetzt.

»Langsam dämmert mir, warum männliche Polizisten keine Frauen durchsuchen dürfen.

Ihr könnt euch nicht zurückhalten.« Es macht Spaß, ihn zu provozieren. Ein süffisantes Grinsen umspielt seinen Mund.

»Da du die Wahrheit jetzt kennst, sag es bitte nicht weiter. Allerdings bist du die erste Frau, die ich durchsucht habe.« Betroffen schaut er zu Boden.

»Nun, für das erste Mal war das gar nicht so schlecht. Falls du es noch einmal üben möchtest, stehe ich dir gern zur Verfügung.« Die Worte sprudeln nur so aus mir heraus, ohne dass ich sie zurückhalten kann.

»Du weißt, wir hätten nicht so weit gehen dürfen, ich riskiere damit sehr viel.«

»Willst du etwa sagen, es hat sich nicht gelohnt?«, frage ich gespielt betroffen.

»Weißt du, wenn ich wenigstens etwas gefunden hätte.« Er schaut so traurig, dass ich ihm die Reaktion fast abnehme.

»Vielleicht hast du nicht gründlich genug nachgeschaut.« Das war wohl eine Einladung für ihn, zumindest den letzten Teil der Leibesvisitation zu wiederholen. Er nimmt sie augenblicklich und höchst berauschend an. Dieses Mal konnte ich den Höhepunkt etwas länger herauszögern. Als Dankeschön war er dann noch intensiver.

Noch nie zuvor habe ich Sex mit einem Rollenspiel verbunden. Überhaupt hatte ich bisher keine großen Abenteuer im Bett gewagt, viel zu schüchtern war ich gewesen. Mit ihm war es mir möglich, einfach *Ich* zu sein, ohne Scheu zu empfinden. Es kommt mir fast so vor, als wäre er der Protagonist aus meinem Buch. Allerdings interessiert er sich nicht für meine Protagonistin, sondern für mich, für die Autorin. Die Szenen der letzten Nacht erinnern mich an eines meiner ersten Bücher. Aber dieses wohlige Gefühl, das bis jetzt anhält, ist real. Und es fühlt sich so unglaublich gut an. Tom hat mich zutiefst berührt – und er hat mein Herz erobert. Einfach so.

Der Morgen danach

Tom

Es war ein absolutes No-Go, erneut zu Claudia Kramer zu fahren. Andererseits fühle ich mich zum ersten Mal seit dem Unfall wohl in meiner Haut. In den letzten Tagen hat sich etwas gelöst: etwas ganz Großes, etwas, das sich in den vergangenen Wochen wie ein dunkler Schatten über mich gelegt hatte. Selbst die Ohrgeräusche sind heute nicht so unerträglich wie sonst. Irgendwas hat diese Frau, das mich dazu bringt, bei ihr zu entspannen. Sie entspricht nicht annähernd dem Frauenbild, dem ich mich zuwenden würde, aber darum geht es ja auch nicht.

Ich habe das Gefühl, etwas wieder gutzumachen. Indem ich ihr helfe, werden meine Gewissensbisse wegen Chris immer kleiner. So gut es auch getan hat, Zeit mit ihr zu verbringen: Es war dennoch falsch!

Immerhin zählt sie weiterhin zu den Verdächtigen in meinem Fall. Hier steht zu viel auf dem Spiel. Ich muss mich beweisen. Einen Bürojob auf Dauer würde ich niemals durchstehen. Ich bin von ihrer Unschuld überzeugt, auch wenn einiges seltsam erscheint. Vielleicht kann ich sie davon abbringen, dass alle gegen sie sind. Es macht mir Spaß, sie zu beschützen und ihr Hoffnung zu geben, denn das gibt auch mir Hoffnung.

Bevor ich sie allerdings als Verdächtige ausschließen kann, brauche ich Beweise – wenn sie doch nur ein Alibi hätte!

Anette hatte bereits angekündigt, dass ich zumindest den Samstag arbeiten müsse. Nachdem ich geduscht habe und einen Shake als Frühstück bereitet, begebe ich mich auf die Dienststelle. Dort wartet Anette schon auf mich. Freudestrahlend kommt sie auf mich zu.

»Gute Nachrichten: Der Fall ist so gut wie gelöst! Du kommst genau richtig zu deiner ersten Festnahme hier bei uns.«

Überrascht kann ich ihrer Euphorie zunächst gar nicht folgen.

»Wer ist es?«, frage ich völlig überrumpelt.

»Hey, Tom. Was ist denn mit dir los? Die Kramer natürlich! Die Spurensicherung hat ihre Fingerabdrücke mit denen vom Tatort abgeglichen. Vor allem aber mit denen, die an den gebrochenen Fingern gesichert wurden. Gut, dass du an die Vergleichsabdrücke gedacht hast.«

Völlig geschockt muss ich mich setzen. Anette reagiert nicht darauf, sondern beginnt zu erzählen.

»Ich habe das Buch von Claudia Kramer direkt runter zu Harry gebracht. Heute Morgen lag dann das Ergebnis auf meinen Schreibtisch. Hat sie es dir freiwillig gegeben oder hast du dir was einfallen lassen müssen?«

Da ich nicht zu einer Antwort in der Lage bin, zucke ich nur mit den Schultern.

»Egal. Gute Arbeit.« Anerkennend nickt sie mir zu.

Vom Opfer zum Täter

Claudia

Es klingelt an der Tür. So oft wie in letzter Zeit hat es bei mir noch nie unverhofft Besuch gegeben, allerdings ist das zufällige Zusammentreffen mit Tom ja auch etwas absolut Positives. Ich schwebe förmlich bei dem Gedanken an Tom und öffne dir Tür.

Da steht er auch schon, mit einer Miene, die übelste Schlechtwetterlaune ausdrückt. Neben ihm eine attraktive Frau. Sie guckt auch nicht freundlicher. Ich vermute, es ist Toms Chefin und zum Glück erinnere ich mich daran, dass ich ihn vor ihr siezen soll.

»Herr Erkelenz! Schön, Sie zu sehen. Kann ich Ihnen helfen?«, frage ich fröhlich. Es ist komisch, Tom mit *Sie* anzusprechen, nach all dem, was passiert ist und was wir heute Nacht miteinander gemacht haben. Bei dem Gedanken daran wird mir wieder heiß und auf meinem Gesicht erscheint unbewusst ein Lächeln.

»Sehr wohl können Sie uns helfen, Frau Kramer. Wollen wir das nicht lieber drinnen regeln?«, bietet mir Toms Begleitung an.

Meine Güte, Toms Chefin ist sehr direkt. Ich starre ihn an, aber er sagt nichts. Kein

Zeichen, keine versteckte Geste. Er geht mit dem Blick nach unten gerichtet in mein Wohnzimmer.

Seine Chefin füllt den Raum mit einer Dominanz, die mir unangenehm erscheint. Es kommt mir falsch vor. Sie gehört einfach nicht hierher.

»Mein Name ist Anette Thomas, ich bin Leiterin der Mordkommission und leite die Ermittlungen zur Aufklärung des Todes von Ellen Carter. Ich will es kurz machen: Dass Sie zum Kreis der Verdächtigen zählen, hat Ihnen bereits mein Kollege Herr Erkelenz eröffnet. Sie haben kein Alibi, zumindest kein brauchbares. Dazu ein Motiv. Bisher fehlten uns die Beweise.«

Sie schaut mir direkt in die Augen. Was soll das? Was will sie nur und warum sagt Tom nichts?

Da spricht sie auch schon weiter:

»Ihre Fingerabdrücke wurden am Tatort identifiziert. Die Tatsachen sprechen gegen Sie. Solange keine entlastenden Beweise gefunden werden, bin ich gezwungen, Sie vorläufig festzunehmen.«

»Was!« Ich bin vollkommen außer Atem. »Das kann nicht sein, das ist nicht ihr Ernst!«, schreie ich lautstark. Hilfesuchend schaue ich zu Tom, doch der guckt gerade aus dem Fenster. Überhaupt tut er so, als sei ich irgendeine x-beliebige Verdächtige. Wie sehr setzt ihn diese grässliche Polizistin unter Druck, dass er so kleinlaut ist.

»Aber ich habe die Wohnung von Ellen Carter nicht einmal betreten. Ich habe diese Frau noch nie persönlich gesehen! Was geht hier vor? Irgendjemand will mir etwas in die Schuhe schieben! Da mach ich nicht mit. Nicht mit mir!« Meine Stimme ist schrill und laut. Ich bin hysterisch, aber dennoch klar. Meine Wut hat mich angetrieben und ich stehe diesem Duo kämpferisch gegenüber.

»Das können wir später klären, jetzt beruhigen Sie sich und reden in einem normalen Ton. Wenn Sie aufsässig werden, muss ich Ihnen Handschellen anlegen. Es ist in Ihrem Sinne, das zu vermeiden.« Tom schüttelt fast unmerklich den Kopf. Er verlangt tatsächlich, dass ich mir das gefallen lasse. Was für ein Arsch. Hat er mich etwa komplett getäuscht? War er nur so nett zu mir, um Beweise zu finden? Meine Fingerabdrücke?

Jetzt werde ich doch etwas stutzig und frage nach: »Wieso sind Sie so sicher, dass es meine Fingerabdrücke sind? Ich hatte noch nie etwas mit der Polizei zu tun! Gibt es da eine geheime Datei? Haben Sie Daten vom Einwohnermeldeamt und dürfen Sie das überhaupt?«

Toms Chefin blickt fragend zu ihm und sein Unwohlsein ist ihm deutlich anzusehen.

Frau Thomas braucht die folgenden Worte gar nicht mehr zu sagen, denn die Antwort auf meine Frage kenne ich bereits.

»Sie waren so freundlich, meinem Kollegen eines Ihrer Bücher mitzugeben. Wir haben uns erlaubt, die darauf befindlichen Fingerabdrücke zu sichern und diese mit denen am Tatort zu vergleichen. Falls Sie noch Angaben zur Tatwaffe machen möchten: Ihre Mitarbeit kann vor Gericht positiv ausgelegt werden.«

Ich bin wie gelähmt. Tom sagt nichts. Ich denke an Sarahs Worte und gebe ihr im Stillen recht. Er ist nicht der, für den ich ihn gehalten habe.

Ich fühle mich schäbig, benutzt und so unendlich naiv. Ich hatte ihm vertraut und seine Hilfe angenommen. Ich habe mich ihm hingegeben, wie nie einem Mann zuvor. Das Buch habe ich ihm voller Vertrauen gegeben, damit er selbst nachlesen kann, worum es mir bei meinen Anschuldigungen Ellen Carter gegenüber eigentlich geht. Ich hatte gehofft, er würde es lesen und mit einem ihrer Bücher vergleichen. Oder hat er einen guten Grund, nichts zu sagen? Er will mich schützen. Schutzhaft. Genau. Niemand darf davon wissen. Ich bin hier nicht mehr sicher und sie bringen mich an einen geheimen Ort. Ich muss nur mitspielen. Ich muss mich einfach beruhigen. Einatmen – Ausatmen.

»Wollen Sie noch ein paar persönliche Sachen packen? Sie können auch jemanden benachrichtigen, bevor wir gehen.«

Ein Blick auf die Uhr jagt mir einen Schrecken ein. »Was ist mit den Jungs? Sie kommen gleich vom Fußball spielen mit den Nachbarskindern nach Hause. Kann ich noch schnell eine Betreuung organisieren?«, frage ich wieder ganz pflichtbewusst.

Anette schaut verwundert. »Sie haben Kinder? Das stand nicht in der Akte. Ich werde das Jugendamt informieren.«

»Nein! Kein Jugendamt! Sie gehen zu meinen Eltern, wenn ich nur kurz telefonieren dürfte?« Unsicher schaue ich sie an und sie bestätigt mit einem Nicken.

Zehn Minuten später sitze ich in einem Zivilwagen der Kriminalpolizei. Frau Thomas fährt, Tom und ich sitzen hinten. Er schaut mich aufmunternd an. Gibt er mir gerade ein Zeichen? Es wäre so schön, ihm vertrauen zu können, doch langsam ziehen dunkle Gedanken in meinem Kopf auf. Ich will das nicht. Alles, nur nicht wieder in der Finsternis versinken und mein aktuell schönes Leben davon verschlingen lassen.

Da sind wir auch schon. Schneller, als mir lieb ist. Das Gewahrsam ist ein Haftbereich im Polizeipräsidium. Tom führt mich zu einer kargen Zelle ohne Fenster. Vom ersten Moment an habe ich Platzangst. Eine junge

Polizistin in Uniform begleitet uns. Vor der Zelle bleibt sie stehen und weist Tom darauf hin, dass es nur kurz dauert und er dann zu mir könne.

Was meint sie? Während ich mich das frage, streift sie auch schon Handschuhe über. Oje, ich weiß, was jetzt kommt. Leider nicht von Tom und auch nicht aus Lust. Es ist rein dienstlich und das merkt man auch.

Die Beamtin bittet mich, alles bis auf die Unterwäsche auszuziehen und gefährliche Gegenstände, mein Handy sowie meinen Gürtel in eine Schachtel zu legen. Ich habe mir heute Morgen einen sehr sexy Zweiteiler angezogen. Irgendwie habe ich mich nach der letzten Nacht so begehrt gefühlt, dass es mich nach schönen Dessous gelüstet hat. Der Blick der Polizistin, als sie meine heiße Unterwäsche bemerkt, spricht Bände.

Sie geht nach dem gleichen Ablauf vor wie Tom, nur nicht so sanft und verführerisch. Als sie fertig ist, werde ich in meine Zelle geschickt. Einsam sitze ich auf dieser gummiartigen Pritsche und bin geschockt. Keine Träne ist in der Lage, meine Augen zu verlassen. Eine tiefe Leere, ähnlich einer Ohnmacht macht sich in mir breit. Ich habe so vieles in den letzten Jahren verloren und bin wieder und wieder aufgestanden. Habe gekämpft, um Fuß zu fassen. Ob ich aus diesem Loch jemals herauskomme, wage ich zu bezweifeln. Das Schlimmste an der Sache ist, dass ich nicht weiß, warum mir das jemand antut. Ein Klopfen reißt mich aus meinen Gedanken.

Die Tür geht auf und Sarah steckt den Kopf herein.

»Na, Gefangene, wie gefällt dir dein neues Zuhause?«, fragt sie sanft, zieht mich auf die Beine und schließt mich in ihre Arme.

Ich weiß gar nicht, was ich zuerst machen soll: lachen oder weinen? Sie streichelt mir liebevoll über den Rücken und meinen Tränen ist der Weg geöffnet. Wir stehen eine ganze Weile so da. Ich weine und schluchze. Sarah tröstet mich.

Irgendwann bin ich in der Lage aufzublicken und bekomme die Tränen wieder unter Kontrolle.

Dann endlich setzen wir uns.

»Wie kommst du hier rein?«, frage ich sie.

»Deine Mutter hat mich angerufen. Sie hat sich Sorgen gemacht. Es war ihr wohl klar, dass du in Schwierigkeiten steckst, aber nicht, wie groß sie sind. Ich konnte sie erstmal beruhigen, aber sie wollte natürlich wissen, warum ihre Tochter in Untersuchungshaft sitzt. Ach ja, die Polizistin, die dich durchsucht hat, ist eine ehemalige Studienkollegin. Ich habe ihr auch ein kleines bisschen was vorgeschwindelt, damit ich kurz bei dir bleiben darf.«

Sarah ist echt unglaublich. Ich kann gar nicht beschreiben, wie gut es sich anfühlt, dass sie da ist.

»Claudi, erzähl erstmal, was ist überhaupt los bei dir?«

Zunächst berichte ich von den aktuellen Ereignissen. Meinen unheimlichen Besucher, der nach Katschmarek suchte, lasse ich dabei nicht aus«.

Sarah springt wütend auf – wie immer zeigt sie ihre Emotionen offen.

»Bei dir wurde eingebrochen und du rufst mich nicht an? Ich hätte den Wettkampf doch sofort abgebrochen und wäre gekommen oder hätte irgendwas organisiert!« Sie ist zurecht wütend auf mich. Wenn sie selbiges getan hätte, wäre ich auch sauer.

Jetzt blicke ich zu Boden, denn nun kommt das etwas brisantere Thema, welches ich im Moment lieber für mich behalten hätte.

»Ich habe Tom angerufen und er hat bei mir übernachtet. Ich dachte, er ist ja ganz gut im Bilde und schien mir auch stark genug, einen Einbrecher zu verjagen.« Mehr sage ich lieber nicht, doch Sarahs Augen verwandeln sich sofort in schmale Schlitze.

»Du meinst jetzt aber nicht Tom Erkelenz? Den Polizisten, der gerade wegen Mordes gegen dich ermittelt, oder?«

Wenn sie es so ausdrückt, klingt es wirklich nicht so schlau.

Ein leises »Ähm, doch« entweicht mir.

Nun sitzen wir still nebeneinander, ich warte unruhig, bis Sarah endlich wieder spricht. Zunächst schüttelt sie immer wieder den Kopf.

»Du steckst tiefer in der Patsche, als ich dachte. Was ist mit dir und Tom?«, fragt sie.

Auch von der zweiten Übernachtung erzähle ich ihr. Ich komme nicht umhin, ihr meine Gefühle für Tom zu gestehen. Als ich allerdings unsere kleine intime Aktion andeute, ist sie wirklich sprachlos.

»Ich weiß gar nicht, wer von euch beiden dümmer ist: du oder Tom. Er hat sich kein Stück gebessert.«

»Ähm, wie meinst du das?« Entsetzt springe ich auf.

»Meinst du, er will wirklich was von dir? Claudi, du bist für solche Typen ein williges Leckerli zwischendurch. Hier geht es nicht darum, eine Beziehung aufzubauen. Die wollen nur ihren Spaß haben und nehmen mit, was geht. Eine Frau mit zwei Kindern, das geht gar nicht. Der bindet sich doch keine ganze Familie ans Bein!« Sanft zieht sie mich zu sich herunter und ich setze mich wieder.

Ich will Einwand erheben, doch da redet sie ungerührt weiter: »Ich habe dir so oft von meinen tollen Ex-Kollegen erzählt. Hättest du mir mal zugehört.«

Das letzte Fünkchen Hoffnung ist zerstört. Ich bin dem größten Aufschneider der Polizei zum Opfer gefallen und habe mich auf Platz eins der naiven Blödchen katapultiert.

Vielleicht könnte ich für immer hier in der Zelle bleiben und mich in Scham und Selbstmitleid aalen.

»Hör mal, ich habe versprochen, nur ganz kurz bei dir zu bleiben. Ich muss gehen. Aber ich will sehen, was ich für dich machen kann, und versuche, so schnell es geht wiederzukommen, okay? Hast du vielleicht die Adresse von einem Anwalt? Wahrscheinlich wirst du einen brauchen.«

Es soll aufmunternd klingen, tut es aber nicht. Ich schaue sie nur still an. Dass ich mal einen Strafverteidiger brauchen würde, hätte ich nie gedacht.

»Schon gut, ich werde dir einen Anwalt besorgen. Bis dahin: Sag bitte nichts mehr. Du kannst deine Aussage als Beschuldigte verweigern und musst dich nicht selbst belasten«, erklärt sie mir.

Beschuldigte. Das Wort bohrt sich in meinen Kopf und lässt mir erneut Tränen in die Augen steigen.

Zum Abschied nimmt sie mich in den Arm. »Wir schaffen das. Immerhin haben wir schon ganz andere Sachen versaut und wieder hinbekommen«, sagt Sarah aufmunternd.

»Ich hoffe es. So schlimm war es noch nie. Danke, dass du da warst.« Schnell umarme ich sie. Es ist ein hoffnungsloser Versuch, sie festzuhalten, mich an sie zu klammern.

»Hör auf zu weinen und versuch Stärke zu zeigen, vor allem, wenn Tom mit dir spricht. Er muss sich nicht noch an deinen Tränen erfreuen.«

So schön Sarahs Besuch auch war – er hat mir den Rest gegeben.

Zu Gast in der Zelle

Tom

Endlich habe ich es geschafft, Anette zu entkommen. Sie ist ganz in der heutigen Festnahme von Claudia aufgegangen. Als ich ihre Schadenfreude gesehen hatte, war ich kurz davor, ihr den Hals umzudrehen.

Schlimmer war allerdings der Blick von Claudia. Es muss ihr den Boden unter den Füßen weggezogen haben. Dummerweise konnte ich ihr in der Situation nicht helfen, ohne mir selbst zu schaden. Anette hat mir das Versprechen abgenommen, ihr die Sache zu überlassen. In erster Linie geht es um den Job und darum, einen Fall aufzuklären. In mir tobt dennoch ein Orkan der Emotionen.

Ich muss zugeben, dass Claudia mir nicht egal ist. Allerdings sieht es mit ihrer Unschuld nicht gut aus. Alle Tatsachen sprechen gegen sie. Habe ich die Täterin in einem Mordfall beschützt? Normalerweise verfüge ich über eine sehr gute Menschenkenntnis, aber auch eine erfahrene Spürnase irrt sich mal. Ich muss mit ihr reden und ihr mein Verhalten erklären. Auch, warum es besser für uns beide wäre, auf Abstand zu gehen. Vielleicht sollte ich Anette bitten, mich von den Ermittlungen abzuziehen. Allerdings kann ich dann nichts mehr für sie tun. Momentan brauche ich das Gefühl, sie zu beschützen, denn das heilt meine eigenen Wunden. Es lenkt mich so sehr von mir ab, dass mein Tinnitus in ihrer Gegenwart kaum hörbar ist.

Im Gewahrsam behaupte ich einfach, Claudia Kramer noch ein paar Fragen stellen zu müssen. Überraschenderweise hatte sie gerade Besuch. Sehr seltsam. Das ist gar nicht zulässig. Wahrscheinlich ihr Anwalt.

Als ich an Claudias Zellentür ankomme, staune ich nicht schlecht: Sarah Richter verlässt gerade den Raum. Was macht die denn hier?

»Na, da schau an, wen haben wir denn da?« Sofort empfangen mich zwei wuterfüllte Augen und funkeln mich böse an.

»Tom Erkelenz. Du hast dich kein bisschen geändert! Hast du denn gar keine Manieren?«, schimpft sie sofort los.

Immer noch derselbe Frust. »Komm schon, geh und versteck dich weiter in deiner Fechtschule. Überlass die Polizeiarbeit den aktiven Beamten. Ich will dich nicht verpetzen müssen, also ab mit dir.«

»Halt dich fern aus ihrem Leben, sie hat schon genug Probleme«, entgegnet Sarah.

Drohend baut sie sich vor mir auf. Irgendwie süß.

»So viele können es nicht sein, wenn sie noch Platz für eine Freundschaft mit dir hat«, kontere ich. Kurz messen wir uns mit Blicken, dann stampft sie wütend davon.

Es ist noch nicht einmal Mittag und ich habe bereits zwei Frauen fertiggemacht. Keine von beiden hat es verdient. Warum müssen Frauen auch ständig provozieren und nur das verstehen, was sie wollen?

Ich klopfe an die Tür und betrete die Zelle von Claudia Kramer. Der Anblick, wie sie dort auf der kalten Pritsche kauert, geht mir ans Herz. Sofort verspüre ich das Bedürfnis, sie in die Arme zu nehmen und zu trösten. Aber das ist unmöglich. Ich hocke mich vor sie und lege ihr meine Hand behutsam auf den Arm.

»Claudia, ich möchte nur ...« Weiter komme ich nicht. Eine kleine zarte Hand knallt mit voller Wucht in mein Gesicht. Dieser Schlag verdient meinen Respekt, war aber dennoch nicht in Ordnung.

Ich reibe mir über die Wange und trete einen Schritt zurück.

»Geht es dir jetzt besser?«, frage ich genervt.

»Ich habe dir vertraut. Du hast dich in mein Leben geschlichen. Deine ganzen fürsorglichen Worte waren alle nur so ein Geplänkel. Du wolltest nur ein Buch von mir.

Mich dazu bringen, irgendetwas mit meinen Fingerabdrücken darauf rauszurücken und ich dumme Pute habe dir meine intimsten Seiten gezeigt. Doch das war nicht genug. Meine Hilflosigkeit und Angst so schamlos auszunutzen. Du bist so ein Schwein! Verschwinde einfach!«, schreit sie mich an. Mit dem Zeigefinger der rechten Hand deutet sie auf die Tür. »Raus hier!«

Ich weiß nicht, womit ich gerechnet habe, aber an ein Gespräch mit ihr ist nicht zu denken. Wut steigt in mir auf. So wie sie sich die Situation zusammenspinnt, war es ganz bestimmt nicht. Zum Glück habe ich mich unter Kontrolle und gehe nicht auf ihre Worte ein, stattdessen atme ich tief durch und lasse ihr ausreichend Zeit, um mit ihrer Situation klarzukommen. Später werde ich es erneut versuchen. Wortlos drehe ich mich um und verlasse die Zelle.

Vertauschte Fingerabdrücke

Tom

Als ich wieder in meinem Büro sitze, überkommt mich das Gefühl, alles falsch gemacht zu haben. Seit dem ersten Tag hier im K11 läuft es schief – dabei sollte doch mein neues geordnetes Leben beginnen. Ich muss diesen Fall so schnell es geht abschließen. Vielleicht verkürzen sie mir die Hospitationsphase, wenn das hier vorbei ist

In der nächsten Stunde gehe ich alle Einzelheiten noch mal durch. Ich bin kein Fachmann für Fingerabdrücke, aber irgendwas stimmt hier nicht.

Claudias Fingerabdrücke waren an den gebrochenen Fingern und an diversen Schubladen des Schreibtischs zu finden, nicht jedoch am Türgriff oder an sonstigen Dingen, die sie ebenfalls angefasst haben müsste. Des Weiteren ist sie Rechtshänderin, nach dem Spurenbild waren die Abdrücke der linken Hand sichergestellt worden.

Auf der Suche nach Jochen laufe ich Sonja in die Arme. Sie klimpert mit den Augenlidern und strafft die Schultern. Täusche ich mich oder hat sie heute ein besonders aufreizendes Outfit an?

»Wer hat die Fingerabdrücke von der Kramer überprüft?«, frage ich ungeduldig und habe das Gefühl, schon wie Anette zu klingen. Sonja sieht mich dementsprechend entrüstet an, doch für Small Talk bleibt keine Zeit. Vielleicht war doch alles nur ein Irrtum. Langsam schüttele ich den Kopf, ich will es einfach nicht wahrhaben. Claudia muss unschuldig sein.

»Hey, welche Laus ist dir denn über die Leber gelaufen«, fragt mich Sonja mit einer tröstenden Stimme. Sie stiert auf meine gerötete Wange und will sie gerade berühren. »Was ist das denn?«

»Ach, unwichtig, ich reagiere nur auf ein billiges Rasierwasser«, sage ich und schiebe ihre Hand beiseite.

»Ziemlich billig. Du solltest deinem Körper was Besseres gönnen«, empfiehlt sie mir und sieht dabei nicht sehr überzeugt aus.

»Sorry, aber ich brauch die Vergleichsabdrücke«, erkläre ich hastig.

»Kein Problem, ich kenne das, wenn man einmal eine heiße Spur hat, bleibt keine Zeit für Höflichkeiten. Du solltest nicht so viel Zeit mit Anette verbringen«, sagt sie und lacht kurz auf. »Frag bei der Forensik nach, die wissen es bestimmt«, empfehlt sie mir.

»Danke!«, rufe ich gehetzt, und lasse Sonja einfach stehen.

Eine Stunde später sitze ich immer noch neben Harry vom Erkennungsdienst. Natürlich ist auch ihm meine geschwollene Wange aufgefallen. Er hat mir ein Coolpack gegeben und keine weiteren Fragen gestellt. Sehr sympathisch.

Unendlich oft stellt er die gefundenen Fingerabdrücke vom Tatort mit denen von Claudia nebeneinander und vergleicht sie. Für mich sehen sie alle gleich aus.

Jetzt lehnt sich Harry zurück und bestätigt meinen Verdacht: »Volltreffer.« Ich schaue ihn fragend an. Keine Antwort.

»Sorry, Neuling. Anweisung von Anette. Berichte zum Fall Carter sind Chefsache.« Er macht sich ein paar Notizen.

Das hatte ich mir gedacht. Mit Harry im Schlepptau gehe ich in Anettes Büro. Gemeinsam schauen wir uns die Vergleichsbilder an.

»Hat jemand die vorhandenen Fingerabdrücke am Tatort mit denen von Claudia ausgetauscht?«, frage ich ganz nebenbei.

»Unmöglich!« Harry bekommt Schnappatmung. Wild gestikulierend schüttelt er seinen Zeigefinger. »Wie sollte jemand die Fingerabdrücke vertauschen? Unser System ist sicher.«

»Keine Sorge, Harry, das werden wir überprüfen«, beschwichtigt Anette.

Es trifft mich eiskalt. Dieser Fall hat sich zu einem einzigen Chaos entwickelt. Irgendwer hält uns hier zum Narren. Jetzt schwenken meine Gedanken zu Claudia.

»Jedenfalls passen die Fingerabdrücke des Gewahrsams nicht zu denen der Spurensicherung des Tatortes!« Harry rauft sich die Haare.

»Aber welche sind denn die richtigen?« Anette runzelt die Stirn und wir kleben mit unseren Blicken am Monitor.

»Vermutlich die aus dem Gewahrsam. Hat sie das Buch mit den bloßen Händen angefasst?« Anette schnappt sich den Roman von Claudia und untersucht es genauer. »Es ist signiert, allerdings nicht mit persönlicher Widmung.«

»Ich bin mir nicht ganz sicher, aber ich meine, ich habe es aus ihrem Rucksack genommen.« Es ist mir unangenehm, aber besser, ich gebe zu, dass ich es einfach nicht mehr genau weiß. Besser gesagt wissen möchte!

»Ich dachte, du hast dir das Buch von der Kramer geben lassen? Sag nicht, du hast es ihr entwendet, dann können wir es als Beweis vergessen!« Anette schaut mich vorwurfsvoll an.

»Wie kann es sein, dass sie nicht mitbekommen hat, dass du ihren Rucksack durchsucht hast?«, gibt Harry seinen Senf dazu und zwinkert mir zu.

»Stopp mal Leute, so war das nicht!«, verteidige ich mich, obwohl ...

»Egal, wo kein Kläger ist, kann auch nichts nachgewiesen werden. Sieh zu, dass die Kramer nicht auf die Idee kommt, dich anzuzeigen!«, bestimmt Anette.

»Jawohl, Chefin!«, entweicht es mir resignierend.

Wir konzentrieren uns wieder auf die Fingerabdrücke.

»Dann könnte es also sein, dass nicht sie als letztes das Buch in der Hand hatte?«, fragt Anette kopfschüttelnd.

»Wenn es so war, wäre sie unschuldig!«, sage ich mit euphorischer Erleichterung.

Anette schaut mich an, als sei ich irre geworden. Ich kann mir meinen Gefühlsausbruch selbst nicht erklären.

»Also mal ganz in Ruhe. Irgendjemand hat sich in das Polizeinetz gehackt und Spuren verändert, damit der Verdacht auf die Kramer fällt?« Harry hat damit noch eine weitere Theorie.

»Kann man die Fingerabdrücke, die zuerst an der Leiche und den Möbeln waren, identifizieren?« Anette ist skeptisch, schließt aber beide Möglichkeiten nicht aus.

»Ich werde mein Bestes versuchen. Wenn wir Glück haben, hat der Täter einen Fehler gemacht. Wenn, dann finde ich ihn. Verlass dich drauf«, verspricht Harry. Er verlässt das Büro und ich sehe in Anettes anklagendes Gesicht.

»Tom, was ist los? Du verhältst dich merkwürdig. Du darfst den Fall nicht so sehr an dich rankommen lassen. Du bist zu emotional bei der Sache. Was ist da mit dir und der Kramer?«, fragt sie in einem mütterlichen Ton, bei dem sich mir die Nackenhaare aufstellen.

Das hat gesessen. Ich brauche einen Moment, bevor ich wieder sprechen kann. »Du hast recht, ich fände es schade, wenn die Kramer einfährt. Die Kinder haben schon ihre Eltern verloren, da wäre es doch schade, wenn sie auch noch die Tante hinter Gittern besuchen müssten.«

»Gut recherchiert. Du hast den Zeitungsartikel also gelesen.« Anettes Gesicht wird für einen winzigen Augenblick offen und weich.

»Ja. Ich habe mich gewundert, dass sie die beiden grundsätzlich *die Jungs* nennt. Ihre ganze Wohnung ist nur behelfsmäßig auf Kinder eingestellt.

»Tom, ich hoffe für dich, du sorgst dich wirklich nur um die Kinder und es steckt nicht mehr dahinter.« Nun interpretiert sie zu viel in die Sache. Natürlich geht es hier um reines Mitleid.

Eigentlich wollte ich Anette gerade von den kuriosen Nachrichten auf dem PC von Claudia Kramer erzählen, aber dann müsste ich auch erklären, dass ich sie bereits zwei Mal auf eigene Faust besucht habe ... Ein ungünstiger Zeitpunkt, beschließe ich. Wenigstens hat sie mich nicht auch noch auf mein Gesicht angesprochen, dank der Kühlung ist die Schwellung kaum noch zu sehen.

Sofort hat Anette wieder ihren Befehlston drauf und geht zur Tagesordnung über. Dabei war sie mir gerade so sympathisch. »Komm, wir reden mit der Kramer«, bestimmt sie.

Ein geklärter Irrtum!

Tom

Im Gewahrsam hatte man Claudia Kramer bereits in ein Vernehmungszimmer gebracht.

Ihr Blick ist noch nicht freundlicher. Im Gegenteil: In ihren Augen kann ich einen Funken von Kampfgeist entdecken.

»Frau Kramer, es gibt neue Erkenntnisse«, beginnt Anette. »Offensichtlich passen Ihre Fingerabdrücke in unserem System nicht mit denen überein, die wir heute aufgenommen haben. Entweder macht sich jemand sehr viel Mühe, Sie mit dem Tod von Ellen Carter in Verbindung zu bringen. Oder ...« Weiter kommt Anette nicht.

Ich hatte mit allem gerechnet, aber nicht mit den scharfen Worten, die jetzt aus Claudias zarten Mund kommen.

»Soll das etwa Ihre Entschuldigung sein, dass Sie mich hier eingesperrt und wie eine Verbrecherin behandelt haben? Da draußen rennt ein Irrer rum! Erst hat er Ellen Carter kaltgemacht und nun versucht er, mir das Ganze in die Schuhe zu schieben! Haben Sie eine Ahnung, wer das sein könnte? Wie wäre es, wenn Sie das schnellstmöglich herausfinden würden?« Mit der geballten Faust schlägt sie zur Verstärkung ihrer Rede auf den Tisch. Aufgebracht beschleunigt sich ihr Atem. Das Weiß in ihren Augen ist rot gerändert, vom Weinen, aber auch vor Wut.

Anette bleibt wie immer ruhig.

»Nicht schlecht. Aber jetzt kommen Sie mal wieder runter. Es ist nur eine Theorie. Die andere würde bedeuten, dass Sie meinem Kollegen bewusst ein Buch mit falschen Fingerabdrücken zugespielt haben«, stellt Anette klar.

»Das können Sie sicher beweisen?«, fragt Claudia skeptisch. «Ich habe ihm das Buch nämlich nicht *gegeben*!«

Ein waschechter Schlagabtausch zwischen den beiden Frauen, der abrupt endet.

»Sie können jetzt gehen. Hier nehmen Sie meine Karte. Falls Ihnen noch etwas einfällt, melden Sie sich.« Anette überreicht ihr die Visitenkarte.

»Moment. Sie bringen mich gefälligst wieder nach Hause, das ist ja wohl das Mindeste, was ich erwarten kann!«, fordert Claudia Kramer.

»Wir sind kein Taxiunternehmen, Frau Kramer. Wenn es meinem Kollegen Herr Erkelenz recht ist, kann er Sie mitnehmen. Er wollte ohnehin gerade Feierabend machen.« Ihr Blick schweift zu mir und ich nicke ihr zu.

»Danke, Tom. Das war es für heute. Die erste Woche hast du doch gut rumgekriegt.

Wir werden morgen frei machen und sehen uns dann am Montag wieder. Ich denke, dann liegen uns die fehlenden Berichte vor und wir können die Ermittlungen fortsetzen«, richtet sie leise noch ein paar Worte an mich.

Claudia hat sich derweil bemüht, ihren Gürtel wieder einzufädeln und ihren Ausweis einzupacken. Ihre persönlichen Gegenstände hatte sie bereits in Empfang genommen.

»Es macht mir nichts aus, Frau Kramer nach Hause zu fahren. Dir auch ein schönes Wochenende oder zumindest was noch davon übrig ist«, sage ich laut genug, damit auch Claudia es mitbekommt.

Ich kann ihr ansehen, wie ungern sie mit mir geht. Dennoch werde ich die Situation nutzen, um mit ihr zu reden.

Als wir das Parkhaus des Polizeipräsidiums verlassen, versuche ich, ein Gespräch anzufangen. Wie erwartet schweigt sie. Stur starrt sie aus dem Fenster meines Wagens. Irgendwie sieht sie dabei niedlich aus.

Noch nie zuvor habe ich so starke Emotionen an einer Frau wahrgenommen. Für ihren Widerspruch gegen Anette hat sie meinen höchsten Respekt verdient. In ihr schlummern zwei Seiten. Die ruhige, zurückhaltende Frau und die Bestie, die manchmal aus ihr herausbricht.

»Woher kommt das Buch, das du mir gegeben hast?«, unterbreche ich die Stille.

»Wenn du meinst, ich würde mich selbst belasten, dann täuscht du dich.« Sie wendet den Blick noch weiter von mir ab.

»Ich will dir helfen«, stelle ich klar.

»So wie du mir gestern geholfen hast?«, sagt sie mit einer vor Sarkasmus triefenden Stimme.

»Ja, es war mir eine Ehre.« Das stimmt wirklich. An der Tatsache, dass ich für sie da sein möchte, hat sich nichts geändert.

»Ich fühle mich aber nicht geehrt. Warum hast du nicht eingegriffen? Warum hast du zugelassen, dass sie mich so behandeln?« Einzelne Tränen schimmern in ihren wütenden Augen.

»Wenn die wüssten, dass ich gestern bei dir war und vor allem wie lange ...« Warum versteht sie nicht, dass ich mich vor Anette so distanziert verhalten musste. Sie würde sonst was vermuten.

»Aber ich bin doch unschuldig«, schreit sie ihre Wut heraus.

»Ja, ganz genau und daran will ich auch keinen Zweifel wecken. Besser, wir trennen Berufliches und Privates.«

Graffiti

Claudia

Na großartig! Mich hat keiner gefragt, wie es mir gefällt, von Tom nach Hause gefahren zu werden. Hätte ich nur meinen Mund gehalten. Aber ich war einfach so wütend auf diese eingebildete Ziege.
Eine kleine Entschuldigung kann man wohl verlangen, wenn man zu Unrecht des Mordes verdächtigt wird. Ich starre aus dem Fenster und kann es gar nicht abwarten, zu Hause zu sein. Die Lichter der Stadt fliegen an mir vorbei. Das Leben, das da draußen tobt, kommt mir unwirklich vor. All der Trubel hat mich erschöpft. Am besten packe ich ein paar Sachen zusammen und fahre mit den Jungs am Wochenende an die Ostsee. Eine Luftveränderung tut mir bestimmt gut.

»Claudia, es tut mir leid, was passiert ist, glaube mir, ich wollte das alles nicht!«, unterbricht Tom erneut die Stille.

Eigentlich wollte ich immer noch nicht mit ihm reden, doch dann ... »Du wolltest was genau nicht?«, fauche ich in seine Richtung.

»Anette ist manchmal ein wenig schroff. Sie weiß nicht, worum es hier geht. Ich konnte sie bisher nicht davon überzeugen, dass du es nicht warst«, erklärt Tom seine Gedanken.

Er kann mich beim Fahren nur kurz ansehen, doch lang genug, damit ich aus seinem Gesicht lesen kann. Es steht Verzweiflung darin und Ehrlichkeit. Der Glanz seiner Augen und das tiefe Blau fangen mich ein. Kurz hatte ich befürchtet, er würde unsere gemeinsame Nacht bereuen, doch jetzt sehe ich klarer. Seine Zuneigung ist echt, er steht auf meiner Seite.

Wie gerne würde ich ihn in die Arme nehmen und darin Trost suchen. Doch das muss warten. Irgendwo da draußen läuft ein Irrer rum und hat Ellen Carter getötet. Für mich. So lässt er es jedenfalls aussehen.

Endlich biegen wir in die kleine Sackgasse ein, in der ich wohne. Schon von Weitem kann man das verwinkelte Häuschen sehen. Irgendwie sieht es anders aus als sonst. Die weiße Hauswand ist beschmiert. Es sieht aus wie Buchstaben. Als wir näherkommen, kann ich sie lesen: *Mörderin.*

Oh, nein! Was soll das denn jetzt? Auch Tom muss es bereits gesehen haben, denn er verlangsamt die Geschwindigkeit des Wagens und beginnt, das Umfeld zu betrachten. Einige Leute stehen in der Nähe des Hauses, in dem ich wohne. Niemand von ihnen kommt mir bekannt vor.

»Ich werde dich zur Haustür begleiten«, sagt er sofort und greift nach seinem Smartphone. Eilig wählt er eine Nummer, mit den Fingern der freien Hand trommelt er auf das Lenkrad.

»Ich bin es, wir haben ein Problem«, beginnt er das Gespräch.

Dann gibt er kurz den Sachverhalt wieder. Seine Stimme klingt dabei so streng, so martialisch. Irgendwie fremd.

Nachdem er das Gespräch beendet hat, parkt er den Wagen direkt vor meinem Haus. »Bist du so weit?«, fragt er.

»Ja, die werden mich schon nicht lynchen«, antworte ich sarkastisch, bin mir aber gar nicht so sicher.

Gerade als ich die Beifahrertür öffne und zielstrebig aussteige, trifft mich etwas knallhart am Kopf. Eine kalte Flüssigkeit läuft an meinem Hals herab und in den Ausschnitt meines T-Shirts. Es stinkt fürchterlich. Langsam spüre ich klebrigen Schleim am Kopf. Ich fasse vorsichtig an meine Schläfe. Eine orangefarbene Masse verziert meinen Finger. Bevor ich mich umsehen kann, packt mich Tom. Eilig schiebt er mich zur Haustür. Als wir dort ankommen, nehme ich kleine Blitze wahr. Sie blenden meine Augen. Instinktiv schirme ich sie mit der rechten Hand ab.

»Frau Kramer, wie standen Sie zu Ellen Carter? Wann haben Sie angefangen, die Bücher Ihres Idols zu kopieren und wie geht es nun weiter?«, fragt ein mir unbekannter Mann und hält mir ein Mikrofon mitten vor das Gesicht.

»Wie haben Sie es geschafft, aus der U-Haft entlassen zu werden? Die Beweise sprechen doch eindeutig gegen Sie!«, fragt eine zierliche Frau und bedrängt mich ebenfalls mit einem wuscheligen Mikrofon.

Alles ist so falsch. Ich habe doch nicht ihre Bücher kopiert, sondern genau umgekehrt.

Gerade als ich auf diese miese kleine Reporterin losgehen will, hält mich Tom zurück und schiebt mich hinter seinen Rücken. Er nimmt mir den Schlüssel aus der Hand. Schnell öffnet er die Tür und verschließt sie hinter uns wieder.

»Bist du in Ordnung?«, fragt er sofort und befasst meine klebrige Stirn.

Die Sorge in seiner Stimme tut gut. Gerade hat er mich gerettet. Mit seinem Körper hat er mich vor den hungrigen Augen der Reporter versteckt. Aber in Ordnung ist mein Zustand nicht, im Gegenteil.

»Geht schon«, flüstere ich und ein kleiner gelber Tropfen landet auf meinem Shirt. Dabei erinnere ich mich wieder an das, was mir an den Kopf geflogen ist. Mit einem Tuch tupfe ich den stinkenden Schleim von meiner Stirn.

Da ich stark nach Bier rieche, gehe ich davon aus, dass der harte Gegenstand eine Bierdose gewesen sein muss. Das Klebrige war nichts anderes als faule Eier. Damit habe ich nicht gerechnet. Die Aufschrift auf dem Haus ist riesig. Alle meine Nachbarn können es lesen. Nicht nur die – auch die Jungs und meine Eltern.

Tom schaut mich besorgt an.

»Geh du dich ruhig frisch machen. Ich werde Anette anrufen und besprechen, was zu tun ist.«

Antworten kann ich nicht. Zielstrebig gehe ich auf direktem Weg ins Bad und stelle die Dusche an. Ich habe nur ein paar Stunden in dieser kleinen Zelle verbracht, aber schon dort das Gefühl von körperlichem Unwohlsein verspürt.

Im Bad ziehe ich meine Kleidung aus. Werfe sie einfach zu Boden. Als ich die Dusche anstelle, zucke ich vor dem fließenden Geräusch zurück. Vorsichtig steige ich in das leicht gefüllte Becken und meine Füße stapfen im warmen Nass. Heißes Wasser läuft über meinen Körper. Genüsslich nehme ich eine Riesenportion meines Lieblingsduschzeugs, Mandelmilch-Kakao.
Der süßliche Duft beruhigt mich. Es fühlt sich so an, als ob ich damit den ganzen Ärger

von der Haut waschen könnte. Hier bin ich sicher. Tom würde nicht zulassen, dass mir etwas passiert. Die Stelle an meiner Schläfe, die durch die Dose getroffen wurde, ist angeschwollen und schmerzt. Wut keimt in mir auf. Wer macht denn sowas?

Trotz des Wasserrauschens höre ich Toms Stimme und denke wieder an die letzte Nacht. Ich verspüre den Wunsch nach seiner körperlichen Nähe. Sofort drehe ich das Wasser auf kalt, eiskalt. Meine Haut bildet tausend kleine Pickel und obwohl sich ein kühler Mantel um mich legt, brennt mein Inneres wie loderndes Feuer.

Natürlich hatte ich nicht daran gedacht, frische Wäsche mit ins Bad zu nehmen. Ich hole das größte Handtuch aus dem Schrank, das ich besitze, und hülle mich darin ein.

Selbstverständlich komme ich nicht in mein Schlafzimmer, ohne von Tom entdeckt zu werden. Er wagt es tatsächlich, mich anzusehen und von oben bis unten zu mustern.

Einen Spruch macht er zum Glück nicht. Garantiert wäre ich ihm sofort an den Hals gegangen, was nur im Handtuch bekleidet, nicht so gut funktioniert hätte. Vor meinem Kleiderschrank lasse ich das Handtuch fallen. Würde Tom jetzt hereinkommen, hätte ich nichts dagegen. Normalerweise trage ich zu

Hause bequeme Kleidung, doch da ich Männerbesuch habe, wähle ich eine enge Jeans und einen weit ausgeschnittenen Pullover. Lässig betrachte ich mich im Spiegel und bin zufrieden mit dem, was mir entgegenschaut.

Mit neuer Energie gehe ich zu Tom ins Wohnzimmer. Er hat es sich bereits auf seinem Lieblingsplatz, *meiner Couch*, gemütlich gemacht.

Grinsend schaut er mich an. Seine Augen brennen und ich weiß, er würde ebenfalls gern an den gestrigen Abend anknüpfen.

»Setz dich bitte«, fordert er mich auf.

»Soll ich uns nicht erstmal einen Tee kochen?«, biete ich an.

»Nein, danke.« Kopfschüttelnd lehnt er ab. »Ich habe mit Anette telefoniert. Die Spurensicherung hat sich auf den Weg gemacht. Es wird allerdings noch eine Weile dauern, da sie gerade erst von einem anderen Tatort zurückgekommen sind. Sie müssen ihre Ausrüstung neu auffüllen«, erklärt er mir.

»Was? Wieso die Spurensicherung? Ich dachte, ihr hättet jetzt endlich verstanden, dass ich unschuldig bin!«, widerspreche ich.

»Das Graffiti, die Reporter und die Stinkbombe sind kein Zufall. Hier besteht eindeutig ein Zusammenhang mit dem Fall. Daher werden wir versuchen, so viele Spuren wie möglich zu sichern. Vielleicht zeichnen sich Parallelen ab. Anette hat mich gebeten, dir noch ein paar Fragen zu stellen. Wir können die Zeit nutzen, bis die Kollegen eintreffen.«

Das wird immer besser. Mir wird unwohl bei dem Gedanken, ihm Rede und Antwort zu stehen. Es fühlt sich seltsam an, zwischen den Emotionen zu switchen. Mal ist er mein Freund und mal ermittelt er wegen Mordes gegen mich. Wie gut er wohl damit zurechtkommt?

So sehr ich mich von ihm angezogen fühle, muss ich gerade an die Worte von Sarah denken. Bin ich nur ein kleines Abenteuer für ihn oder empfindet er mehr für mich?

»Hör mal. Lass uns versuchen, professionell mit der Sache umzugehen«, bittet er mich und holt sein Notizbuch heraus.

Ich kann das nicht. Wieso glaubt er mir nicht einfach? »Während wir hier sitzen und plaudern, läuft da draußen der wahre Mörder rum? Findest du das richtig?«, schnauze ich ihn an.

»Du bist heute so anders. Ich fände es schön, wenn du wieder so zu mir wärst wie gestern«, sagt er vollkommen verdutzt. »Ich will dir helfen, das weißt du doch, oder?«

Hat er das gerade gesagt? »Es sind viele Dinge passiert seit gestern«, verteidige ich mich und streiche mir unsicher durchs noch feuchte Haar.

»Willst du mir auch sagen, was?«, fragt er mit unschuldigem Blick und bringt damit das Fass zum Überlaufen.

»Na ja. Ich habe eben einige Dinge über dich erfahren ...«, beginne ich. Unsicher, ob ich genauer werden soll.

»Ich weiß nicht, was dir Sarah über mich erzählt hat. Du musst wissen, sie hat eine Abneigung gegen alle Polizisten.« Kopfschüttelnd legt er sein Notizbuch zur Seite. »Diese Frau würde nie ein gutes Wort über mich sagen.«

»Woher kennst du Sarah?«, frage ich, ohne auf seine Aussage einzugehen. Irgendwie habe ich das Gefühl, dass Sarah mir in Bezug auf ihre Verbindung zu Tom nicht die Wahrheit gesagt hat.

»Hat sie dir das nicht erzählt?«, fragt er verwundert und legt sein Notizbuch zur Seite.

»Nein. Sie meinte nur, sie hätte dir in der Kleiderkammer regelmäßig die Uniform ausgeteilt.«

»Es wäre mir lieb, wenn du das Sarah selbst fragst. Sie hat ihre Gründe, dir nicht die Wahrheit zu sagen.« Seine Miene verschließt sich. Mit verschränkten Armen signalisiert er mir, dass er nichts weiter dazu sagen wird.

»Das werde ich bestimmt tun«, versichere ich ihm.

Er hat mir mit solch einer Überzeugung geantwortet, dass ich das Gefühl habe, Sarah hat tatsächlich etwas zu verbergen, oder Tom ist Meister im Lügen.

»Lass uns lieber an deiner Situation arbeiten, anstatt Sarah auf den Zahn zu fühlen. Du steckst tief in der Sache drin und wir müssen herausfinden, warum.«

An seinem Blick kann ich erkennen, dass damit alles gesagt ist. Es gelingt mir, ruhig zu bleiben.

»Du hast recht. Es wird Zeit, diesen Fall zu lösen, damit mein Leben wieder an Normalität gewinnt. Also: Was willst du wissen?«, frage ich.

»Vielleicht erklärst du mir mal den Zusammenhang zwischen dir und Ellen Carter. Worum geht es da bei euch?« Wieder klappt er sein kleines Büchlein auf und beginnt, das Datum oben rechts hinzuschreiben.

»Ich lese viele Bücher, die im Genre ähnlich dem meinen sind. *Romantasy.* Irgendwann bin ich auf die Bücher von Ellen Carter gestoßen. Sie war nicht immer so berühmt wie heute. Vor ein paar Jahren hat sie einen Wahnsinnsaufstieg mit einem Buch gehabt. Als ich es gelesen habe, ist mir schlecht geworden. Die Handlung und viele

Worte kamen mir bekannt vor. Zunächst habe ich noch geglaubt, es wäre ein Zufall. Nachdem ich drei Nächte lang die Bücher gegenübergestellt habe, war ich anderer Meinung. Ich war so erschüttert darüber, dass ich ihr eine E-Mail geschrieben habe. Ich fand es einfach unverschämt. Nur weil sie eine große Autorin war, konnte sie doch nicht schamlos die Inhalte kleinerer kopieren!«

Hier beende ich meine Erzählung, in der Hoffnung, dass Tom nicht fragt, wie es weiterging.

»Hat sie auf deine E-Mail reagiert?«, kommt es prompt von ihm.

Kurz überlege ich, ob ich noch mehr meiner schmerzhaften Erinnerungen preisgeben soll und entscheide mich dafür.

»Ich bekam eine bitterböse Antwort. Sie drohte mir, ich solle meine Anschuldigungen zurücknehmen und nicht weiterverbreiten, andernfalls würde sie mich verklagen. Auch wollte sie ihre zahlreichen Follower auf mich hetzen.« Es regt mich immer noch auf. Völlig in Rage springe ich hoch. Mit geballten Fäusten stehe ich vor Tom. Kerzengerade. Angriffsbereit.

Aufmerksam mustert er mich. Mit einem freundlichen Nicken fordert er mich zum Weitersprechen auf.

»Meine Bücher sind mein Lebenswerk. Alles, was mir geblieben ist. Es steckt so viel von mir darin. Dies in dem geistigen Gut eines anderen zu lesen, hat mich fast erwürgt. Ich habe mit anderen Autorinnen auf Faceb**k geschrieben und einen Anwalt konsultiert. Er erklärte mir, meine Gegenüberstellung wäre aussagekräftig, doch nicht genug für eine Klage. Die Chance, dass sie den längeren Atem hätte, vor allem finanziell, wäre viel zu hoch.«

Während des Erzählens der Geschichte kommt all die Verzweiflung, die Wut und die Machtlosigkeit zurück Mein Körper spannt sich an, doch es geht noch weiter. Da Tom mir die Zeit lässt, meine Gefühle in den Griff zu bekommen, fühle ich mich stark genug, auch den unschönen Teil der Geschichte zu erzählen.

»Kurzerhand hatte ich die Gegenüberstellung auf meiner Faceb**k-Seite veröffentlicht. Kommentarlos. Es dauerte nicht lange und ich bekam einen Shitstorm, der sich gewaschen hatte. Ellen Carter schrieb mir erneut. Sie hätte ein gutes Netzwerk in der Autorenszene. Mit meinem Post hätte ich eine Grenze überschritten. Sie versicherte mir noch einmal, meine Bücher nicht zu kennen und dass sie es bestimmt nicht nötig hätte, anderen ihre Ideen zu stehlen. So wie sie es schrieb, wurde mir klar, dass sie die Botschaft hinter meinen Posts verstanden hatte.«

»Moment!«, unterbricht mich Tom, »Posts?«

»Posts«, wiederhole ich und weiß nicht genau, was er will. Glaubt er mir etwa nicht. Habe ich zu viel verraten? Er wird alles gegen mich verwenden …

»Du hast die Mehrzahl verwendet. Wie viele Posts hast du denn gemacht?«, hakt er ungläubig nach.

Kurz überlege ich. Es waren schon einige. »Ein paar eben. Ist das ein Problem?«, frage ich unschuldig.

»Entschuldige. Ich wollte dich nicht unterbrechen. Erzähl erstmal weiter«, fordert er mich auf und schreibt etwas in sein Büchlein.

Unschlüssig setze ich mich. Als Tom mich freundlich anlächelt, schöpfe ich neuen Mut, denn da ist noch einiges mehr geschehen …

»Nachdem die Öffentlichkeit kein großes Interesse mehr hatte und ich zunehmend nicht nur Kritik von Ellen Carters Fans bekam, sondern auch ersten Zuspruch, dachte ich es habe sich erledigt. Doch dann hatte sie sich mit ihrer Kollegin Mirjam Greif zusammengetan. Unter einem gemeinsamen Pseudonym hatten sie meine restlichen Bücher verwertet. Erneut wurde es ein Bestseller.« Wütend habe ich Not, meine Worte auszusprechen. Ich rede mich in Rage, doch ich kann mich nicht mehr stoppen.

Tom hat aufgehört zu schreiben und schaut mich fragend an. »Ist das denn nicht verboten? Man kann doch nicht einfach die Worte eines anderen für die eigenen ausgeben?« Sein anklagender Blick lässt mein Herz schneller schlagen. Er versteht mich.

»Das dachte ich auch und habe erneut einen Anwalt eingeschaltet. Die beiden verändern geschickt eine Kleinigkeit in jedem übernommenen Satz. Sie versuchen, die Handlung umzustellen, damit der Leser den Eindruck hat, hier ein ganz anderes Buch vor sich zu haben. Sie bedienen sich fleißig an meinen Ideen, erzählen die Story aber in einem anderen Setting. Der Anwalt riet mir von einem Prozess ab. Nicht nur die hohen Kosten sprächen dagegen, sondern auch das Management von Ellen Carter. Nie würde man das Ansehen von einer großen Autorin öffentlich beflecken lassen. Solche Menschen seien bereit, für ihren Erfolg einen Mord zu begehen.«

Erst jetzt wird mir klar, was ich da eben gesagt habe. Tom und ich schauen uns einen Moment an. Eilig fahre ich fort: »Ich habe mir genau angesehen, wie Ellen arbeitet. Sie war zu Beginn ihrer Karriere Werbetexterin und konnte geschickt die besten Worte finden, um eine Handlung darzustellen. So macht sie es auch in ihren Büchern. Sie nimmt geschickt die besten Formulierungen von anderen und verändert deren Sätze leicht. Ihre vielen Fans entdecken das wohl nicht und wollen es auch garantiert nicht wahrhaben. Wenn man sich aus mehreren Büchern die schönsten Stellen raussucht, ist doch klar, dass man dann ein Wahnsinnsbuch hat. Sie macht dabei auch vor den großen Schriftstellern nicht halt.«

Unsicher, ob es das Richtige ist, stehe ich auf und hole ich ein Buch nach dem anderen aus dem Regal und zeige es Tom.

»Die Überarbeitungen der Bücher und Vergleiche mit den Originalen haben mich Wochen meiner Zeit gekostet. Bis tief in die Nacht habe ich am Schreibtisch gesessen und markiert. Ich habe mich in Online-Portalen schlau gelesen und versucht, Gleichgesinnte aufzuspüren. Es scheint einige zu betreffen. Die großen Autoren teilen sich den Kuchen des Erfolges untereinander auf. Wenn ihnen ein kleiner Autor zu erfolgreich erscheint, wird er mit schlechten Bewertungen aus dem Rennen geschossen. Manch einer munkelt sogar, es gäbe eine Software, die bei dem Wörterklau unterstützen kann. Der Codename sei *CopyWrite*. Dreimal darfst du raten, wer sie programmiert haben soll.«

Tom schaut mich fragend an. Anscheinend hat er keine Ahnung, wovon ich rede.

»Natürlich Holger Brecht.« Was ist los, will er nicht verstehen?

»Der Bekannte von Ellen Carter?«, fragt Tom erstaunt. Sein Gesicht drückt Sprachlosigkeit aus. Er weiß wohl nicht, um wie viel Geld es hier geht.

»Wenn man ihn so nennen möchte!« Ein Schauer überläuft mich, wenn ich an den Typen denke.

»Er schreibt nicht nur deprimierende Psycho-Ratgeber, sondern sieht auf den Fotos aus wie ein Habicht kurz vor dem Sinkflug. Er wirkt bedrohlich auf mich. Es steht außer Frage, dass er mir schaden will«, schließe ich meine Anschuldigungen.

»Nun mal langsam. Es ist doch nicht jeder in diesem Business gegen dich«, versucht Tom mich zu beschwichtigen.

»Wie kannst du so etwas behaupten? Alle sind gegen mich!«, schnauze ich ihn wütend an. Meine Stimmung droht zu kippen, wieder ziehen dunkle Wolken in meinen Kopf auf. Meine Augen flackern und schwarze Flecken hüpfen vor meinen Pupillen.

»Natürlich glaube ich dir. Lass mir doch bitte einen Moment, das alles zu verstehen.« Er legt mir beruhigend die Hand auf meinen Arm. Tief atme ich durch. Ich gebe vor, mir die Nase zu putzen. Dabei stecke ich mir unbemerkt eine meiner Pillen in den Mund. Ich hoffe, dass es noch rechtzeitig ist.

»Du behauptest also, dass die drei unter einer Decke stecken und professionell die

Inhalte ganzer Bücher stehlen?«, fragt Tom und runzelt die Stirn.

Wahrscheinlich klinge ich auch für ihn wie eine gescheiterte Anfängerin, die dem Erfolg nacheifert. Ich setze mich an meinen PC und zeige Tom meine Werke. Dabei versuche ich ihm zu erklären, wie die Software von dem Brecht arbeitet. Als ich mein neuestes Werk öffnen möchte, stelle ich fest, dass es nicht mehr in dem Ordner mit meinen Entwürfen ist. Ich gebe zu, Ordnung herrscht nicht in meinen digitalen Medien, aber ich bin mir ganz sicher, es hier abgespeichert zu haben!

»Wo ist sie denn nur?«, frage ich mich eher selbst als Tom.

Ich werde nervös, denn ich kann die Datei nicht finden! Wo ist sie?

»Wie heißt sie?«, fragt Tom über meine Schulter hinweg und mustert den Bildschirm. »*Das saphirblaue Spindelmädchen*«, antworte ich mit einem mulmigen Gefühl.

Seine Neugier passt mir nicht. Plötzlich entdecke ich eine andere Datei: *Die Abenteuer aus Meridian.* So heißt doch das neue Buch von Ellen Carter. Wie kommt die denn in meine Ordner? Auch Tom hat die Datei bemerkt und scheint zu wissen, um was es sich dabei handelt. Ich suche in meiner Cloud weiter nach meiner Datei – Fehlanzeige. Das ungewünschte Fundstück ignoriere ich.

Oben rechts in einem kleinen Fenster leuchtet eine Benachrichtigung auf. Angeblich habe ich 1472 neue Kommentare. Was hat das zu bedeuten? Sofort logge ich mich in meine Autorenseite ein. Es ist tatsächlich so: 1472 neue Bildunterschriften. Auf dem Foto bin ich zu sehen, wie ich vorhin aus Toms Auto steige. Ich lächele in die Kamera. Die Bildüberschrift lautet: *Home Sweet Home*.

Der Beitrag ist öffentlich, sodass jeder darunter posten kann, nicht nur meine Freunde. Offensichtlich sind das hier alles Ellen-Carter-Fans. Kurz überfliege ich die Kommentare:

-Heimkehr einer Mörderin.
-Sie ist tot und du bekommst deine Strafe!
-Das Lachen wird dir vergehen, du Mörderin.

Am meisten sind es jedoch Kommentare wie:

-Niemand wird deine Bücher mehr lesen!
-Du bist nicht annähernd so gut wie Ellen!
-Du kannst einpacken!

Unsicher blicke ich in Toms Augen. So wie er aussieht, überlegt er gerade, mich wieder in diese kleine Zelle zu verfrachten.

»Um wie viel Uhr ist der Beitrag eingestellt worden?«, fragt er und rückt noch näher an den Monitor heran.

»15:03 Uhr«, lese ich die Uhrzeit ab.

»Wir waren zu diesem Zeitpunkt hier. Sofern du unter der Dusche keinen Laptop hast, kannst du das gar nicht selbst online gestellt haben«, gibt er zu bedenken.

»Ja klar! So weit hatte ich gar nicht gedacht.« Eine totale Erleichterung überkommt mich, als ich realisiere, dass Tom mir glaubt. Vielleicht ist er doch nicht so ein Unmensch, wie Sarah behauptet. Oder er ist nur zu mir so nett. Das würde mir gefallen.

»Wie ist das möglich? Dein Kollege hat meinen PC gecheckt. Er sagte, es gäbe keine Fremdeinwirkung und doch schreibt hier jemand in meinem Namen Posts, wie es ihm beliebt«, rege ich mich auf.

«Hast du jemanden Zugriff auf dein Social Media Konto gegeben?«, fragt Tom.

«Nein, natürlich nicht! Das habe ich auch schon überlegt.«

»Bleib ruhig, wir werden die Spurensicherung danach befragen. Wahrscheinlich ist es besser, wenn du erstmal nicht allein bist.« Er macht eine kurze Denkpause bevor er fragt: »Kannst du nicht ein paar Tage zu deinen Eltern ziehen?«

»Ehrlich gesagt möchte ich meine Familie da rauslassen. Ich habe Angst, sie mit meiner Anwesenheit in Gefahr zu bringen. Ich werde Sarah anrufen und ein paar Tage zu ihr ziehen. Sie wohnt auf dem Land, da kennt mich keiner.« Schon zücke ich mein Smartphone und rufe sie an.

Natürlich ist sie einverstanden und freut sich auf die gemeinsame Zeit. Tom fordert mich auf, meine Sachen zu packen.

Als die Spurensicherung eintrifft, werde ich gebeten, die Wohnung zu verlassen. Tom verspricht mir aufzupassen, dass nichts Unrechtes mit meinem Hab und Gut geschieht.

Klar ist es schwer für ihn mir seine Gefühle zu zeigen, solange die Ermittlungen noch laufen. Wenn es doch endlich alles vorbei wäre, dann könnten wir da weitermachen, wo wir aufgehört haben. Vor meinen Augen erscheint das Bild, als er mich durchsucht hat. Kurz fange ich an zu träumen.

»Frau Kramer, Sie sind ja immer noch hier«, unterbricht Toms Chefin meine Gedanken. »Hatte Sie mein Kollege nicht darauf hingewiesen, dass Sie besser bei Verwandten unterkommen?«, fragt sie mich.

»Ja, Tom ... Herr Erkelenz meinte, ich solle in der Nähe bleiben, falls es noch Fragen gibt.« Diese Frau macht mich nervös, sicher hat sie die Gefühle zwischen Tom und mir bemerkt. Womöglich ist sie eifersüchtig.

»Sehr gut«, sagt sie und wendet sich von mir ab.

Ich beschließe, bei meinen Eltern auf Sarah zu warten. Ich muss ihnen dringend die Situation erklären. Ich habe die Jungs seit zwei Tagen nicht mehr gesehen und vermisse sie furchtbar. Auch ihnen bin ich ein paar Erklärungen schuldig. Allerdings werde ich ihnen so wenig wie möglich erzählen, um sie nicht zu beunruhigen.

Verbotene Liebe

Tom

Gemeinsam mit Anette stehe ich im Wohnzimmer von Claudia. Die Spurensicherung ist draußen und macht Bilder von den Schmierereien an den Hauswänden. Ich berichte Anette von Claudias Ausführungen zu den Autorenkollegen von Ellen Carter. Die Worte fließen aus mir heraus und ich merke selbst, wie ich mich in Rage rede.

»Du glaubst ihr?« Fragend schaut mich Anette an.

Anscheinend zweifelt sie immer noch an ihrer Unschuld. Hat sie das verschüchterte Wesen von Claudia noch nicht erkannt? Wie soll so jemand zu einem Mord fähig sein?

»Die Tatsachen sprechen doch für sie. Wir sollten diesen Brecht noch einmal aufsuchen und sein Alibi genauer überprüfen«, schlage ich vor.

»Na gut, Tom. Aber ich stelle die Fragen, klar?« Es ist keine Bitte, sondern eine klare Anweisung.

»Ach, und Tom? Kann es sein, dass die Kramer sich in ihren Retter und Helden verliebt hat?«, provoziert sie mich und grinst.

Du weißt schon, dass so etwas nicht selten ist.

Im ersten Moment verstehe ich gar nicht, was sie meint, doch dann ...

»Sie fühlt sich in meiner Gegenwart sicher, das kann ich ihr nicht verübeln«, antworte ich ausweichend.

Anette lässt es glücklicherweise darauf beruhen.

Harry hat sich noch einmal an Claudias PC versucht. Er hat Router und Festplatte überprüft. Dass ich bereits Benny auf den PC angesetzt habe, verschweige ich vorerst.

Er kann ebenfalls keine Auffälligkeiten finden. Nur den Router habe er so noch nicht in einem Privathaushalt gesehen, da er normalerweise bei Behörden eingesetzt wird. Dazu sage ich besser nichts.

Gegen 18 Uhr sind wir fertig. Claudia hat die Wohnung durchgesehen und uns bestätigt, dass die Durchsuchung keine Beschädigungen hinterlassen hat.

Um sie vor den Sensationshungrigen Schaulustigen abzuschirmen, begleite ich sie nach draußen. Bevor sich unsere Wege trennen, schaut sie mir kurz in die Augen.

«Einen schönen Feierabend wünsche ich dir«, sagt sie bemüht, stark zu sein.

Eilig wendet sie sich ab und geht zu dem wartenden Fahrzeug. Am Steuer sitzt Sarah

Richter. Die Freundschaft der beiden scheint mir surreal. Sie sind so verschieden. Aber wer passt schon zu Claudia Kramer? Da fällt mir auf, sie hat bisher noch von keinem Partner geredet.

»Erde an Tom, wo bist du denn mit deinen Gedanken?« Anette scheint schon länger mit mir zu reden. Wild fuchtelt sie mit ihrer Hand vor meinen Augen. Sie steht wie aus dem Nichts neben mir.

»Ich werde mich auch mal losmachen. Schönes Restwochenende! Wir sehen uns am Montag«, sage ich schnell.

»Das will ich hoffen. Punkt acht in meinem Büro.« Lächelnd nickt sie mir zu. Was sie wohl am Wochenende macht. Mir fällt auf, dass ich gar nichts über sie weiß. Außer, dass sie niemals ein Buch von Claudia Kramer oder Ellen Carter in ihrer Freizeit lesen würde.

Der Zauber der Natur

Tom

Am nächsten Morgen wache ich nach einer unruhigen Nacht auf. Zusätzlich zu den Albträumen schwirren meine Gedanken um den Fall Claudia Kramer. Abwechslung wird mir guttun, sonst werde ich noch verrückt.

Nach dem Unfall habe ich von Tag zu Tag gelebt. Es ist mir nicht leichtgefallen, mit dem Tod meines besten Freundes klarzukommen. Auch mit meinen eigenen Verletzungen habe ich immer noch Schwierigkeiten. Ruhe kann ich kaum noch ertragen, daher gehe ich auch so oft es mir möglich ist joggen. Am frühen Morgen empfängt mich angenehmes Vogelgezwitscher. Genau die richtige Geräuschkulisse, um abzuschalten. Auch hier draußen schweifen meine Gedanken zu Claudia ab. Doch ich will jetzt nicht an sie denken und versuche mich abzulenken. Ein sehr schöner Baum ... Dort hinten wachsen Waldbeeren ...

Noch zuvor habe ich bemerkt, wie viele Paare gemeinsam joggen. Seit ich nicht mehr im Kommando bin, laufe ich allein. Es ist nicht das Gleiche, da man sich sehr auf seinen Körper fixiert und nicht auf das Gequatsche der Jungs. So ist man auch schneller kaputt und findet eine Ausrede, etwas früher aufzuhören. Plötzlich überfallen mich Gedanken an meine Zukunft. Wie wird es wohl für mich weitergehen? Bin ich an dem Punkt, an dem man bereit ist, eine feste Partnerschaft einzugehen oder gar eine Familie zu gründen? Ich bin dem gegenüber nicht abgeneigt, nur hatte ich es für einen späteren Zeitpunkt in meinem Leben geplant. Eigentlich bin ich noch nicht zu alt für das Kommando. Fünf bis acht Jahre hätte ich dort noch Dienst versehen können. Mein leichtes Leben genießen. Lockere Frauenbekanntschaften und die vielen Partys mit den Kollegen. So war zumindest der Plan. Es scheint mir gerade nicht mehr zu passen.

Später fahre ich, wie jeden Sonntag, zu Heike und ihrem Sohn Theo. Wir wollen gemeinsam Mittagessen und danach etwas Schönes unternehmen. Es fühlt sich ein bisschen wie Familie an – nur ist es nicht meine, sondern die meines verstorbenen Freundes.

Nach dem Unfall fiel es mir schwer, Heike gegenüberzutreten. Ich hatte unheimlich viele Schuldgefühle. Als ich ihr die Spendenkasse des Kommandos gebracht habe, bat sie mich, ein wenig mit ihr über Chris zu sprechen. Wir schauten uns alte Fotoalben an. Für einen kleinen Moment war Chris wieder bei uns. Heike lud mich für den folgenden Sonntag zum Essen ein und ich habe im Anschluss mit Chris' siebenjährigen Sohn Fußball gespielt. Der Junge vermisste seinen Vater schrecklich. Das Spiel lenkte ihn ab und mich auch. Meine Besuche sind zum Mittelpunkt des Wochenendes geworden. Dieser eine feste Termin gibt mir Halt und ist für mich sehr wichtig.

Sonntagsessen!

Tom

Nach einer ausgiebigen Dusche lese ich die Zeitung: wieder ein Bericht über Ellen Carter, eine komplette Seite. Darauf prangt ein Bild mit mir wohl bekannten Personen: Cynthia Carter, Mirjam Greif und Holger Brecht. Sie kündigen das letzte Buch von Ellen Carter an, welches sie bald veröffentlichen möchten. Die drei Gestalten sind mir sehr verdächtig.

Genervt lege ich die Zeitung zur Seite. Es ist an der Zeit aufzubrechen. Ungern möchte ich zu spät bei Heike sein. An der Tankstelle kaufe ich noch schnell einen Strauß Tulpen. Im Kofferraum meines Wagens liegt ein nagelneuer WM-Fußball.

Den letzten haben Theo und ich in den benachbarten Obstgarten geschossen und nicht wiederbekommen.

Zunächst wollte Heike nicht in dem großen Haus bleiben – aus Angst, alles könnte sie an Chris erinnern. Jetzt ist sie dankbar, diese Erinnerungen zu haben. Es ist ein modernes Einfamilienhaus am Stadtrand mit großem Garten. Chris liebte Kinder und wollte eine ganze eigene Fußballmannschaft haben. Als ich in die kleine Spielstraße einbiege, ist es für mich ein Gefühl des Heimkehrens. So habe ich mir mein Leben in der Zukunft auch mal vorgestellt, nur bisher nicht die richtige Frau dafür getroffen.

Heike öffnet mir die Tür und ich freue mich, ein wenig Farbe in ihrem Gesicht zu sehen. Sie ist eine umwerfende Frau. Ihre feinen braunen Haare hat sie zu einem lässigen Bob schneiden lassen. Die vollen Lippen sind blutrot geschminkt und aus ihrem herzförmigen Gesicht strahlt mir ein Lächeln entgegen. Zur Begrüßung nehme ich sie fest in den Arm. Wie immer habe ich das Gefühl, dass diese Geste bei uns eher ein Trost als eine Begrüßung ist.

»Hey, Tom, wie geht es dir? Schön, dass du da bist«, flötet sie melodisch.

»Du siehst gut aus, die Farbe steht dir.« Sanft streichle ich ihr über die Haare.

Verlegen schaut sie zu Boden, als ob es ihr unangenehm ist. Sie ist der Meinung, dass es noch zu früh ist, um wieder ein wenig Freude in ihr Leben zu lassen.

»Wo ist Theo? Ist er nicht da?«, frage ich, um ihr die Verlegenheit zu nehmen.

»Es geht ihm nicht gut. Er hat schon wieder abgenommen. In der Schule spricht er kaum und seine verbliebenen Freunde haben es auch aufgegeben, sich bei ihm zu melden«, erklärt sie mir mit brüchiger Stimme.

»Lass mich mal mit ihm sprechen«, sage ich und überreiche ihr die Blumen.

Mit dem Ball unter dem Arm gehe ich die Treppe hinauf. Es bricht mir jedes Mal das Herz, dieses kleine Abbild meines Freundes so traurig zu sehen. Leise klopfe ich an die Kinderzimmertür. Als ich sie öffne, sehe ich Theo auf dem Bett sitzen. Ganz fest an ihn gekuschelt hält er seinen Eisbären. Ich weiß noch, wie Chris ihn nach einem längeren Auslandsaufenthalt für ihn gekauft hatte. Mit flauem Magen setze ich mich neben den Jungen.

»Na Sportsfreund, hast du vielleicht Lust, eine Runde Fußball zu spielen?«

Ich lege den Ball neben mich und hebe den Jungen auf meinen Schoß. Er redet nicht, aber er geht in der Umarmung auf. Als ich merke, wie mir einzelne Tränen auf die Schulter tropfen, muss ich stark an mich halten. In diesen Momenten zweifele ich, ob man mit so einem Verlust je fertig werden kann.

Den Jungen im Arm erhebe ich mich, nehme den Fußball und gehe mit ihm in den Garten. Ich kann ihm deutlich ansehen, dass er noch nicht überzeugt ist. Die Lust kommt bekanntlich beim Machen. Vorsichtig setze ich ihn vor dem Tor ab und beginne, ihm ein paar leichte Bälle zuzuschießen. Es dauert eine Weile, doch dann wird unser Spiel dynamischer. Jetzt kann ich den alten Theo erkennen, der stundenlang mit mir und seinem Vater durch den Garten gejagt ist. Ohne Skrupel haben wir alles zerschossen, was nicht niet- und nagelfest war – mit Vorliebe die Wäschekörbchen seiner Mutter.

»Hey, Theo, was macht dein *Dribbling*?«, frage ich, in der Hoffnung, eine Antwort zu bekommen.

»Ich weiß nicht. Könnte besser sein«, sagt er. «Aber du weißt schon, dass es ›*Hochhalten*‹ oder ›*Balljonglage*‹ genannt wird und nicht *Dribbling*.«

»Lass mal sehen!«, fordere ich ihn auf und schieße ihm den Ball zu.

»Wer öfters kann?«, fragt er provozierend.

Sein Lieblingswettbewerb! Da bin ich auf jeden Fall dabei!

»Natürlich!«, bestätige ich.

Schon fängt er an, den Ball mit dem Fuß hochzuhalten. Es geht noch nicht gut, aber ich hoffe, er versucht es weiter. Man muss sich so sehr auf den Ball konzentrieren, dass es von allem anderen ablenkt. Genau das Richtige für ihn.

Später beim Mittagessen ist die Stimmung ausgelassen. Die sonntäglichen Treffen sind für uns alle drei heilsamer als alles andere.

Am Nachmittag sitze ich mit Heike auf der Terrasse, während Theo ein Päuschen macht.

Bei Kaffee und Kuchen entspanne ich mich im warmen Sonnenschein.

»Tom, was macht denn der neue Job?«, fragt mich Heike unvermittelt.

Sie war die Einzige, die nicht begeistert von meiner neuen Verwendung war. Weil sie mich kennt.

»Du weißt ja, wie das ist mit der ersten Woche im neuen Job. Die Kollegen sind okay, der Rest kommt von ganz allein«, antworte ich ausweichend.

»Du siehst müde aus. Ich mache mir Sorgen. Du sollst es doch langsam angehen lassen!« Betrübt schaut sie mich an.

Ich erzähle ihr von den ersten Tagen. Es amüsiert sie zu hören, dass meine Kollegen mich wie einen Praktikanten behandeln. Als ich von Anettes Art mit mir umzuspringen berichte, fangen wir beide an zu lachen.

»Du und eine dominante Chefin? Das ist zu komisch«, ruft sie und lacht fröhlich weiter. Wie gut ihr das steht.

»Ja, sie ist sonderbar, aber als Frau Leiterin der Mordkommission zu sein, ist auch ein knallharter Job. Da musst du so sein«, erkläre ich ihr.

In diesem Moment wird mir bewusst, wie sehr ich Anette bewundere, als Kollegin, sowie als Frau.

»An welchem Fall ermittelt ihr zurzeit, er scheint dich sehr zu fordern?«, fragt Heike und nippt an ihrem Kaffee.

»Kennst du Ellen Carter, die Bestseller-Autorin?«, frage ich ganz beiläufig.

»Ja, klar. Wer kennt sie nicht? Ich habe jedes ihrer Bücher verschlungen. An dem Fall bist du beteiligt? Wie weit seid ihr mit den Ermittlungen, habt ihr den Mörder schon gefunden? Da war doch eine Frau, angeblich auch eine Schriftstellerin, die ... Verzeih ich bin ganz durcheinander«, sagt Heike und schenkt erstmal Kaffee nach. Sie ist total aufgeregt und interessiert. Es tut so gut, mit ihr zu reden.

»Das stimmt. Claudia Kramer ist ihr Name. Sie ist bereits aus der Untersuchungshaft entlassen worden und ich glaube fest an ihre Unschuld. Aber verzeih mir, ich darf über diesen Fall eigentlich nicht mit dir reden.«

»Tom, was ist los? Du hast mir doch sonst immer von deinen Fällen erzählt!« Skeptisch schaut sie mich an.

»Diesmal kennst du das Opfer und die Medien sind ganz heiß darauf, von den Ermittlungen zu erfahren.«

»Du kannst mir vertrauen. Komm, lass es raus. Irgendetwas bedrückt dich doch?«, drängt sie mich weiter.

Verlegen rühre ich ein Stück Zucker in meinen Kaffee. Vielleicht tut es gut, mit Heike über das Thema sprechen zu können. Bei ihr muss ich nicht auf jedes Wort achten.

Nach kurzem Überlegen entschließe ich mich, ihr zu erzählen, was passiert ist. Grob gebe ich den Sachverhalt wieder. Sie folgert sofort das Richtige.

»Bist du verrückt geworden?«, entweicht es ihr abrupt.

Bei diesem vorwurfsvollen Blick wird mir wieder bewusst, wie suspekt das Ganze klingen muss.

»Sie hat für einen kurzen Moment die Lücke geschlossen, die mich seit dem Unfall zu erdrücken versucht«, erkläre ich mein Verhalten.

»Das heißt aber noch lange nicht, dass du dir eine hilflose Seele suchst und bei ihr alles ins Reine bringst, nur weil deine Schuldgefühle dich auffressen.« Aufgebracht straft sie mich mit strengem Blick.

»So ist es nicht. Irgendetwas sagt mir, dass sie unschuldig ist. Es ist mein erster Fall und ich will das gut machen«, widerspreche ich.

»Tom, du machst dir was vor. Du musst niemanden etwas beweisen. Denk an dich, du bist selbst noch nicht wieder der Alte. Da kannst du nicht gleich den Samariter spielen.«

Sie tätschelt mir die Hand und ich kann sehen, wie viel ihr daran liegt, dass es mir gut geht, obwohl ich bei ihrem Mann versagt habe. Weil ich ihn nicht schützen konnte, musste ich zusehen, wie er stirbt. Die Bilder tauchen ungefragt vor meinen Augen auf. Nicht jetzt. Nicht hier.

»Lass die Schuldgefühle endlich hinter dir. Du musst nicht jedem, der nach Hilfe schreit, zuvorkommen. Du kennst diese Frau doch gar nicht«, beschwört mich Heike.

»Es tut mir momentan gut für sie da zu sein. Ich fühle mich gebraucht und ja, es macht mich glücklich, ihr zu helfen!«, gebe ich fast gereizt zurück.

Wir schweigen eine Weile. Da fällt mir ein, dass ich ein Buch von Claudia Kramer dabeihabe. Ich überreiche es Heike ohne Worte. Sie ist wortgewandt und Meisterin der deutschen Sprache. Bis zu Theos Geburt hat sie als Sprachforscherin gearbeitet. Jetzt hat sie einen Lehrauftrag an der Uni. Ein fester Job ist nicht möglich, da Theo sie noch sehr in Anspruch nimmt.

»Vielleicht hast du ja Lust, ihr Buch zum Vergleich zu lesen.« Unsicher schaue ich sie an.

»Du bist dir doch nicht so sicher, richtig?«, fragt sie und nimmt mir das Buch aus der Hand. Eilig überfliegt sie den Klappentext. »Klingt gut. Das ist bestimmt spannend. Hast du es gelesen?«, fragt Heike neugierig.

Jetzt werde ich tatsächlich etwas rot. »Ja, das habe ich. Es ist komisch, ein Buch von jemandem zu lesen, den man kennt. Ich kann bei manchen Passagen vor mir sehen, wie sie das Buch geschrieben hat. Das ist, als könnte ich in ihre Seele gucken und ihre Gedanken lesen.«

Bei Heikes Blick weiß ich, dass mir Chris schon längst eine verpasst hätte, wegen meiner Feinfühligkeit.

»Wann bist du zu solch einem Softie mutiert?« Heike rollt mit den Augen und ich staune ebenfalls über mich.

Wir beenden das Thema und ich spiele noch eine Runde mit Theo, bevor ich gegen Abend wieder nach Hause fahre.

Der Abschied ist nicht weniger emotional wie die Begrüßung.

Vor allem Theo mag mich nicht mehr loslassen.

»Tschüss, Onkel Tom. Ich habe dich lieb«, flüstert er mir leise ins Ohr.

Ich merke, wie sehr mir dieser Junge ans Herz gewachsen ist.

»Mach‘s gut, mein Großer, bis nächsten Sonntag!«

Auf der Heimfahrt habe ich gemischte Gefühle. Die Zeit mit Heike tut mir gut. Währenddessen spukt mir Claudia Kramer pausenlos im Kopf herum. Bin ich tatsächlich zu emotional involviert?

Die beste Freundin

Claudia

Ich bin Sarah sehr dankbar. Sie hat nicht nur mich übers Wochenende eingeladen, sondern die Jungs mit eingepackt. Der Tod von Ellen Carter hat mich so sehr beschäftigt, dass ich nur wenig Zeit für sie hatte. Meine Eltern schaffen es auch nicht, die beiden über mehrere Tage in Schach zu halten. Dafür haben sie einfach zu viel Energie.

Die Jungs haben sie den ganzen Samstag mit Sarahs Kindern gespielt. Der Fußball ist pausenlos durch den Garten geschossen. Wir beschließen auf einen Bolzplatz in der Nähe von Sarahs Haus zu gehen, um Pflanzen und Bäume zu schützen. Obendrein findet man eigentlich immer Gleichgesinnte zum Kicken. Die Sonne scheint hoch am Himmel und es wird immer wärmer. Das schöne Wetter zaubert mir ein Lächeln auf die Lippen. Mit ein wenig Abstand konnte ich wieder klarer denken und meine Situation mit Sarah besprechen.

Sie betrachtet die Vorwürfe, die gegen mich im Raum stehen nüchtern. »Die Leiterin der Mordkommission ist keine Sympathieträgerin. Allerdings hat sie eine Aufklärungsquote von über sechsundneunzig Prozent. Ich hoffe nur dass sie sich in deinem Fall selbst übertrifft«, sagt Sarah.

»Du sagst es. Nicht gerade ein angenehmes Gefühl zu wissen, dass irgendjemand da draußen mein Leben sabotiert und mich am liebsten hinter Gittern sehen würde.«

Meine Gedanken schweifen zurück an den gestrigen Tag. Als mir die Spurensicherung der Polizei gesagt hat, meine Datei mit dem neuen Buch sei endgültig von meinem PC gelöscht, ist eine kleine Welt zusammengebrochen. Aus Angst vor Kopierern wollte ich es zunächst nicht veröffentlichen und nun werde ich noch einmal von vorne anfangen müssen. Dieses Buch habe ich für meine Schwester geschrieben. Vielleicht entwickelt sich die Geschichte ein wenig anders als beim ersten Mal. Auf dem Bolzplatz angekommen, verabschieden sich unsere Jungs. Schon fliegt der Ball durch die Luft. Wir setzen uns unter die große Kastanie auf eine Bank und genießen den Duft des Waldes.

Es scheint mir ein guter Zeitpunkt, Sarah ein wenig auf den Zahn zu fühlen. So gut, wie wir uns auch kennen, so verheimlicht sie mir doch etwas aus ihrem früheren Leben.

»Woher kennst du Tom wirklich? Sag mir bitte nicht wieder: aus der Kleiderkammer. Ich kann eine deutliche Abneigung zwischen euch spüren«, beginne ich meinen Verdacht auszusprechen.

Sofort verschwindet ihr Lächeln und wird von einer wutverzerrten Miene ersetzt. Oder ist das die pure Anspannung? Die schöne Stimmung ist auf jeden Fall hin.

»Muss das jetzt sein?«, fragt Sarah gereizt.

»Ich denke schon. Du hast nicht sehr nett von ihm gesprochen«, erwidere ich hartnäckig, denn ich muss wissen, was Sarah und Tom verbindet. Er ist mir innerhalb kurzer Zeit so wichtig geworden. Als meine beiden engsten Vertrauten sollten sie sich doch mögen, oder nicht? Und wenn wir erstmal ...

»Claudia, wann verstehst du es endlich? Die Jungs von der Polizei sind nichts für dich«, unterbricht sie meine Gedanken und verdreht die Augen.

»Vielleicht möchte ich das gern selbst herausfinden. Mein Leben könnte etwas Aufheiterung gebrauchen – und wenn es nur auf der horizontalen Ebene ist«, sage ich traurig und schiebe mein Kinn trotzig nach vorn.

Sarah steht auf. Ihr Körper spannt sich an und sie redet noch lauter auf mich ein.

»Ich weiß, auf wie viel du verzichtest, aber du überlegst doch nicht ernsthaft, eine Affäre mit Tom Erkelenz zu beginnen?«, ruft sie empört.

»Warum nicht? Wir passen zueinander«, antworte ich ebenfalls etwas zu laut.

»Mir wird schlecht. Keine Einzelheiten bitte. Tom ist nichts für dich.« Sie holt ihr Smartphone heraus und tippt willkürlich darauf herum. Ein klares Zeichen, dass das Thema für sie beendet ist.

»Jetzt mal im Ernst. Was ist da mit euch?«, frage ich auffordernd.

Nur langsam beginnt sie zu sprechen und ich sehe, wie viel Überwindung es sie kostet.

»Du willst die Wahrheit über meine Zeit bei der Polizei hören?", fragt sie, ohne eine Antwort abzuwarten und ihr ganzer Körper spannt sich an. »Ich habe in einer ähnlichen Einheit wie Tom gearbeitet. Ständig in Gesellschaft der Jungs. Mit zunehmendem Alter konnte ich die vielen Sprüche und eher frauenfeindliche Stimmung nicht mehr ertragen. Auch meine Beziehung hat das stark belastet. Als ich es ansprach, bin ich nicht gerade auf Verständnis gestoßen, eher im Gegenteil. Nach mehreren Konflikten habe ich um meine Versetzung gebeten und man hat mich in die Kleiderkammer gesteckt. Dort habe ich angefangen, mich zu langweilen und über den Sinn meines Lebens nachgedacht. Mein größter Wunsch von Kindheitstagen an war, Sportlehrerin zu werden. Mein Mann war damals arbeitslos und hatte eine satte Abfindung bekommen. Wir beschlossen, dass ich mich für unbestimmte Zeit zur Kindererziehung beurlauben lasse und ihn bei der Gründung der Fechtschule unterstütze.«

Mit leerem Blick starrt Sarah geradeaus. Mir ist klar, dass da noch viel mehr dahintersteckt. Doch für den Moment reicht mir die Kurzform, um ihre Einstellung verstehen zu können. Wir sitzen eine Weile still nebeneinander. Es ist ein angenehmes Schweigen, voller Vertrautheit und Zuneigung.

Neidgenossen

Tom

Meine zweite Woche beim K11 beginnt, wie in der letzten Woche, mit einem Team-Meeting. Gemeinsam betrachten wir die Motivwand und diskutieren die Ermittlungsergebnisse. Außer den gefälschten Fingerabdrücken haben wir nichts in der Hand.

Es gibt mehrere Motive, aber keinen verwertbaren Ansatz. Alles ist wieder auf Anfang gesetzt. Anhand Anettes Stirnrunzeln kann ich erkennen, dass auch sie im Dunkeln tappt.

»Irgendetwas ist an der Vernehmung von Cynthia Carter und dem Brecht faul. Die verschweigen uns was«, spricht Anette ihre Gedanken aus.

Sonja beginnt alle Fragen aufzuschreiben und macht sie mit einer Nadel an der Wand fest. Als sie sich setzt, streift sie wie zufällig mein Bein. Sie lässt keine Möglichkeit aus, mir näher zu kommen. Anstrengend!

»Haben die beiden einen Vorteil von Ellen Carters Tod?«, fragt Jochen. Er ist heute auch dabei. Anette meinte, es wäre wichtig, jemanden, der nicht an den Ermittlungen beteiligt ist, von außen auf die Fakten schauen zu lassen, was ich sehr vernünftig finde.

»Natürlich, werden auch ihre Bücher durch die Decke schießen, da sie den Ruhm für das letzte Carter-Buch ernten werden.
Brecht macht sich bei den Fans der Carter beliebt. Da es in Zukunft keine neuen Bücher geben wird, werden sich ihre Leser neue Lieblingsautoren suchen. Da kommen Mirjam Greif und Holger Brecht ins Spiel«, berichtet Karina.

Sie hat sich mittlerweile beruhigt und möchte sogar an dem Fall wieder mitarbeiten, außerdem kennt sie sich in der Buchszene aus wie kein anderer von uns.

»Du meinst also, sie werden mit dem Tod von Ellen Carter Geld verdienen?«, hakt Anette nach.

»Ob beabsichtigt oder nicht. Das werden sie auf jeden Fall. So viel Aufmerksamkeit muss man auf dem Buchmarkt normalerweise teuer bezahlen«, ergänzt sie.

Sonja hängt das letzte Kärtchen auf. Es sind die Namen der Booktalk-Accounts, die im Zusammenhang mit Ellen Carter stehen. Alle werfen ihr das Kopieren der Ideen anderer vor, wollen sie zum Schweigen bringen oder werten ihre Werke einfach so ab. Einer sticht mir besonders ins Auge: *Bücherlilie 693.* Leider weiß ich genau, wer das ist. Wieso macht Claudia so einen Mist?

Unbewusst schüttele ich den Kopf, was Anette sofort bemerkt.

»Also wenn ihr mich fragt, hätte ich mir an Carters Stelle auch die Kugel gegeben. Wieviel Druck auf ihr lasten musste. So viele Hater und Neider, kaum aushaltbar«, stellt Jochen klar.

»Du sagst es. Wenn du einmal ganz oben bist, versuchen dich alle zu Fall zu bringen. Ein dreckiges Geschäft.« Karina seufzt tief. So ganz ist sie wohl doch noch nicht drüber hinweg.

»Tom! Wir wollten doch noch mal zu dem Brecht. Wir werden ihm ein paar Fragen dazu stellen. Vielleicht haben wir einen Suizid zu vorzeitig ausgeschlossen?« Anette steht auf und sammelt Block und Stift ein.

»Du meinst wirklich, sie hat sich erst die Zeigefinger gebrochen, dann die Pulsadern aufgeschnitten und dabei noch alles so aussehen lassen, dass es die Kramer war?« schlussfolgere ich und starre sie ungläubig an.

»Sicher hatte da noch jemand anderes die Finger im Spiel und Genau das werden wir herausfinden«, bestimmt Anette. »Sonja, ich will mehr über die Posts wissen. Hängen die Verfasser zusammen? Wann sind sie gepostet worden und von welchem Anschluss. Besorg die IP-Adressen und ermittle die Namen, die dahinterstehen. Schuldbewusst schaue ich zu

Boden, denn ich hätte sagen müssen, dass ich einen der Accounts persönlich kenne. Doch ich schweige.

Heute darf ich fahren. Gemäßigt chauffiere ich Anette durch den Verkehr, während sie unablässig in ihr Notizbuch schreibt.

»Ein Kriminalroman?«, necke ich sie.

»Ja, wenn ich in Rente gehe, werde ich eine ganze Reihe davon veröffentlichen. Es ist eine Sache, welche Brutalität und Niedrigkeit ich im K11 erlebt habe, eine andere, was ich als Frau bei der Polizei wegstecken musste«, antwortet sie lachend auf meinen Scherz.

Sicher steckt mehr hinter ihrer Antwort als gedacht. »Verzeih, ich wollte mich nicht über dich lustig machen. Gern würde ich deine Geschichten lesen«, beeile ich mich meine Worte zu entschärfen.

»Oh, das freut mich«, sagt sie immer noch nachdenklich.

»Du hast es schwer in deiner Position, richtig?«, hake ich nach.

»Das kannst du laut sagen. Niemand hat mir diesen Job zugetraut. Sie dachten, ich wolle ihn nur machen, weil ...« Sie bricht ab und ihr Gesicht fällt in sich zusammen.

Was ist passiert? Sicher habe ich gerade in ein Wespennest geschlagen. »Wenn du reden willst ...«, biete ich an.

»Du weißt es nicht?« Unsicher schaut sie mich an, denn natürlich weiß ich es.

»Erzähl du es mir, vom Hörensagen halte ich nicht viel«, weiche ich ihrer Frage geschickt aus.

Ich vermeide es, sie anzusehen. Der dichte Verkehr zwingt mich sowieso, meinen Blick auf die Straße zu heften.

»Er war ein guter Mann. Älter, ja. Aber ich habe so viel von ihm gelernt: über das Leben und die Polizei. Wir haben uns im Dienst kennengelernt. Ich machte mein Praktikum hier beim K11. Später, als ich dann in der Schicht war, hat er mich zur Kripo geholt. Er setzte sich dafür ein, dass mehr junge Leute in die Ermittlung gehen. Die älteren Kollegen kann man seltener in verdeckten Aufklärungen einsetzen. Von dem Moment an hatte jeder Karrieresprung, den ich machte, mit ihm zu tun. Keiner hat mehr meine Leistung anerkannt. Immer nur die gleichen Sprüche: *Na, hat dein Lover dir einen Job besorgt …* Es hat oft an mir genagt. Als er dann …«

Sie muss sich kurz räuspern und ich weiß, was jetzt kommt. Mir wird schlagartig schlecht und ich bemühe mich um Fassung.

»Es war eine Durchsuchung wie jede andere. Die Routine hat ihn nachlässig werden lassen. Er hat ihn zu spät gesehen. Seine Waffe war unter der Jacke zu gut versteckt. Im Winter ist es nicht immer leicht, einen Kompromiss zwischen *schön warm* und *einsatzbereit* zu finden. Ehe er sie ziehen konnte, hatte die Klinge schon ein großes Blutgefäß durchtrennt. Er ist noch am Tatort gestorben«, erzählt sie ganz offen.

Wir schweigen eine Weile. Bilder von Chris, blutüberströmt tauchen vor meinen Augen auf und ich muss schwer schlucken.

»Woher weißt du es?«, fragt sie und holt mich damit aus meinen Gedanken.

»Als Vorbereitung zum Ausbilder habe ich das Intranet durchkämmt. Dabei bin ich auf einen Artikel zur Selbstverteidigung gestoßen. Der Fall wird häufig als Beispiel für die Gefährlichkeit von Messern genommen. Sein Name ist hängen geblieben, auch die der Angehörigen.«

»Das ist gut so. Man kann nicht oft genug vor versteckten Klingen warnen, genauso wie vor den stinknormalen Messern«, antwortet sie mit Zufriedenheit in der Stimme.

»Es stört dich nicht?«, frage ich erstaunt.

»Nein. Ich habe den Verlust verarbeitet. Hier beim K11 habe ich gelernt, wie wenig ein Menschenleben wert ist. Welch widrige Tatmotive es gibt. Brutale und obskure Tathergänge, bis hin zur entwürdigenden Vernichtung von Leichen. Es ist gut, wenn die jungen Kollegen wissen, wie gefährlich ein kleines Messer beim Gegenüber sein kann.«

Wieder schweigen wir.

»Hast du deshalb meinem Praktikum hier zugestimmt? Weil du weißt, wie es ist«, frage ich.

Nun schaut sie fast zärtlich zu mir. »Als man mich fragte, ob ich dich übernehmen könnte, herrschten gemischte Gefühle in mir. Ich wusste, dass es für einen ehemaligen SEK-Mann nicht leicht wird, von einer Frau eingearbeitet zu werden. Unsicherheit überkam mich. Doch dann hat mir dein Chef gesagt, dass du nicht so oberflächlich bist. Er hat gemerkt, wie tief dein Schmerz sitzt. Wie sehr dir das Wohl deiner Kollegen am Herzen liegt. Nicht die Ohrgeräusche sind dein Feind, sondern die Verarbeitung des Vorfalls. Die Psychologen waren sich bei dir einig, dich nicht mehr im Kommando einzusetzen. Deine Selbstvorwürfe hätten ihrer Meinung nach, dein Handeln beeinträchtigt«, erklärt sie mir.

Absichtlich schaut stur geradeaus. Einen bemitleidenswerten Gesichtsausdruck hätte ich jetzt nicht ertragen. Meine Knie werden kalt. Eine Starre breitet sich in mir aus. Ihre Worte treffen mich mehr, als mir lieb ist. Die innere Unruhe verändert das Pfeifen auf dem Ohr zu einem röhrenden Rauschen. Ich klammere mich am Lenkrad fest und hoffe, dass es bald vorbeigeht.

Auch ihr Schweigen deutet daraufhin, dass sie mir Zeit verschaffen möchte. Zeit, um zu verstehen. Zu erkennen, dass sie recht hat. Das Fahrzeug kommt zum Stehen. Anette schaut mich ausdruckslos an.

»Bereit?«, fragt sie.

Nur ein Nicken, dann öffne ich die Tür. Auf dem Weg zum Haus gebe ich unseren Standort an die Zentrale durch.

»Du weißt Bescheid: Ich stelle die Fragen. Klar?«, weist mich Anette an.

Unwillkürlich muss ich schmunzeln. Hat sie solche Angst, dass ich ihr reinreden würde? Sicher will sie mir nur zu verstehen geben, dass sie mir kein Mitleid schenkt. Ihre Erwartungen an mich sind hoch und ich weiß es zu schätzen. Sie würde nicht so viel von mir fordern, wenn sie nicht wüsste, dass ich es leisten kann. Nachdem sie mir so viel von sich preisgegeben hat, werde ich ihr ein guter Praktikant sein, denn bisher habe ich mir schon einige Patzer geleistet und damit ihre Integrität unterwandert.

»Selbstverständlich, Frau Chefin«, antworte ich und salutiere vor ihr. Kurz lächelt auch sie. Dann drückt sie den Klingelknopf.

Es ist dieselbe junge Frau, die uns bereits beim letzten Mal die Tür geöffnet hat.

»Polizei?«, fragt sie mit weit aufgerissenen Augen.

Warum hat sie solche Angst vor uns?

»Kriminalpolizei«, bestätigt Anette. »Wir müssten noch einmal mit Herrn Brecht sprechen.«

»Folgen Sie mir.« Frau Ludwig dreht sich um. Eilig geht sie auf die Bürotür von Holger Brecht zu. Kurz davor bleibt sie stehen und schaut Anette an. »Kaffee?«, fragt sie.

»Gern.«

Dann schaut sie zu mir. Bevor sie fragen kann, sage ich, »Schwarz bitte, mit einem Stück Zucker.«

Anette klopft an die Tür und öffnet sie im gleichen Moment.

Brecht sitzt am PC und schaut nicht einmal auf. Wie auf einem Klavier tanzen seine Hände über die Tastatur. Wir setzen uns und beobachten ihn stumm dabei. Seine Lippen bewegen sich und die Stirn liegt in Falten.

Nach einer Weile hebt er seinen Blick und ein zufriedenes Strahlen glättet sein Gesicht.

»Danke, dass Sie mich nicht unterbrochen haben. Wenn die Worte auf der Zunge liegen, müssen sie fixiert werden. So schön wie beim ersten Mal werden sie nie wieder.«

»Ich hoffe, die Zeilen waren es wert?«, fragt Anette.

»Das werden wir sehen …«

Die Tür wird geöffnet und Frau Ludwig bringt den Kaffee. Auf sanften Sohlen ist sie kaum zu hören. Vorsichtig stellt sie die dampfenden Tassen vor uns ab.

»Danke, Frau Ludwig, wenn Sie jetzt die Tür schließen würden«, sagt Brecht und schaut zu uns. »Was verschafft mir erneut das Vergnügen?«

»Wir hätten noch ein paar Fragen, wenn es Ihnen nichts ausmacht«, beginnt Anette.

Sie will gerade loslegen, da steht Brecht auf und wendet sich zum Fenster.

»Wie schade. Sie haben immer noch keinen brauchbaren Ansatz, nehme ich an. Nun versuchen Sie aus den gescheiterten Theorien doch noch einen Täter zu finden? Sie verschwenden Ihre Zeit. Ich war es nicht!«, beteuert er am Ende seiner Rede.

»Keine Sorge, wir sind im Dienst und werden auch für die *verschwendete* Zeit bezahlt.« Anette lässt sich nicht provozieren. Routiniert klappt sie ihr Notizbuch auf und sucht nach der ersten Frage.

»Kommen wir noch mal auf ihr Alibi zurück. Sie sagten, Sie hätten den ganzen Abend am PC gesessen und Ihr Buch geschrieben. Ist das richtig?«, fragt Anette.

»Das ist richtig, ja«, bestätigt er.

»Dann macht es Ihnen doch sicher nichts aus, wenn mein Kollege von der Forensik ihren PC scannt?«, hakt Anette nach.

Erschrocken dreht sich Brecht um: »Wie bitte? Ich hoffe, mich verhört zu haben.«

»Er wird lediglich ein Aktivitätenprotokoll auslesen. Eine richterliche Verfügung bekommen Sie vorher ausgehändigt«, erklärt Anette. »Sie wissen ja, wie viel Unheil man mit einem PC anrichten kann. Sie selbst haben ein Werk verfasst, welches digitale Hypnose vorstellt.« Beschwörend schaut sie ihn an. Interessant, dass sie danach fragt.

»Sie glauben tatsächlich, dass ich Ellen umgebracht habe?« Brechts Stimme wird lauter, er geht zum Schreibtisch und zeigt auf einen Stapel Briefe. »Sie sollten mir lieber diese Wahnsinnige vom Hals halten.«

»Wen genau meinen Sie damit?«, fragt Anette und betrachtet den Stapel Briefe und ausgedruckte Schriftstücke näher. Mit einem Marker sind einzelne Zeilen gefärbt. Kleine bunte Fähnchen deuten auf hervorgehobene Stellen.

»Die Leser glauben tatsächlich, dass Ellen Carter die Werke dieser Hobbyautorin kopiert habe. Eine unbekannte Anfängerin, die ihre Werke mit Adjektiven vollstopft und ihre männlichen Protagonisten als verweichlichte Ja-Sager darstellt. Lassen Sie sich von dem unscheinbaren Wesen nicht täuschen.«

Brecht ist, trotz der scharfen Worte ganz ruhig. Normalerweise müsste er sich doch aufregen oder zumindest lauter werden.

»Können wir uns das mal anschauen?«, frage ich und sofort trifft mich ein böser Blick von Anette.

»Sie können. Auch wenn ich davon ausgehe, dass Sie dafür keine richterliche Erlaubnis haben.« Brecht macht eine wegwerfende Handbewegung, bevor er wieder aus dem Fenster starrt.

Eilig überfliege ich einige der Ausdrucke. Es sind Posts und Leserstimmen, die Ellen Carter anklagen, ihre Bücher mit geklauten Ideen geschrieben zu haben. Interessant ist, dass sie nicht nur Claudia Kramer als Opfer dieses geistigen Diebstahles angeben, auch wenn die Anschuldigungen ihr gegenüber dominieren.

»Ich habe genug gesehen, Herr Brecht. Sie bleiben bei ihrer Theorie, dass man durch einen Online-Kontakt jemanden hypnotisieren kann, sodass Einfluss auf sein Tun und Handeln besteht?«, versichert sich Anette.

Hinter dieser Frage steckt eine Theorie. Schon beim letzten Mal hat sie eine Frage im Raum stehen lassen und ist dann einfach aufgestanden. Das Verhalten von Brecht zeigt die Antwort, ohne sie im gesprochenen Wort hören zu müssen.

Zurück beim Seelenklempner

Tom

Mein zweiter Termin. Tatsächlich fühlt es sich dieses Mal nicht mehr so schlimm an. Immer noch genug, um schweißnasse Hände zu haben. Frau Peters empfängt mich freundlich und wir begeben uns in das Behandlungszimmer.

»Hallo, Tom. Haben die Übungen gegen die Ohrgeräusche geholfen?«, fragt sie mich zur Begrüßung. »Sie sehen viel fröhlicher und entspannter aus als beim letzten Mal.«

»Es hat teilweise funktioniert, manchmal aber auch nicht«, gebe ich ehrlich zu und mache es mir im Sessel bequem. Die Yuccapalme neben mir könnte etwas Wasser gebrauchen, stelle ich fest.

»Können Sie sich an eine Situation erinnern, wo es gut funktioniert hat?«, fragt Frau Peters und zwingt mich dazu, mich nicht weiter von den Grünpflanzen ablenken zu lassen. Sie nimmt ihre Kladde und notiert Datum und meinen Namen, dann wartet sie auf meine Antwort. Ohne mich zu drängen, nimmt sie mein Zögern hin.

Derweil mustere ich ihr Gesicht. Wie alt sie wohl ist? Nach kurzer Zeit wird es mir unangenehm, ich beschließe, ihr etwas, dass mich bewegt, zu erzählen. Vielleicht ist sie dann zufrieden und lässt mich gehen.

»Ja, ich habe da jemanden, der mir sehr guttut«, beginne ich zögerlich.

»Wollen Sie darüber reden?«, fragt sie interessiert.

»Es ist kompliziert und irgendwie auch unangenehm ...«, rutscht es mir raus. Nein, das werde ich nicht mit ihr besprechen.

»Wenn Ihnen diese Person, ich vermute mal, es geht um eine Frau, guttut, ist es doch eine schöne Sache. Wenn ich ehrlich sein darf, Beziehungen sind immer kompliziert. Aber wenn sie eine so positive Wirkung auf Sie hat, sollten sie darum kämpfen.«

Moment, wieso reden wir hier über Beziehung. Die Therapie ist eine dienstliche Veranstaltung, Privates hat hier nichts zu suchen. Ich muss unbedingt das Thema wechseln.

»Ja, aber es ist ein No-Go. Geht auf keinen Fall«, beende ich das Gespräch.

Eine Pause entsteht. Frau Peters fragt nicht weiter nach, dafür bin ich ihr dankbar.

»Wie läuft es mit Ihrer Arbeit, haben Sie ihren ersten Fall gelöst?«, bietet sie mir ein neues Thema an.

Auch nicht besser. Da sind wir schon wieder beim Tabuthema. Doch irgendwas muss ich dazu sagen.

»Leider nicht. Wir tappen weiterhin im Dunkeln. Es gibt eine Theorie, dass eine andere Schriftstellerin aus Eifersucht den Mord begangen hat. Gegen Claudia sprechen einige Indizien, allerdings gibt es keine Beweise und ich glaube, dass sie unschuldig ist. Ich kann es nur noch nicht beweisen«, erzähle ich ganz beiläufig, so als wäre Frau Peters Teil der Ermittlungen.

»Sie duzen die Hauptverdächtige?«, hakt sie irritiert nach. Sofort macht sie sich Notizen, was mich deutlich anspannt.

»Hauptverdächtige. Nein, das ist sie nicht«, verteidige ich Claudia. »Ihr Name ist Claudia Kramer. Etwas sperrig finde ich, daher lasse ich den Nachnamen gern im Gespräch weg«, erkläre ich und fühle mich ertappt.

»Diese Frau Kramer geht Ihnen sehr nahe. Näher als Ihnen guttut«, sagt Frau Peters.

»Wie meinen Sie das? Ich will nur nicht, dass jemand Unschuldiges verdächtigt wird«, entweicht es mir etwas zu energisch.

»Ich denke, Frau Kramer triggert Ihren Helferinstinkt. Sie gibt Ihnen das Gefühl, etwas wiedergutzumachen. Wenn Sie ihr helfen, verzeiht man Ihnen, dass Sie bei Ihrem letzten Einsatz nicht helfen konnten. Sie sollten vorsichtig sein, so ein Kümmerer, wie ich ihn gern nenne, kann Emotionen auslösen, die nicht beabsichtigt sind«, warnt mich Frau Peters und schreibt erneut etwas auf. Damit macht sie mich wahnsinnig. Kann man denn nichts sagen, ohne dass es gleich notiert werden muss.

Das Gespräch läuft heute in eine seltsame Richtung. Es geht so gar nicht ums Hören. Wieso sprechen wir andauernd nur über Claudia, ich meine Frau Kramer? Mein Kopf ist wie elektrisiert. Ein Ziehen macht sich bemerkbar und auch die Ohrgeräusche nehmen zu.

»Tom, geht es Ihnen gut?«, fragt Frau Peters besorgt.

Wütend springe ich auf: »Bei dieser Gefühlsduselei kann es mir doch gar nicht gut gehen! Wie kommen Sie darauf, mit mir über die Verdächtige in meinem Fall beim K11 zu sprechen, das hat doch alles nichts mit meinem Unfall zu tun. Außerdem darf ich darüber nicht mit Ihnen reden«, schnauze ich die Worte heraus.

Frau Peters bleibt ruhig: »Sie sollten sich bis zum nächsten Mal über Ihre Gefühle klar werden. Fixieren sie Ihre Aufmerksamkeit auf sich. Glauben Sie mir, wenn ich sage, dass Sie niemanden etwas schuldig sind.«

»Fertig?«, frage ich knapp.

»Bis nächste Woche. Passen Sie auf sich auf, Tom.«

Rache der Krankenschwester

Tom

Das Telefon im Besprechungsraum klingelt. Jochen geht ran. Er schiebt den Hörer kurz zur Seite, um Anette über den Anruf zu informieren.

»Es ist Harry von der Spurensicherung, er hat die Fingerabdrücke des wahren Täters wiederherstellen können!«

»Wir sind gleich bei ihm«, ruft Anette und lässt förmlich alles stehen und liegen. »Tom!« Mehr sagt sie nicht, aber ich kann mir auch so denken, was sie will.

Schnellen Schrittes nehmen wir die Treppe in den fünften Stock und sitzen wenig später an Harrys Arbeitsplatz. Gemeinsam spähen wir ihm über die Schulter.

Er beginnt stolz mit seiner Erklärung. »Es war unmöglich, den Fehler in unserem System zu finden. Erst als ich die Idee hatte, die Fingerabdrücke an der Leiche erneut abzunehmen und mit denen in unserem System abzugleichen, ist mir der Fehler aufgefallen. Die digitale Spurenkarte ist ausgetauscht worden. Die Fingerabdrücke der Frau Kramer gehören zu einem Tageswohnungseinbruch, der gemeldet wurde. Sie sind dann aber gelöscht worden. Die Abdrücke, die zum eigentlichen Täter gehören, sind also in dem

Papierkorb gelandet. Die der Kramer an der Leiche. Wie die Verwechslung stattgefunden hat, kann ich mir beim besten Willen nicht erklären.« Schuldbewusst schaut er erst zu mir und dann zu Anette.

«Das darf doch nicht wahr sein. Wie kann so was passieren?«, flucht Anette los. «Wer zum Donnerwetter hackt sich bitte schön ins Polizeinetz?«

Harry zuckt zusammen. Er sieht auf einmal total übernächtigt aus.

«Es tut mir wirklich leid. Ich wusste, dass diese Bande es eines Tages schaffen würde, auch unser Netz zu knacken«, beteuert er.

»Haben die Fingerabdrücke einen Treffer?«, fragt Anette und kann dem Wirrwarr der Technik anscheinend folgen, während ich nicht ganz mitkomme.

Ein zufriedenes Grinsen bildet sich in Harrys Gesicht. Die Verzweiflung von eben ist wie weggeblasen.

»Es handelt sich um eine Frau Esmeralda Gomez. Sie ist wegen illegalen Aufenthaltes im Polizeisystem gespeichert. Mittlerweile ist ihre Duldung anerkannt. Sie arbeitet in der Uniklinik«, verkündet er zufrieden und reicht Anette eine Fingerabdruckanalyse.

Ein paar Telefonate später sitzen wir erneut im Auto und fahren mit einer etwas zügigeren Geschwindigkeit zu Uniklinik. »Esmeralda

Gomez arbeitet auf der Station N6. Hier liegen die Komapatienten.« Diese Info entnehme ich dem Kliniklageplan, den ich mir gerade online angesehen habe. Die Personalabteilung der Uni war so freundlich, uns ihr digitales Personalblatt zukommen zu lassen und eine Übersicht aller Stationen beizufügen.

Besuchszeit

Claudia

Das Wochenende hat unheimlich gutgetan. Es war Sarahs Idee, noch einen Tag dranzuhängen und den Sonntag gemeinsam zu verbringen. Unsere Jungs haben so ausgelassen miteinander gespielt, während wir Erwachsenen gemütlich gefrühstückt und ausgiebige Waldspaziergänge unternommen haben. Jetzt kann ich mich nicht länger verstecken.

Sicher lässt die Polizei mich nicht in Ruhe. Immerhin haben sie noch meinen Computer. Nur Tom habe ich vermisst. Sicher hätten wir uns gestern gesehen. Ich freue mich auf ihn. Unsere heimliche Nacht ist fünf Tage her. Immer wieder muss ich daran denken. Plötzliche Wellen der Lust überkommen mich. Bin ich verliebt? Es ist so schrecklich lange her. Damals, als noch alles normal war in meinem Leben.

Solange der Mordfall Ellen Carter nicht abgeschlossen ist, wird Tom sich nicht privat mit mir treffen können. Es ist so schade, aber verständlich. Immerhin gibt er mir kleine Hinweise, dass er genauso fühlt wie ich. Warum sonst sollte er mir helfen?

Mit den Kindern im Auto fahre ich zur Schule. Eilig verabschiede ich die beiden.
Anschließend nehme ich die Schnellstraße in Richtung Uniklinik. So lange Zeit am Stück bin ich noch nie weggeblieben. Da ich direkt von Sarah komme, habe ich mein aktuelles Buch nicht dabei und werde improvisieren müssen. Vielleicht werde ich auch eine Geschichte erzählen, ähnlich der, die mir in der letzten Woche widerfahren ist.

Es ist noch früh und ich finde gleich einen Parkplatz in der Nähe der Neurologie. Ich habe ein schlechtes Gewissen, dass ich die ganze letzte Woche nicht hier war. Da ich seit drei Jahren fast täglich hierherkomme, kenne ich die meisten Krankenschwestern und Pfleger. In Gedanken versunken bin ich durch den Nebeneingang zu dem Lift im hinteren Bereich gegangen. Im Flur sammele ich mich noch einmal. Es ist nicht gut, so aufgewühlt zu ihr zu gehen. Auch wenn sie tief schläft, ist nicht ausgeschlossen, dass sie meine Unruhe spürt und in sich aufnimmt. Die Zimmer der Langzeitpatienten unterscheiden sich von den anderen, schon allein wegen dem weichen Teppichboden, der eine nicht ganz so sterile Umgebung schafft.
In dem geräumigen Zimmer hängen gemalte Bilder der Jungs an der Wand. Blumen in Töpfen schmücken das große Fensterbrett. Hier im sechsten Stock hat man eine schöne

Aussicht über den Stadtpark. In der Mitte des Zimmers steht ein großes Krankenbett. Darin liegt meine Schwester. Bei dem Unfall hat sie schwere Kopfverletzungen davongetragen – ihr Mann hat ihn nicht überlebt. Seitdem liegt sie im Koma. Es bricht mir das Herz, sie so unbeweglich zu sehen. Sie sieht friedlich aus. So, als würde sie schlafen. Ob sie jemals wieder aufwachen wird, konnte man nicht sagen. Nur hoffen.

Es war ein harter Schlag für die ganze Familie. Mein Schwager war der beste Mann, den man sich wünschen konnte. Wir haben viele Feste zusammen gefeiert und häufig gemeinsam Urlaub gemacht. Als die Jungs zur Welt kamen, habe ich sie viel unterstützt. Die Beiden sind mir von Anfang an sehr nahe gewesen. Es stand außer Frage, dass ich mich um sie kümmern würde, bis meine Schwester wieder aufwacht. Es dauerte eine Weile, bis wir uns aneinander gewöhnt hatten. Aber der Kummer schweißte uns zusammen.

Vorsichtig öffne ich die Tür. Als ich sie sehe, wird mir warm ums Herz. Dieses zauberhafte Wesen, wieso kann sie nicht einfach zurückkehren, zu mir und zu meiner Familie? In welcher Welt steckt sie fest und warum gefällt es ihr dort besser als in ihrem Zuhause?

Mit einem Kuss auf die Stirn begrüße ich meine Schwester, streichele ihr sanft über die goldenen Haare. »Hallo, meine Große«.

Ich ziehe mir einen Stuhl heran und setze mich. Ruhe kehrt in mir ein. Dieses Gefühl habe ich nur noch hier. Es ist, als würde es mich erden.

Esmeralda, die Krankenschwester, kommt zur Tür herein. Mit Tränen in den Augen freut sie sich, mich zu sehen.

»Ich habe mir so große Sorgen um dich gemacht! Ich dachte schon ...«, erklärt sie schluchzend und fällt mir um den Hals.

»Was dachtest du?«, frage ich verdutzt. »Ich hatte ein paar Schwierigkeiten in der letzten Woche«, setze ich zu einer Erklärung an.

Esmeralda beäugt mich für einen kurzen Moment mit großen Augen, dann lächelt sie vorsichtig und sagt: »Wir haben dich vermisst. Ich hole dir einen Tee. Dann beginne ich Evelyn zu lagern und du kannst mir alles in Ruhe erzählen.«

Es ist schon Tradition, dass ich immer zur gleichen Zeit komme. Esmeralda lagert Evelyn und ich lese laut vor. Ich nutze die kurze Abwesenheit von Esmeralda und erzähle Evelyn von Tom. Natürlich nur die positiven Dinge. Auch wenn sie mir nicht antworten kann, tut es gut, alles mit ihr zu teilen. Ein Blick zur sich öffnenden Tür verrät mir, dass Esmeralda bereits zurück ist.

Schnell wechsele ich das Thema und nehme mir eine Tasse Tee.

»Danke schön«, sage ich verlegen und schaufele einen Löffel Zucker in meine Tasse. Eigentlich steht mir eine Bewirtung nicht zu, aber irgendwie schafft es die sympathische Schwester immer wieder, auch mich zu versorgen.

Heute wollte ich aus meinem neuen Buch lesen: *Das saphirblaue Spindelmädchen*, aber dies ist nun nicht mehr auffindbar. Dieses miese Miststück hat es mir einfach weggenommen, so wie sie es immer gemacht hat. Tief versinke ich in Gedanken. Wut steigt in mir auf. Wie kann ein Mensch nur so skrupellos sein. Wenn sie nicht schon tot wäre, dann würde ich … Nein, natürlich nicht. Was denke ich denn da?

Zurück im Hier und Jetzt rufe ich mich zur Besinnung. Ich habe ein anderes Buch dabei. Es ist von einer befreundeten Autorin. Sie schreibt märchenhaft und so nett. Genau das richtige für jemanden, der sich irgendwo in einer Zwischenwelt befindet.

Ich setze mich auf den Ohrensessel neben Evelyns Bett, damit Esmeralda Raum für ihre Arbeit hat. Er ist wie gemacht für eine private Lesung. So stelle ich es mir vor, wenn ich zum ersten Mal in der Öffentlichkeit auftrete.

Leise beginne ich mit dem Text und tauche in eine andere Welt ein, in die der Autorin und werde Teil der Geschichte. Ich fühle mit den Protagonisten. Ganz authentisch bewegen sie sich um mich herum. Anders als in der realen Welt ist alles so leicht und geborgen. Wie schön wäre es, wenn ich für immer hierbleiben könnte. Einfach ich sein, ohne die Last mit mir zu tragen.

Die Festnahme

Claudia

Ohne ein Klopfen fliegt die Tür auf und ich spüre den Windzug an meinen Beinen. Vor mir stehen Tom und seine Chefin.

Esmeralda schreckt ebenfalls auf, beginnt aber sofort die Eindringlinge rausschmeißen zu wollen.

»Tom, was machst du denn hier?«, frage ich.

»Tom? Für Sie doch bitte Herr Erkelenz. Immerhin sind wir beruflich hier.« Tadelnd blickt Anette Thomas, Leiterin der hiesigen Mordkommission mich an, während ihr Tom etwas zuflüstert. Schnell wendet sie sich von mir ab und geht zielstrebig auf Esmeralda zu.

»Mein Name ist Anette Thomas, Kriminalpolizei. Sind Sie Esmeralda Gomez?« fragt sie streng.

»Ja, was kann ich für Sie tun?«, antwortet diese ängstlich. So kenne ich sie gar nicht. Ihre Stimme ist nur noch ein Zittern, die Hände hält sie sich schützend vor den Körper.

»Esmeralda Gomez, ich verhafte Sie wegen dringendem Mordverdacht an Ellen Carter«, höre ich die Worte von Frau Thomas.

Jetzt bin ich sprachlos. Was um alles in der Welt hat Esmeralda mit Ellen Carter zu tun? Mein Blick wandert vom einen zum anderen. Esmeralda scheint nicht überrascht zu sein. Ängstlich beginnt sie zu sprechen. Die Worte sprudeln nur so aus ihr heraus und ich kann spüren, dass sie sich damit Erleichterung verschafft möchte.

»Seit drei Jahren kommt Claudia fast jeden Tag in die Klinik. Sie besucht ihre Schwester und liest ihre Geschichten vor. Ich war nicht ein einziges Mal krank in dieser Zeit. Um nichts in der Welt wollte ich diese privaten Lesungen verpassen. Ihre Bücher sind Honig für die Seele. Ihr spezieller Humor hat mir manch schwere Stunde in diesem Kasten versüßt. Sie hat ihren Job hingeschmissen und kümmert sich um ihre Neffen. Sie kommen jeden Sonntagvormittag geschniegelt und gestriegelt ihre Mutter besuchen. Glauben sie mir unbedingt, das ist hier nicht selbstverständlich.

Eines Tages erwähnte sie, dass eine bekannte Autorin den Inhalt aus ihrem Buch stehlen würde. Sie wurde von Woche zu Woche trauriger. Ich lauschte heimlich, wenn sie von dieser ganzen Intrige erzählte. Ich konnte nicht fassen, wie so ein guter Mensch so viele Gemeinheiten ertragen muss. Als sie den Namen dieser Autorin erwähnte, konnte ich mich daran erinnern, ihn schon einmal gehört zu haben. Auf der Station der plastischen Chirurgie liegen manchmal prominente Patienten. Eine Freundin von mir arbeitet dort und schuldete mir noch etwas. Ich gab vor, Frau Ellen Carter einen Fan-Brief schreiben zu wollen. Sie teilte mir daraufhin den richtigen Namen und die Adresse mit. Als ich irgendwann zusehen musste, wie Claudia kam und vor Traurigkeit nicht lesen konnte, fasste ich einen Entschluss: Ich wollte dieser Carter gehörig meine Meinung sagen«, verteidigt sich Esmeralda.

Mit geballten Fäusten steht dieses Powerbündel vor den Polizisten. Ich kann nicht glauben, was sie da sagt. Sie war bei der Carter zu Hause??? Doch ich komme nicht zu Wort. Meine Fragen müssen warten.
Esmeralda hat noch mehr zu erzählen und ich hoffe, dass sie es nicht war.

»Als ich bei ihr zu Hause ankam, stand die Tür offen. Ich rief ihren Namen und wusste sofort, es stimmt etwas nicht. Also sah ich nach. Dann fand ich sie. Tot.«

Ein tiefes Schluchzen schallt durch den Raum. Dann redet sie weiter:

»Aber ich schwöre, ich war das nicht, ich wollte sie doch nicht umbringen!«

Esmeralda beginnt fürchterlich zu weinen. Sie zittert und ich kann nicht anders, als sie in den Arm zu nehmen. Dieses Geheimnis bei sich zu tragen, muss sie schwer belastet haben. Alles nur für mich.

»Frau Kramer, bitte halten Sie sich von der Beschuldigten fern, Sie stören damit laufende Ermittlungen«, ermahnt mich Toms Chefin. Dann fügt sie an Esmeralda gewandt hinzu: »Frau Gomez, ich muss Sie darauf hinweisen, dass Sie Beschuldigte in einem Strafverfahren sind. Sie können Ihre Aussage verweigern. Wir werden Sie zunächst zum Polizeipräsidium bringen. Dort werden wir Ihnen weitere Fragen stellen«, sagt Frau Thomas und ergreift ihren Arm. Sie ist im Begriff zu gehen und Esmeralda abzuführen.

Jetzt scheint auch Tom endlich aus seiner Starre zu erwachen. »Frau Gomez, eines muss ich unbedingt wissen ...« Weiter kommt er nicht, denn jetzt fällt ihm Anette ins Wort.

»Tom. Können wir das später regeln? Nicht hier vor ...«, sagt sie leise und blickt mich milde an.

»Nicht vor wem? Glaubst du etwa immer noch, Frau Kramer hat mit der Sache was zu tun?«, erwidert Tom empört und sieht sichtlich gestresst aus.

Eine lautstarke Diskussion beginnt zwischen den beiden. Esmeralda schluchzt und ich nehme sie erneut in den Arm. Dann passiert etwas Unvorhersehbares: Eine zarte, undeutliche Stimme meldet sich. Ganz leise.

»Laut. Es ist zu laut«, krächzt es. Dann ist es wieder ruhig.

Ich kenne diese Stimme. Esmeralda klingelt nach der Ärztin. Sie hat den Moment genutzt und tut für ihre Patientin, was getan werden muss.

Eilig gehe ich zum Bett meiner Schwester. Ihre Augenlider flattern und ihr Mund bewegt sich fast unmerklich. Hat sie gesprochen?

Die Ärzte hatten die Hoffnung noch nicht ganz aufgegeben, aber von Tag zu Tag glaubte ich weniger daran – so sehr ich es mir auch wünschte. Jetzt wird es plötzlich hektisch. Ärzte kommen herein und fordern uns auf, das Zimmer zu verlassen.

Im Flur sehe ich gerade noch Esmeralda, die von Tom und Anette mitgenommen wird. Ich bin mir sicher, sie ist nicht die Mörderin von Ellen Carter.

Ich hatte keine Gelegenheit, mit Tom zu sprechen. Aber auch das ist jetzt unwichtig. Ich versuche mich kurz zu sammeln, bevor ich meine Eltern anrufe und bemühe mich, nicht zu euphorisch zu klingen, da noch nicht feststeht, ob Evelyn wirklich aufgewacht ist oder nur eine kurze Wachphase hatte.

Vor lauter Verzweiflung beginne ich im Flur schnellen Schrittes auf und abzulaufen. Die Situation überfordert mich. Sorgen und Ängste fließen ineinander über. Gedanken strömen auf mich ein und ich kann sie nicht sortieren. So viele Fragezeichen, leider keine Antworten.

Tom hat sich seiner Chefin widersetzt. Wieder ist er für mich eingetreten. Er ist mein Held. Ein warmes Gefühl durchströmt mich. Es ist schön, von jemanden beschützt zu werden. Seit die alte Schlange tot ist, wendet sich alles zum Guten in meinem Leben. Ich bin so froh …

Die Tür öffnet sich und eine freundliche Ärztin kommt zu mir. Ich spüre ein leichtes Zittern, meine Gedanken waren weit weg und es fällt mir schwer, wieder im Hier und Jetzt anzukommen.

«Ihre Schwester Evelyn ist aufgewacht. Wir sind guter Dinge, dass sie wach bleibt. Jetzt müssen einige wichtige Untersuchungen gemacht werden. Ruhen sie sich aus und kommen später wiederkommen. Hier können sie gerade nichts tun. Wir melden uns, wenn es Neuigkeiten gibt.« Die Ärztin streichelt mir über den Arm. Obwohl es eine liebevolle Geste ist, zucke ich kurz. Zuviel Berührung ertrage ich nicht. Überwältigt vor Freude atme ich auf. Es ist kurz nach elf und ich fühle mich erschöpft. Die Anstrengungen und vor allem die Aufregungen der letzten Tage brechen über mich herein. Vielleicht sollte ich mich wirklich ausruhen.

»Danke schön, vielen Dank!«, sage ich zu der Ärztin, unfähig, weitere Worte zu finden.

Im Gehen denke ich an die Jungs. Hoffentlich habe ich neue Kenntnisse, bevor sie aus der Schule kommen. Schon vor langer Zeit haben sie aufgehört zu fragen, ob ihre Mutter aufgewacht sei. Sie kommen den Umständen entsprechend gut zurecht, auch wenn sie ihren Vater sehr vermissen. In den letzten drei Jahren, in denen sie bei mir wohnen, haben wir viele Höhen und Tiefen durchlebt. Traurige Phasen, in denen sie viel geweint haben, aber auch turbulente Phasen, in denen ich ständig zu hören bekommen habe: »Du bist nicht unsere Mutter!« und »Du hast uns gar nichts zu sagen!«

Ich liebe die beiden und es war richtig, sie zu mir zu holen. Auch wenn es mir nicht immer leichtfällt. Mein Job fehlt mir und die Ordnung, die ich eigentlich so mag, vor allem aber besteht in der jetzigen Situation keine Möglichkeit einer Partnerschaft.

Aktuell sitze ich am liebsten vor meinem Computer und verliere mich in meinen Geschichten. Apropos! Nein, jetzt genieße ich erstmal die Freude über die guten Nachrichten. Wenn unter den Autorinnen nur nicht solch ekliger Abschaum wäre. Übles egoistisches Verhalten. Kurz überkommen mich die dunklen Wolken. Sie nebeln mein Denken ein und ich spüre den Hass in mir. Warum gibt es solch gemeine Menschen …?

Wild schüttele ich den Kopf. Nicht jetzt. Nicht hier. Atmen. Ein und Aus. Ich lege die Hände über Kreuz auf die Schultern und klopfe abwechselnd erst auf die rechte, dann auf die linke. Es funktioniert. Die Freude über den Fortschritt meiner Schwester hilft, die Dunkelheit zu besiegen. Es ist Zeit, nach Hause zu fahren. Bei all dem Stress habe ich auch noch vergessen, meine Tabletten zu nehmen.

Neue Erkenntnisse

Tom

Als ich Claudia in diesem Krankenzimmer gesehen habe, war ich kurz irritiert. Ich wusste, dass ich den Namen der Klinik schon einmal im Zusammenhang mit ihr gehört hatte. Allerdings wäre ich nie auf die Idee gekommen, dass die Krankenschwester von Evelyn Kramer mit Ellen Carter zusammenhängt.

Gern hätte ich wenigstens kurz mit Claudia gesprochen. Sie sah so zerbrechlich aus. Alles ging so schnell. Anette hat den aufkeimenden Trubel durch die Wachphase von Evelyn Kramer genutzt, um mit möglichst wenig Aufsehen aus dem Krankenhaus zu verschwinden. Wir haben das schluchzende Häufchen Elend durch die Flure geführt. Ein Spießrutenlauf für sie.

Angespannt sitze ich auf der Rückbank des Dienstwagens. Neben mir kauert die Frau, welche angeblich Ellen Carter getötet haben soll. Mir war im ersten Moment klar, dass sie zwar Temperament hat, aber nicht wirklich als Täterin infrage kommt. Ihr fehlt das nötige Motiv. Hier hat jemand anderes die Finger im Spiel. Meinen Verdacht fällt immer noch auf die gleiche Person, doch den Namen werde ich vorerst nicht aussprechen. Ich konzentriere mich allein auf die Fakten und nutze die Fahrt, um noch mal alle Gespräche mit den Verdächtigen durchzugehen. Irgendetwas müssen wir übersehen haben.

Im Präsidium bringen wir Esmeralda Gomez in einen Vernehmungsraum. Um keine Zeit zu verlieren, möchte Anette ihr so schnell als möglich weitere Fragen stellen.
Das Aufnahmegerät liegt bereit und schon geht es los.

»Frau Gomez, schildern Sie, was Sie am letzten Wochenende, in Bezug auf Ellen Carter, unternommen haben«, fordert Anette sie auf.

Esmeralda überlegt kurz: »Am Sonntag gegen 13.00 Uhr beendete ich meine Schicht im Krankenhaus. Ich war unfassbar wütend. Claudia war am Boden zerstört. Immer wieder liefen ihr still die Tränen über das Gesicht. Kein Wort hat sie herausgebracht. Mit dem Bus bin ich quer durch die ganze Stadt gefahren. Bis ich plötzlich vor dem Haus von Frau Carter ankam. In dem Moment, als ich vor der Haustür stand, wurde sie geöffnet. Ein junger Mann kam herausgelaufen. Er hatte es wohl sehr eilig. Da ich nicht wusste, in welchem Stock Frau Carter wohnt, habe ich an jeder Wohnungstür nachgeschaut. Im obersten Stockwerk stand ich dann vor einer offenen Tür. Es gab kein Namensschild. Die Versuchung war groß, einfach hineinzugehen, also habe ich es getan. Es war die richtige Wohnung. Auf dem Schreibtisch fand ich sie. Tot. Es war ein furchtbarer Anblick wie sie so dalag. Das dunkelrote Blut und der stechende Geruch.« Esmeralda Gomez unterbricht ihren Bericht. Sie stützt den Kopf in die Hände und flüstert leise einige spanische Worte. Es hört sich an wie ein flehendes Gebet.

»Frau Gomez, es ist wichtig, dass Sie uns erzählen, wie es weiterging. Was haben Sie am Tatort verändert?«, fragt Anette.

»Ich geriet in Panik. Zuerst schaute ich, ob sie noch lebt. Aber ich spürte, wie kalt sie schon war. Ihre Zeigefinger lagen auf den Buchstaben C und K der Tastatur, sie muss gerade am Computer gearbeitet haben, als das Unglück geschah. Dann wurde ich wieder wütend, als ich die Initialen von Claudia Kramer erkannte, also habe ich ihre Finger woanders drauf tun wollen, aber ...«, sagte Esmeralda und blickte betroffen zu Boden.

»... sie knacksten in meinen Händen. Mir wurde plötzlich klar, was ich da getan hatte. Ich drehte mich um und verließ die Wohnung so schnell ich konnte, dann rannte ich zur nächsten Bushaltestelle.

Als ich später in der Presse von dem Mordverdacht gelesen habe, bekam ich Angst und beschloss, nichts zu sagen. Es war wohl ein Fehler«, Esmeralda holte ein Taschentuch heraus und schnäuzte sich. Die Erleichterung über ihr Geständnis stand ihr ins Gesicht geschrieben.

»Dieser Mann, der Ihnen an der Haustür entgegengekommen ist, können Sie ihn näher beschreiben?«, fragt Anette.

Esmeralda Gomez beginnt zu schluchzen. Zusammengesunken sitzt sie vor uns und schüttelt den Kopf.

»Ich weiß es nicht, es ging alles so schnell. Ich habe dieser Frau nichts getan«, antwortet sie und ist ganz außer sich. Immer wieder sagt sie: »Ich weiß es nicht.«

Wir sind gezwungen, die Vernehmung vorerst abzubrechen und Esmeralda Gomez in die Untersuchungshaft zu bringen.

Anschließend sitzen wir wieder einmal im Besprechungsraum. Auch Anette runzelt die Stirn.

»Okay, dann lass uns mal überlegen, was wir haben. Es fehlt jede Spur der Tatwaffe. Wir wissen noch nicht einmal nach was wir suchen. Es gibt auch keinen Abschiedsbrief, sodass man auf einen Selbstmord schließen könnte. Ellen Carter hatte Blutverdünner in Form von Tabletten geschluckt. Sollte das vielleicht eine gezielte Vorbereitungshandlung für ihren Abgang sein? Die Verletzungen würden dazu passen, da der erste Schnitt deutlicher tiefer und länger ist als der zweite. Aber vielleicht soll uns das auch nur in die Irre führen«, Anette unterbricht ihre Zusammenfassung und blickt erneut auf die Motivwand, bevor sie weiterspricht.

»Unklar ist, wer die Spurenkarten mit den Fingerabdrücken von Claudia Kramer und Esmeralda Gomez ausgetauscht hat. Ebenfalls ist nicht geklärt, wer sich am PC der Toten zu schaffen gemacht hat. Und woher kommen die Fingerabdrücke von der Kramer in unserem System?«

Während Anette so weiter sinniert, fällt mir der Einbruch in Claudias Wohnung wieder ein. Vielleicht war es doch kein Zufall. Hatte sie nicht gesagt, dieser Katschmarek hätte ihre Haarbürste mitgenommen und sonst nichts?

»Anette, ich weiß, du willst keine Vermutungen hören, ...«, versuche ich mein Glück.

»Schon gut. Ich mache eine Ausnahme, es ist ja eher auch eine These, richtig?«, fragt sie mich hoffnungsvoll.

Die macht mich echt fertig. »Kann es sein, dass am Tatort irgendetwas übersehen wurde? Gab es eventuell Aufbruchspuren an der Wohnungstür? Warum stand sie am Sonntag, als Esmeralda Gomez dort eintraf, offen? Es muss jemanden geben, der Zugriff auf die Wohnung von Ellen Carter hatte. Vielleicht war dieser jemand noch mal dort, um etwas zu holen, was wir nicht finden sollten und ist von Esmeralda Gomez überrascht worden«, rede ich mich in Rage.

Der Gesichtsausdruck von Anette ist sehr schwer zu deuten.

»Du willst doch nicht etwa behaupten, wir hätten schlampig am Tatort gearbeitet?«, regt sich Jochen auf. Er steht in der Tür und lauscht meinen Ausführungen.

»Na ja. Nichts für ungut«, beschwichtige ich ihn. »Lass uns noch mal hinfahren«, bitte ich Anette.

»Fängst du jetzt wieder mit dieser Hypnosenummer an?«, stöhnt sie und reibt sich über die Stirn.

»Welche Hypnosenummer?«, fragt Karina neugierig.

Der Besprechungsraum hat sich gefüllt, das Team ist vollständig. Der Fall wirft so viele Fragen auf, dass er sich zu einem Mysterium entwickelt.

»Tom meint, Brecht steckt hinter allem. Er habe Ellen Carter am PC hypnotisiert und ihr befohlen, sich die Verletzungen zuzufügen«, erklärt Anette und sieht nicht überzeugt aus.

Jetzt wo sie es sagt, klingt es so abwegig, ist es aber doch gar nicht.

»Er will Claudia Kramer schaden und seine Konkurrentin ausschalten. Er hat das Know-how und die Mittel«, schlussfolgere ich laut.

Karina tippt sich mit dem Finger an die Nasenspitze. »Ich habe das Buch von Brecht auch gelesen und muss zugeben: Es wäre ein Ansatz ...«

»Genau!«, stimme ich ihr zu.

Verräterisches Kätzchen

Tom

Die Wohnung von Ellen Carter liegt in der Nähe des Präsidiums. Nach nur zehn Minuten parken wir den Wagen auf dem Parkplatz vor dem Haus. Auf der Treppe kommt uns ein süßes schwarzes Kätzchen entgegen. Sie schnurrt laut und streift mein Bein. Ich bücke mich und kraule sie für einen Moment am Hals. Als ich aufblicke, sehe ich, wie Anette ihre Hände in die Hüfte stemmt.

»Echt jetzt, Tom. Ein kleines Mauzen und schon wirst du zum Tierflüsterer?«, stöhnt sie.

»Eifersüchtig?«, necke ich sie.

»Komm schon, du kannst später noch ein paar Kätzchen streicheln, jetzt haben wir einen Fall zu lösen.« Mit einem Augenzwinkern gibt sie mir zu verstehen, dass wir es eilig haben.

»Sorry, kleines Kätzchen, aber die Tante ist kein Tierfreund«, flüstere ich. Sie folgt mir weiter die Treppe hinauf.

Im obersten angekommen bleiben wir vor der verschlossenen und versiegelten Tür stehen. Ein Schild weist auf einen Tatort hin. Sie dennoch zu öffnen, stellt für mich kein

Problem dar. Das nötige Werkzeug trage ich immer bei mir. Eine alte Angewohnheit vom SEK: Gehe nie unvorbereitet aus dem Haus.

»Lass mal den Meister ran!«, fordere ich Anette auf.

Tatsächlich lacht sie. »Na dann, Herr Wachtmeister, leg los.«

Obwohl es schon mehr als eine Woche her ist, riecht es nach Blut und Tod. Der Tatort wurde noch nicht freigegeben, es scheint nichts verändert worden zu sein. Nachdem die Spurensicherung fertig war, wurden routinemäßig die Schlösser ausgetauscht, um sicherzugehen, dass niemand die Wohnung betritt. Anette zeigt mir, wie die Leiche von Ellen Carter aufgefunden wurde.

Ich lasse mich von den kitschigen Figuren in den Regalen ablenken. Porzellankätzchen und andere Fantasiefiguren stehen nebeneinander aufgereiht. Eines davon passt nicht ganz zu den anderen. Irgendwie hat das Vieh seltsame Augen, die mir bekannt vorkommen. Ich habe so etwas schon mal gesehen – nur wo? Als ich die Figur in die Hand nehme, ist sie schwerer als gedacht und hinter dem Kopf leuchtet eine winzig kleine rote LED.

»Anette, lasst ihr den Tatort überwachen?«, frage ich sofort.

Sie nimmt den Plastikdinosaurier in die Hand. Im Gegensatz zu mir trägt sie keine Handschuhe. Als sie diesen Fauxpas bemerkt, ist es zu spät. Anfängerfehler – wie schön, dass sie doch nur ein Mensch ist. Ich spare mir einen passenden Kommentar, denn ich glaube, hinter diesem hässlichen Plastikding stecken einige Antworten auf unsere offenen Fragen. Verpackt in einem Asservatenbeutel lasse ich es in meine Tasche gleiten.

«Gute Arbeit, Tom. Das Ding hätte die Spurensicherung finden müssen«, lobt mich Anette.

«Ein Lob aus deinem Munde?«, sage ich mit einem gewinnenden Lächeln.

Die Euphorie hat mich gepackt, ich weiß, dass wir sehr nahe dran sind, die Wahrheit herauszufinden und es erfüllt mich mit Zufriedenheit.

Bevor wir die Wohnung verlassen können, schlüpft das Kätzchen durch den Türspalt. Zielstrebig läuft es ins Schlafzimmer und hüpft aufs Bett.

»Anette, das musst du dir ansehen ...«, rufe ich meine Chefin.

Sie versteht sofort. »Deshalb stand die Tür auf. Sicher hat sich das Tier bei dem ganzen Trubel versteckt.«

»Seltsam, hat denn niemand das Katzenklo bemerkt?«, frage ich verwundert.

Wieder streift das Kätzchen mein Bein, es geht an mir vorbei und verschwindet im Flur durch eine Katzenklappe in die Nachbarwohnung. »Anscheinend haben sie sich das

Kätzchen geteilt, daher stand das Katzenklo auch im Flur«, schlussfolgere ich.

Weitere Auffälligkeiten können wir nicht feststellen. Wir verschließen die Wohnung und machen uns mit neuem Tatendrang auf den Rückweg. Vielleicht haben wir endlich das fehlende Puzzlestück gefunden.

Zurück im Präsidium gehen wir sofort zu Harry. Er bestätigt meinen Verdacht, dass wir es hier mit einer Überwachungskamera zu tun haben. Er schließt sie fachmännisch an seinen Computer an.

«Das Gerät hat eine Sendefunktion, die allerdings von einem Profi gesichert ist. Es wird Tage dauern, diesen Code zu knacken.«

Harry macht sich sofort an die Arbeit. Er ist von der Technik des Geräts fasziniert. Ein wahrer Freak.

«Das wollen wir mal nicht hoffen. Wir brauchen endlich Antworten. Melde dich so schnell es geht«, sagt Anette und dreht sich auf dem Absatz um, mit Kurs auf die Treppe. Sie geht schnellen Schrittes in das Erdgeschoss. Ich habe eine Vermutung, wohin sie möchte. In der U-Haft lässt sie Esmeralda Gomez erneut in einen Vernehmungsraum führen.

Ohne Umschweife kommt sie zum Punkt.

»Wir haben in der Wohnung von Ellen Carter eine Überwachungskamera gefunden.

Nach der Auswertung der Aufnahmen sind wir zu der Annahme gekommen, dass Sie uns nicht ganz die Wahrheit gesagt haben. Also, wollen Sie Ihre Aussage vielleicht ergänzen?«, fordert Anette.

Direkt vor Esmeralda stützt sie sich mit beiden Händen auf dem Tisch auf. Bedrohlich wirkt diese Geste, nahezu einschüchternd. Auch ihr Blick lässt keinen Zweifel an der Entschlossenheit, alles aus der Beschuldigten herauszuholen, was hilfreich in diesem Fall ist. In diesem Moment ist die selbstbewusste Krankenschwester nicht wiederzuerkennen, nur noch ein Schatten ihrer selbst. Ich glaube nicht, dass sie uns etwas verschwiegen hat – oder doch?

Nach einer Weile scheint hebt sie ihren Blick und fängt an zu reden. »Ich war so nervös und wütend zugleich. Auf dem PC war eine Buchdatei geöffnet mit dem Titel *Das saphirblaue Spindelmädchen.* Ich wusste, dass dieses Buch aus der Feder von Claudia Kramer stammt. Sie wollte als nächstes Buch, daraus vorlesen. Ich hatte mich schon sehr darauf gefreut. Neben dem PC lag ein Stapel Papier. Darauf lag eine Schreibfeder und daneben stand ein Tintenfass. Claudia signiert ihre Bücher liebend gern mit einer Feder, das machte es immer so besonders, wenn ich eines davon bekommen habe. Also habe ich die Datei gelöscht, Feder und Tinte mitgenommen und draußen in die Mülltonne geschmissen.«

»Moment. Sie sagten, da lag eine Feder. War sie benutzt? War vielleicht noch Tinte daran?«, fragt Anette hektisch.

Esmeralda überlegt eine Weile. »Ich weiß es nicht genau, sie lag mit auf dem Schreibtisch bei dem Laptop. Da war alles voller Blut und ich war so unglaublich in Aufregung«, antwortet sie zögernd. Zitternd holt sie ein Taschentuch heraus und schnieft hinein.

Mir ist nicht klar worauf will Anette hinaus will, oder doch ... Hat Esmeralda Gomez aus Versehen die Tatwaffe entsorgt? Möglich. Ich recherchiere nebenbei, wann die Müllabfuhr den Hausmüll in der Straße von Ellen Carter abholt. Jeden Dienstag, also vor sechs Tagen das letzte Mal. So ein Mist! Unsere Beweise existieren nicht mehr.

Ich schlage mir symbolisch vor den Kopf. Aber wenigstens schließt sich nun die ein oder andere Lücke. Anette ist bereits auf dem Weg nach oben. Ich bleibe noch kurz bei dem Häufchen Elend vor mir. Sie schaut mir in die Augen und ich kann ihre Verzweiflung darin sehen.

»Ich habe einen Mann und drei Kinder. Bitte sagen Sie mir, was jetzt mit mir passiert. Sie müssen mir glauben. Ich habe diese Frau nicht umgebracht«, versichert sie mir. Erneut schluchzt sie ihre Verzweiflung heraus.

In mir keimt Mitleid auf und ich beuge mich zu ihr hinunter. »Wir werden Ihnen einen Pflichtverteidiger rufen, sofern Sie keinen eigenen Anwalt haben. Mit ihm können Sie alles weitere besprechen«, erkläre ich und greife nach ihrer Hand. Meine Berührung scheint sie zu beruhigen.

»Danke, Sie sind ein guter Mann. Claudia hat eine gute Wahl getroffen«, sagt sie und hat ein Lächeln im Gesicht, das es fast schafft, den feuchten Schimmer ihrer Augen zu verdecken.

Jetzt bin ich doch etwas verwirrt, hatte Claudia etwa über mich gesprochen? »Was meinen Sie damit? Wenn Sie glauben, man könnte sich einen persönlichen Ansprechpartner ...«

Sofort schüttelt sie ihren Kopf. »Sie hat heute Morgen ihrer Schwester von Ihnen erzählt, auch wie Sie ... Claudia hat in der ganzen Zeit, in der ich sie kenne, noch von keinem Mann gesprochen, wissen Sie.« Freundlich zwinkert sie mir zu. »Bei mir bleibt Ihr kleines Geheimnis sicher.«

»Entschuldigen Sie, aber ich muss jetzt gehen. Alles Gute«, sage ich knapp.

Noch vollkommen verwirrt verlasse ich das Vernehmungszimmer. Was genau meinte sie? Sicher hat Claudia Kramer erzählt, dass ich ihr geholfen habe, aber das ist doch selbstverständlich, oder?

Als ich im Besprechungsraum ankomme, ist Anette nicht da. Ich schaue mir alle Indizien an der Tafel an. Mein Verdacht bestätigt sich. Wir haben es mit einer Verschwörung zu tun. Die Vorfälle bei Claudia Kramer und der Tod von Ellen Carter stehen in einem Zusammenhang. Wer auch immer den Tod von Ellen Carter auf dem Kerbholz hat, ist auch für die unangenehmen Vorfälle bei Claudia Kramer verantwortlich. Langsam bekomme ich ein ungutes Gefühl. Bisher hatte ich nicht vermutet, Claudia könnte ernsthaft in Gefahr sein – aber nun schon. Mein Magen zieht sich zusammen. Diese Frau liegt mir mehr am Herzen, als ich es mir eingestanden habe. Wenn ich doch nur wüsste, wo ich diese Augen von dem Überwachungskamera–Dino schon einmal gesehen habe. Wie ein Blitz schießt es mir in den Kopf: der blaue Roboter in Claudias Wohnzimmerregal! Fast im Laufschritt eile ich zu Harry. Anette kommt mir entgegen und ich rufe ihr zu: »Anette, da bist du ja! Wir treffen uns im Besprechungsraum. Ich muss nur noch schnell was abklären.«

Natürlich ist mir klar, dass ihr das nicht gefällt. Sie öffnet ihren Mund um etwas zu antworten, aber jetzt bleibt keine Zeit für Erklärungen.

Harry ist zum Glück noch nicht zu Tisch. Er sitzt immer noch an der Auswertung der Überwachungskamera.

»Hast du schon etwas herausgefunden?«, frage ich gehetzt.

»Wer auch immer das zusammengebaut hat, ist ein Fachmann für IT«, faselt er in seine Arbeit vertieft.

Es liegt Anerkennung in seinem Blick. Mit einer Lupe vor der Brille dreht er den Dino und bohrt mit einem Schraubenzieher darin herum.

»Wäre es möglich, über dieses Gerät einen PC zu steuern?«, frage ich weiter.

Harry zieht eine Augenbraue hoch. Irritiert schaut er mich an. Er öffnet die Figur und blickt auf die Platine im Inneren. Meine Nervosität nimmt zu. Wenn meine Vermutung stimmt, ist Eile geboten. Endlich schaut er auf.

»Die Steuerung des Gerätes ist kabellos und läuft über WLAN. Auf einen PC direkt zugreifen kann man nicht. Rein theoretisch ist es aber möglich, WLAN-gesteuerte Geräte zu benutzen, die in Reichweite des Senders stehen«, erklärt er und überlegt. «Das wäre ein neues Level in der Kommunikations-kriminalität.« Er reibt sich das Kinn und schaut nochmal durch die Lupe.

»Ich kann es dir nicht sagen, erst muss ich den Code knacken.«

»Danke Harry, du hast mir sehr geholfen.«
Anette erwartet mich bereits. Anscheinend war sie noch mal bei Rheinfried im Labor,

denn sie hat den Obduktionsbericht in der Hand.

»Die Feder. Rheinfried hält es für absolut wahrscheinlich, dass es sich dabei um die Tatwaffe handeln könnte. In der Wunde am linken Arm von Ellen Carter befanden sich noch Rückstande von Tinte, welche zum Schreiben mit einer Feder geeignet sei. Der pathologische Befund der Gewebeproben ist heute Morgen reingekommen«, erklärt sie mir.

»Ellen Carter muss erst die rechte Hand genutzt haben und anschließend die Feder in die linke Hand genommen haben. Aufgrund der Haltung der Feder geht er davon aus, dass sie sich ihre Verletzungen selbst zugeführt hat.« Sie klappt den Bericht zu und sieht mich abwartend an.

»Dann hör mal, was ich rausgefunden habe. Bei der Überwachungskamera von Ellen Carter sind mir diese sonderbaren Augen aufgefallen. Ich habe so ein Tierchen schon einmal gesehen, und zwar in der Wohnung von Claudia Kramer. Es stand ganz versteckt oben im Regal und ist mir aufgefallen, als ich auf der Couch gelegen habe.« In dem Moment, in dem ich es sage, bemerke ich meinen Fauxpas.

»Warum in alles in der Welt hast du bei der Kramer auf der Couch gelegen?«, fragt Anette skeptisch.

Mist. Sie hat es gemerkt.

»Können wir das später klären?«, bitte ich sie, denn ich kann förmlich die nächsten Worte erahnen. Ich spreche schnell weiter, um nicht jetzt schon näher darauf eingehen zu müssen. »Ich vermute, dass beide Figuren von der gleichen Person aufgestellt wurden. Laut Harry ist es möglich, WLAN-gesteuerte Geräte über den Sender zu bedienen. Das würde erklären, wie jemand auf Claudias PC zugreifen kann, ohne dass der PC gehackt wurde. Der Täter steuert die Maus und die Tastatur des PCs einfach selbst. Dabei hat er durch die Überwachungskamera Blickkontakt zum Monitor, kann also problemfrei sein Handeln lenken«, erläutere ich meine These.

So viel Fachwissen hätte ich mir selbst nicht zugetraut. Meine Erklärung klingt für mich plausibel, auch wenn ich Harrys Worte etwas interpretiert habe.

Anette runzelt jetzt die Stirn. »So was ist tatsächlich möglich? Aber welches Interesse sollte derjenige daran haben?«, hakt sie ungläubig nach.

»Das ist eine sehr gute Frage und ich habe sie mir selbst schon gestellt. Gerade fügt sich alles zu einem großen Ganzen zusammen und ergibt endlich einen Sinn. Willst du meine Theorie hören – oder besser gesagt: These?« Ich mache eine obligatorische Pause, bevor ich weiterspreche.

»Also: Ellen Carter hat eine Schreibblockade. Das schadet nicht nur ihr, sondern auch ihrer Schwester als Managerin und ihrer Co-Autorin, denn sie verdienen alle mit ihr. Ein neues Buch muss erscheinen. Da kommt die Ankündigung von Claudia Kramer, sie hätte zwar ein neues Buch geschrieben, werde es aber nicht veröffentlichen, da sie es nicht ihren Abschreibern zum Fraß vorwerfen wolle. Die Carter und ihr Clan brauchen dieses Buch aber dringend als Vorlage für einen neuen Roman. Also beschließen sie, zunächst die Bücher von Claudia Kramer etwas zu pushen und dann irgendwie an die Datei zu kommen. Holger Brecht ist eigentlich mit der Carter liiert. Aber er sah sehr intim mit ihrer Co-Autorin und Freundin Mirjam Greif aus. Anscheinend wollte Carter aussteigen, als sie vom Verhältnis der beiden erfuhr. Brecht hat das nicht toleriert. Er war nicht an ihr, sondern nur an dem Erfolg interessiert, dem ihm diese Verbindung einbrachte. Das stört den Plan und ihm kam eine neue Idee. Es wäre doch ein unglaublicher Push für die Bücher, wenn die Carter das Zeitliche segnet. Hatten die Brecht und der Greif nicht schon am übernächsten Tag bekannt gegeben, das letzte Buch der Carter selbst zu Ende zu schreiben und zu veröffentlichen? Hier kommt das Buch von Claudia Kramer ins Spiel. Irgendwie müssen die beiden es geschafft haben, das Buch von Claudias PC an ihren eigenen zu senden, denn als wir dem Brecht unseren Besuch abgestattet haben, habe ich den Titel bei ihm gelesen. Jetzt kommt Esmeralda Gomez ins Spiel und hinterlässt ihre Fingerabdrücke am Tatort, wo eigentlich die von Claudia gefunden werden sollten ...«

»Tom, ich kann dir nicht ganz folgen. Das Ganze hört sich sehr abenteuerlich an. Wie bist du an all die Hintergrundinformationen gekommen?«, unterbricht mich Anette und blickt mich stirnrunzelnd an.

Ich höre gar nicht auf Anette, sondern setze mich an den nächsten PC, den ich finden kann. Ich gebe den Suchbegriff *Holger Brecht Autor* ein. Ich wusste, er schreibt irgendwelche Ratgeber. Schnell werde ich fündig und bekomme die letzten Bruchstücke zu meiner Theorie: Holger Brecht ist vor fünf Jahren unehrenhaft aus einer Sicherheitsdienst-Firma entlassen worden. Er hat die Accounts von den Kollegen illegal für Internetbewertungen benutzt. Dann hat er diverse Kurse an der Uni belegt, Fachrichtung Psychologie. Im Anschluss hat er E-Books geschrieben, welche die richtige Nutzung von Internetportalen erklären. Sein neuestes Buch erschien vor vier Wochen. Bei dem Titel bleibt mir die Spucke weg:

Internethypnose - Die Beeinflussung des menschlichen Handelns durch die digitalen Medien.

Was geht hier vor? Anette steht hinter mir und scheint nicht annähernd die gleichen Gedanken zu haben wie ich, geschweige denn mir folgen zu können. Oder doch?

»Tom, ich weiß nicht genau, wo du mit deinen wirren Behauptungen hinmöchtest. Ich habe das Gefühl, du verrennst dich da in einer Idee«, sagt sie zweifelnd und sieht mich mitleidig an.

Die einzelnen Puzzleteile kann ich selbst noch nicht zusammensetzen, aber ich weiß, dass dieser Brecht oberfaul ist und Claudia da irgendwie drinsteckt.

»Ich respektiere dich als meine Chefin und verstehe, dass meine These etwas merkwürdig klingen muss. Aber können wir die Einzelheiten später klären? Ich wette, der Brecht hat bei Claudia Kramer ebenfalls eine solche Überwachungskamera installiert und hat so die Macht über ihren PC.«

Ich kann sehen, dass Anette immer noch nicht überzeugt ist.

»Okay, Tom, du sollst deine Chance haben. Ich fahre mit Jochen zu dem Brecht und du schaust bei der Kramer nach dem Rechten. Ich hoffe, deine Aktivitäten halten sich vor Ort im dienstlichen Rahmen«, ermahnt sie mich.

Ich sollte mich fragen, warum sie das betont, doch dafür bin ich zu sehr in Eile.

»Danke dir. Ich melde mich sofort, wenn ich bei ihr bin.«

»Tom. Bitte Warte!« Anette hält mich am Arm fest. Ihr Blick ist seltsam. Irgendwie besorgt. »Du bist nicht für alles Unrecht der Welt zuständig und musst dich auch nicht für jeden verantwortlich fühlen, der in Gefahr ist. Das mit Chris war nicht deine Schuld. Es war ein Unfall.«

Ich verstehe immer noch nicht, wovon sie redet.

»Die vielen Termine diese Woche und die Telefonate. Ich bin Leiterin des Ermittlungsausschusses bezüglich des Unfalles. Chris musste sterben, weil es einen Maulwurf gab. Dein Kommando wurde damals bereits erwartet. Sie wussten, dass ihr kommt. Dich trifft keine Schuld! Ich wollte dir früher etwas sagen, aber ich musste warten, bis alle Beweise vorliegen.«

Ich weiß nicht, warum sie mir das ausgerechnet jetzt sagt, aber ich spüre Erleichterung. Es ist, als ob eine Wunde sich schließt. Ein Lächeln bahnt sich seinen Weg.

Diesmal bin ich es, der ohne Gruß zur Tür herausrennt. Ich sehe rot. Das ist gefährlich in meinem Job. Die Angst, Claudia könnte etwas passieren, übermannt mich.

Fantasie oder Einbildung

Claudia

Als ich die Augen wieder öffne, ist es schon spät. Sehr spät. Ein Blick auf die Uhr lässt mich hochschrecken: 17:55 Uhr. Habe ich so lange geschlafen? Anscheinend bin ich erschöpfter, als ich es zugeben würde. Es muss jemand in der Wohnung gewesen sein, denn ich bin zugedeckt und meine Teetasse ist nicht mehr auf dem Tisch. Anstelle dessen liegen dort ein Zettel und ein Päckchen.

Der Zettel ist von meiner Mutter, das erkenne ich an der Handschrift.

Liebe Claudia,
die letzten Tage müssen sehr anstrengend gewesen sein. Wir haben dich versucht zu wecken, es aber nicht geschafft. Ruh dich aus. Wir nehmen die Jungs mit zu uns. Es gibt keine Neuigkeiten aus dem Krankenhaus. Evelyn ist erstmal wieder eingeschlafen, die Ärzte sagen aber, das wäre ganz normal. Wir sollen morgen früh wieder anrufen. Den Jungs haben wir vorerst noch nichts gesagt.
Mama

PS: Da hat ein sehr gut aussehender Mann ein Päckchen für dich abgegeben!!!

Meine Mutter ist die Beste. Sie unterstützt mich, wo sie nur kann, dabei hat sie selbst gerade einen gesundheitlichen Tiefpunkt erreicht.

Jetzt fällt mein Blick auf das Päckchen. Voller Vorfreude schnappe ich es mir und versuche anhand der Form herauszufinden, was darin ist. Nie hätte ich gedacht, dass Tom mir schreibt oder gar eine Aufmerksamkeit schickt.

Ein zartes Flattern in meinem Bauch bestätigt den Wunsch meines Herzens. Ein Lächeln umspielt meine Lippen. Vorsichtig löse ich das Geschenkband. Sehr edles Seidenpapier enthüllt eine kleine Schachtel. Als ich den Deckel abnehme, entdecke ich meine Lieblingspralinen. Ich bin süchtig nach Pralinen. Keines meiner Bücher wäre so schön geworden, wenn ich nicht immer eine Packung davon in der Schreibtischschublade gehabt hätte.

Woher weiß Tom von meinem süßen Laster? Wahrscheinlich hat er sie gesehen, während er mit seinem Kollegen an meinem PC gewerkelt hat. Auf einer kleinen silbernen Karte steht in einer sauberen Handschrift:

Eine kleine süße Verführung.
Lass es dir schmecken, mein Engel,
die große kommt später nach …

Wow, ich weiß gar nicht, was ich sagen soll. Meine fröhliche Stimmung ist kaum noch zu übertreffen. Ich lasse mir Praline für Praline schmecken und freue mich auf das, was später kommen würde.

Vielleicht sollte ich ihm eine Nachricht schreiben und mich bedanken? Oder ich nutze die Zeit, um mir etwas Aufreizendes anzuziehen. Was Schickes für drunter besitze ich in Massen. Leider habe ich in den letzten drei Jahren kein einziges Date gehabt und mir deshalb auch nicht so viel aus der aktuellen Mode gemacht. Mit Jeans und einem enganliegenden schwarzen Oberteil kann man ja bekanntlich nichts falsch machen.

Anschließend setze ich mich an den PC. Mit meiner guten Stimmung werde ich auch die unfreundlichsten Posts meiner *Hater* ertragen.

Zuerst schaue ich im Konto nach meinen Verkaufszahlen, nur um festzustellen, dass meine Bücher seit genau vier Tagen gar nicht mehr gehen. Ich hatte gehofft, dass es nicht so schlimm ist. Das wird bestimmt wieder, die Leute müssen sich nur wieder beruhigen. Den Buchpreis kann ich mir so abschminken. Dabei war ich mir dieses Jahr so sicher. Wenn sie mir nur nicht alles genommen hätte!

Wieder setzt dieser Schwindel ein. Ich kann sehen, wie sie über mich lacht. Laut lacht. Wie sie ihren Freunden von mir erzählt und ihnen den Tipp gibt, dass meine Bücher eine gute Vorlage sind. Alle haben sie mitgemacht, obwohl ich jeden einzeln angeschrieben und den Betrug erklärt habe. Niemand hat auf mich gehört, wirklich niemand. Die dunklen Schatten überkommen mich. Wut steigt in mir auf. Ein neuer Post auf der Ellen-Carter-Fan-Seite lautet:

Wie ihr mitbekommen habt, ist der Mörder von Ellen immer noch auf freiem Fuß. Die Ermittlungen dauern an.

Wir sind sehr betroffen, dass Ellens Antlitz in dieser schweren Zeit von einer Autorin beschmutzt wird. Behauptungen wie: Ellen sei ausgebrannt gewesen und habe nur noch bei anderen kopiert, sind völlig aus der Luft gegriffen.

Am Wochenende wird die Beisetzung auf dem Hauptfriedhof stattfinden. Während der Trauerfeier in der Pauluskirche werden wir aus ihrem Buch lesen, welches eigentlich durch Ellen selbst veröffentlicht werden sollte.

Damit ihr alle dabei sein könnt, haben wir keine Mühen gescheut und werden die Lesung vor der Kirche auf einer Großbildleinwand übertragen.

Wir laden euch ein, dabei zu sein. Ellen würde es sich so wünschen und wir freuen uns über jeden ihrer treuen Fans.

Den Titel des Buches mochten wir schon heute bekannt geben. Das Buch wird wie gewohnt durch Ellens Schwester, Cynthia Carter, veröffentlicht.

Es heißt: Das saphirblaue Spindelmädchen.

Eure Mirjam Greif und euer Holger Brecht

Das kann unmöglich wahr sein! Das wagen die nicht! Die können doch nicht einfach mein Buch komplett übernehmen – samt Titel!

Meine düstere Stimmung wandelt sich direkt in Verzweiflung. Die Schatten umziehen mich wie ein Mantel. Meine Gedanken beschleunigen sich. Mein Herz rast.

Das Buch habe ich auf meiner eigenen Fanseite schon vorgestellt, auch wenn ich es aus Angst vor Kopierern nicht veröffentlichen wollte. Ich habe nicht viele Follower, aber diese wenigen müssten sich doch daran erinnern können. Sofort schaue ich nach. Das Ergebnis ist ernüchternd: Meine Buchvorstellungen sind gelöscht. Die Anzahl meiner aktuellen Follower beträgt zwei. Meine Mutter und ein weiteres Pseudonym.

Der Schlag trifft mich hart. Sie haben es geschafft. Ich bin raus. Alles, was ich mir aufgebaut habe, ist vernichtet worden. Es fängt bereits an, dunkel zu werden – draußen sowie in meinem Herzen. Der Schmerz und die Wut beherrschen mich. Ich starre wie gelähmt auf den Bildschirm und kann nicht glauben, wie gemein Menschen sein können. Mein Atem beschleunigt sich. Meine Schläfen pochen wie wild und ich reibe darüber. Mir schwindelt etwas und Dunkelheit breitet sich nun auch in meinem Kopf aus. Kleine weiße Buchstaben tauchen vor meinen Augen auf:

Es ist vorbei.
Du bist nicht mehr dabei.
Wir haben dir alles genommen.
Es ist Zeit zu gehen.

Mein Verstand scheint vernebelt, ich kann nicht mehr einschätzen, ob die Worte real sind oder nicht. Ich reibe mir die Augen, doch es nützt nichts. Die Worte stehen auf meinem Bildschirm. Der Cursor blinkt in der Mitte. Die Schrift ist so klein, dass ich mich ganz stark darauf konzentriere, abwartend, welche Worte als nächstes kommen. Der Cursor fängt erneut an, sich zu bewegen. Es sind keine Buchstaben oder Zahlen. Er zieht Kreise, große und dann kleine. Das kenne ich irgendwoher.

Ich bin wie gelähmt, kann nicht aufstehen, nicht handeln, nicht schreien. Irgendetwas in mir befiehlt mir, sitzen zu bleiben. Jetzt tauchen Bilder vor meinen Augen auf:

Bilder von mir und meiner Familie.

Zeitungsausschnitte von dem schrecklichen Unfall meiner Schwester und deren Familie.

Die Todesanzeige meines Schwagers.

Ein Bild von Mirjam Greif und Holger Brecht mit meinem Buch in der Hand.

Ein Bild von Tom und einer wunderhübschen Frau an seiner Seite.

Ein etwa achtjähriger Junge, der bewundernd zu Tom aufschaut.

Von Ellen Carter, wie sie tot auf ihrem Schreibtisch liegt.

Der Bildschirm wird schwarz und der Cursor blinkt. Mein Kopf scheint zu explodieren. Was geht hier vor? Jetzt fängt der Cursor an, sich zu bewegen. Buchstaben ergeben Worte mit einer Botschaft:

Sie hat dir den Weg gezeigt.

Folge ihr!

Ich höre noch das Klingeln in der Ferne. Es ist weit weg. Meine Arme bewegen sich, aber ich kann nicht sagen, was sie machen. Mein Geist ist wie ferngesteuert, während ich versuche, die Bilder zu verarbeiten. Das Klingeln wird immer leiser. Es rüttelt etwas an der Tür und ich meine, meinen Namen zu hören. Jemand ruft leise meinen Namen. Da ist noch eine andere Stimme, eine fremde. Sie gibt mir Anweisungen. Diese Stimme scheint mir reell und ich klammere mich daran. Sie ist das Einzige, was mir echt vorkommt. Ich sehe ein Licht. Dann verspüre ich einen Schmerz. Einen starken Schmerz. Woher er kommt, weiß ich nicht. Nur, dass ich müde bin. Wahnsinnig müde. Die Stimme sagt mir, ich soll jetzt schlafen. Einfach schlafen. Ich schrecke kurz noch mal hoch – da tritt jemand vor meine Tür. Dann schlafe ich ein. Endlich kann ich schlafen.

Rettung in letzter Sekunde

Claudia

Irgendwer rüttelt an mir. Ich öffne die Augen. Ein helles Licht blendet mich. Alles ist weiß. Ich fühle mich schwach und schließe wieder die Augen. Eine Hand berührt mich sanft und streichelt meine Wange. Genug Motivation, um es noch einmal zu versuchen. Es lohnt sich: Ich sehe in die leuchtend blauen Augen von Tom Erkelenz. Er lächelt mich an, aber irgendwie gequält. Immer noch ist alles weiß um mich herum. Obwohl meine Augen jetzt offenbleiben, strengt mich jede Bewegung an. Ich versuche zu sprechen, aber mein Mund ist so trocken. Tom greift nach einem Becher mit Wasser und hält ihn mir an die Lippen. Der Becher hat einen Trinkschnabel, wie für kleine Kinder. Als ich gierig den ersten Schluck nehme, verstehe ich auch den Grund dafür. Ich habe gerade so die Kraft, meinen Mund leicht zu öffnen. Tom lässt langsam ein paar Tropfen Wasser über meine Lippen fließen – und es tut so unglaublich gut. Er stellt den Becher weg. Ich möchte ihn daran hindern und versuche, meinen Arm auszustrecken. Der Schmerz trifft mich völlig unvorbereitet. Es fühlt sich an, als ob sich tausend kleine Nadeln in meine Hände bohren. Tom legt seine Hand zart auf meine.

»Du solltest deine Arme nicht bewegen«, flüstert er.

»Warum nicht?«, frage ich verwundert und schaue an mir herunter. Dabei stelle ich fest, dass ich in einem Krankenhausbett liege, daher ist auch alles hier so weiß. Das Zimmer kommt mir bekannt vor. Es sieht so aus wie in der Klinik, in der meine Schwester liegt. Sogar die Ärztin, die jetzt hereinkommt, sieht so aus wie ihre. Sie spricht mit mir und ich gebe mir große Mühe, sie zu verstehen.

»Guten Morgen, wie fühlen Sie sich?«, fragt sie freundlich.

Meine Stimme ist ein einziges Krächzen.

»Sie hat getrunken!«, antwortet er für mich. Dieser wunderbare Tom.

»Sie haben viel Blut verloren und großes Glück gehabt. Wenn Ihr Mann nicht so schnell reagiert hätte, hätten wir nichts mehr für Sie tun können«, erklärt mir die Ärztin melancholisch und klopft dabei Tom auf die Schulter.

Mein Mann? Gerettet? Wovon reden die? Vor was hat er mich gerettet? Zeit zum Nachdenken bleibt mir nicht, denn jetzt blendet sie meine Augen mit einem laserstarken Licht. Der Schmerz durchfährt mich bis ins Mark. Die Ärztin scheint zufrieden mit ihrem Werk zu sein.

»Ich lasse Sie zwei jetzt erstmal allein und sehe später noch einmal nach Ihnen. Schön, dass Sie wieder bei uns sind, Frau Erkelenz.«

»Frau Erkelenz?«, krächze ich fragend.

»Gefällt es dir nicht?«, fragt Tom und blickt mich enttäuscht an. »Sei ganz beruhigt. Als ich dich gestern Abend hergebracht habe, sind die Schwestern fälschlicherweise davon ausgegangen, dass wir verheiratet sind. Ich habe es am Empfang bereits richtiggestellt. Der Ärztin werde ich auch noch die Wahrheit sagen. Aber zunächst ... Du weißt ja, nur Familienangehörige dürfen zu den Patienten.«

Das ist alles zu viel für mich. »Was ist eigentlich passiert?«, frage ich.

»Das wissen wir leider noch nicht. Als ich dich gefunden habe, lagst du vor deinem Computer, die Hände auf der Tastatur. Du hast dich mit einer Schreibfeder verletzt. Der Tathergang ist derselbe wie bei Ellen Carter«, erklärt er mir und reicht mir erneut das Wasser.

»Kannst du dich an irgendetwas erinnern? Es wäre sehr hilfreich«, fragt Tom.

»Da waren Worte und Bilder, sie waren nicht schön ...«, stammele ich.

»Auf deinem PC?«

»Ja, sie sind einfach so auf dem Monitor aufgetaucht«, berichte ich.

»Das geht doch nicht. Bist du sicher?«

Warum fragt er das? Natürlich bin ich sicher.

»Aber ich habe die Bilder doch gesehen. Sie waren da«, beschwöre ich ihn.

»Okay«, sagt er beschwichtigend. Doch ich weiß genau, Tom zweifelt an meiner Aussage. »Du musst mir glauben«, bitte ich ihn.

»Man weiß noch nicht, wie du es geschafft hat. Aber du hast dir mit deiner Schreibfeder die Pulsadern aufgeschnitten«, erklärt er mir.

Bei seinen Worten schmerzen meine Arme noch mehr. »Aber wie …«, wispere ich.

»Ich war auf dem Weg zu dir und hatte ein ungutes Gefühl, als ob du in Gefahr wärst. Bei dir war es dunkel, nur dein Monitor hat geflackert. Ich habe Sturm geklingelt, aber du hast nicht geöffnet, also habe ich die Tür eingetreten.«

Er stockt kurz, bevor er weiterredet. Es muss ihn sehr mitgenommen haben.

»Du saßt vor deinem PC. Aus deinen Armen floss Blut. Ich wusste nicht, dass du Herz-Kreislauf-Probleme hast, konnte aber sehen, dass nicht viel Zeit blieb. Zum Glück hast du dich waagerecht geritzt und nicht senkrecht, sonst …« Er bricht ab. Sein Blick ist liebevoll und ängstlich zugleich.

»Ich verstehe nicht …«

»Du nimmst doch Blutverdünner, oder?«, fragt er irritiert.

Wie kommt Tom darauf? Ich starre ihn einen Augenblick verwirrt an, dann fällt mir etwas ein. »Die Pralinen! Waren die Pralinen von dir? Meine Lieblingspralinen?«

So wie er mich anguckt, waren sie nicht von ihm. Ich bin etwas enttäuscht, bevor seine Worte zu mir durchdringen. Er hat mein Leben gerettet, das ist besser.

»Welche Pralinen?«, fragt er irritiert.

»Ich weiß genau, was hier vorgeht!«, rege ich mich auf. »Dieser Brecht und ...« Meine Stimme versagt.

»Du musst dich ausruhen, bitte. Wir haben eine Theorie. Mehr kann ich nicht sagen.«

Tom greift erneut zum Wasser. Mein Mund fühlt sich an wie eine verschrumpelte Tomate. Wohltuend spüre ich die Flüssigkeit meine Kehle herunterlaufen.

»Tom, sag mir, was du denkst, bitte«, flehe ich ihn an.

Er überlegt und legt den Kopf schief. »Die Vermutung liegt nahe, dass Brecht dahintersteckt, aber es gibt noch nicht ausreichend Beweise. Dein PC ist noch mal gecheckt worden. Da hat niemand darauf zugegriffen«, erklärt er mir.

»Aber woher kamen die Bilder ...?«, frage ich verzweifelt.

»Das werden wir herausfinden«, verspricht mir Tom.

»«Du musst diese Mörder schnappen«, flehe ich ihn erneut an.

»Vielleicht solltest du dich noch etwas ausruhen. Es gibt ein paar Ungereimtheiten, die ich noch mit dir besprechen muss. Daher wäre es besser, wenn du noch etwas Zeit hast, dich zu sortieren.«

Tom steht auf und macht Anstalten zu gehen. Kein Kuss? Er drückt mich nicht mal. Sicher will er mir nicht wehtun. Ich bin dermaßen erschöpft, dass meine Lider von allein zuklappen. Der Schlaf umfängt mich und lässt mich wilde Theorien durchleben. Ellen klagt mich an, sie falsch verdächtigt zu haben. Brecht und Greif wären schon immer meine wahren Feinde gewesen. Dann sehe ich das gemeine Lachen von Cynthia Carter. Was hat sie mit der Sache zu tun? Und seit wann sieht sie ihrer Schwester so sehr ähnlich?

Von einem lauten Rufen und Türschlagen werde ich wieder wach.

»Tante Claudia!«, rufen die Jungs und stürmen herein. Gefolgt von meinen Eltern, die sehr bedrückt aussehen.

Fynn umarmt mich. Dann fragt er ernst: »Was macht denn der Mann von den Städtischen Werken hier? Warum sitzt er draußen auf dem Flur?«

Ein ferngesteuerter Mord

Tom

Beim Anblick von Claudias Familie durchzuckt mich ein Stechen. Der Gedanke, dass sie bereits tot sein könnte, geht mir unter die Haut. Wieder konnte ich jemanden nicht beschützen.

Ein ferngesteuerter Mord? Ist das möglich? Meine Theorie nimmt Gestalt an, doch wie …

»Claudias Großer geht an mir vorbei und schaut mich stirnrunzelnd an. Kurz entschlossen halte ich den Jungen am Arm fest. »Hey, Fynn, kann ich dich was fragen?«

»Klar. Aber erstmal darf ich was fragen, oder?«, kontert er selbstbewusst.

»Was willst du wissen?«, antworte ich.

»Sie sind nicht wirklich von den Städtischen Werken, oder?« Er legt seinen Kopf schief, so wie man ein Kind ansieht, wenn man es beim Lügen erwischt.

Fast muss ich lachen, verkneife es mir aber. »Scharfer Verstand. Deine Tante wollte dich nicht beunruhigen. Ich bin von der Polizei«, erkläre ich mich.

»Keine Sorge, sie hatte schon schlimmere Freunde«, erwidert er grinsend.

»Deine Tante hat einen blauen Plastikdinosaurier mit großen Augen im Regal stehen. Weißt du, woher sie den hat?«, frage ich direkt heraus.

»Keine Ahnung, der stand halt irgendwann da. Ist noch nicht lange her. Wir haben uns auch gewundert, was sie mit so einem hässlichen Ding will«, bestätigt er meinen Verdacht und verabschiedet sich.

Sprachlos gehe ich den Flur entlang. Ob sich auch darin eine Überwachungskamera , oder ähnliches verbirgt?

»Hey, Tom. Wohin des Weges?«, höre ich eine Stimme, die weder freundlich klingt noch überrascht, mich hier zu sehen.

Sarah!

»Wie schön, du bist auch hier«, bemerke ich und grinse sie an.

»Du hast Glück, dass sie noch lebt. Merkst du nicht, was du ihr antust? In so einem schlechten Zustand habe ich sie noch nie gesehen.«

»Schlechter Zustand? Noch nie. Hat sie schon einmal versucht, sich das Leben zu nehmen?«, frage ich schockiert.

»Natürlich nicht. Aber sie hat psychische Probleme. Seit dem Unfall hat sie mit Angstschüben zu tun.« Völlig verzweifelt fasst sie sich mit den Zeigefingern an die Schläfen, reibt kurz darüber und überlegt ihre nächsten Worte gut. Ich sehe, dass es sie Überwindung kostet. Ihre Stimme klingt weicher, fast flehend. »Tom, siehst du nicht, was hier geschieht? Sie haben sich gegen Claudia verschworen. Alles soll so aussehen, als ob sie Ellen Carter fertiggemacht hat. Nur wegen diesen bescheuerten Büchern. Sie sind am Ende mit ihrem Abschreiber-Trupp. Ihnen gehen die Ideen aus. Das, was sie herausgebracht haben, ist nicht gut genug. Die Fans haben auf etwas ganz Großes gewartet. Verstehst du, denen geht langsam das Geld aus. Claudi soll der Sündenbock für die sein«, beschwört sie mich.

Da scheint noch mehr zu sein. Ich sehe das Feuer in ihren Augen und beschließe nachzufragen: »War es das? «

Jetzt explodiert etwas in ihr, sie spannt sich am ganzen Körper an. Ihr Brustkorb hebt und senkt sich sichtbar. Die Hände sind zu Fäusten geballt. Sie muss sich beherrschen, mir nicht an den Hals zu gehen.

»Du hast echt Eier! Du verdrehst der Beschuldigten in deinem ersten Mordfall den Kopf, setzt ihr Flausen in den Kopf und machst sie zu deinem Werkzeug. Das hätte ich nicht mal dir zugetraut«, schimpft sie mir entgegen.

»Bitte was?«, entfährt es mir völlig irritiert.

»Wie ein verliebter Teenager himmelt sie dich an. Seit Jahren hatte sie kein Date mehr, war immer für die Jungs da und ist selbst voll

Trauer und Verzweiflung. Dann kommst du daher und denkst dir, ihr einfach so den Kopf zu verdrehen, nur um sie nach der ersten Nacht wieder fallen zu lassen …«

»Spinnst du? Was redest du denn da?«, schnauze ich.

Genau in diesem Moment sehe ich Anette hinter Sarah auftauchen. Ob sie unsere Diskussion gehört hat? Ich hoffe nicht, denn dieser Schwachsinn lässt mich in keinem guten Licht dastehen.

»Tom. Dachte ich mir, dass du hier bist. Sarah«, begrüßt und meine Chefin.

»Hey, Anette«, grüßt Sarah und hat Not, ihre Wut runterzuschlucken.

Unfähig etwas zu sagen, drehe ich mich um. Es bleibt mir kaum Zeit, über Sarahs Worte nachzudenken, da überkommt mich ein weiteres unwohles Gefühl. Nachdem ich gestern Abend mit Claudia ins Krankenhaus gefahren bin, habe ich Anette nur kurz angerufen. Als ich ihr erklärt hatte, was passiert ist, habe ich einfach aufgelegt. Zu groß war die Sorge um Claudia. Wie in einem Tunnel habe ich agiert. Die Bilder haben sich mit denen von meinem eigenen Unfall vermischt. Da fällt mir ein, dass ich heute Morgen nicht beim Dienst erschienen bin. Unentschuldigt.

Schnellen Schrittes ist Anette bei mir.

»Na, Sportsfreund. Wie gehts der Patientin? Ist sie wohl auf?«, fragt sie spitz. In ihren Blick mischt sich Mitleid, kaum zu ertragen für mich. So haben sie mich alle nach dem Tod von Chris angesehen. Der Vorwurf darin ist ebenfalls nicht zu übersehen.

»Anette, es tut mir echt leid, ich wollte dich gestern nicht abwürgen, es ist nur ...« Weiter komme ich nicht.

»Tom, du siehst echt schrecklich aus. Ich brauch dich mit klarem Verstand bei der Arbeit. Wie wäre es, wenn du nach Hause gehst und dich ausruhst. Du hast die ganze Nacht hier im Krankenhaus verbracht. Schlaf dich aus. Wir sehen uns morgen früh auf der Dienststelle. Dann können wir alles weitere besprechen«, bestimmt Anette.

Sie scheint nicht sauer zu sein. Erleichtert atme ich auf. Die Müdigkeit überkommt mich plötzlich wie eine betonschwere Decke.

Sarahs Anschuldigungen machen mir zu schaffen, vor allem: Hat Claudia wirklich mehr in mir gesehen? War sie tatsächlich verliebt in mich?

Ich werfe Anette einen verzweifelten Blick zu. »Wir sehen uns morgen«, sage ich an sie gewandt und verlasse das Krankenhaus. Die Sonne trifft meine müden Augen. Mit der Hand schirme ich die kräftigen Strahlen ab. Im Auto greife ich nach meiner Sonnenbrille. Meine Beine werden schwer und eisige Kälte zieht von den Knien hinauf bis in meinen Oberkörper. Diesen Zustand habe ich schon öfters gespürt. Es sind Momente, in denen ich wieder neben Chris stehe. Alles dreht sich um mich herum. Es wird eine Weile dauern, doch die Zeit hat mich gelehrt, dass es vorbeigehen wird.

Böses Erwachen

Tom

Am späten Nachmittag wache ich auf. Mein Nacken ist steif. Ich habe noch eine Ewigkeit im Auto gesessen, bis ich nach Hause fahren konnte. Nun fühle ich mich leer, energielos. Mein Kopf lehnt es ab nachzudenken. Jedes Gefühl, das ich zulasse, führt unweigerlich wieder in einen Schockzustand. Zu tief bin ich im Geschehen, zu verworren der ganze Fall. Warum überkommt mich das Gefühl, mit Frau Peters reden zu wollen? Nicht jetzt, nicht sie.

Schnell tippe ich eine Textnachricht auf meinem Smartphone. Ungeduldig warte ich auf Antwort.

»In einer Stunde im Park. Die kleine Bank am See«, lese ich laut.

Voller Vorfreude bereite ich mir ein kleines Frühstück. Kaffee und Toast. Doch genießen kann ich es nicht.

Im Bad erwartet mich ein Monstrum im Spiegel. Lange habe ich nicht mehr so gestresst ausgesehen. Duschen, rasieren und alles in Rekordgeschwindigkeit. Das Ergebnis ist okay. Es ist mir wichtig, gut auszusehen. Sie ist mir wichtig.

Heike sitzt bereits auf der Bank. Als ich auf sie zugehe, lächelt sie mich an. Sofort durchströmt Wärme meinen Körper. Mein Puls beginnt zu rasen und doch fühlt er sich besser an als in den letzten Tagen. Allein ihr Anblick entspannt mich.

»Tom, hallo! Du siehst mitgenommen aus!«, begrüßt sie mich.

»Sicherlich ist das noch schmeichelhaft ausgedrückt. Danke für deine Feinfühligkeit«, entgegne ich.

Anschließend betrachte ich sie genauer. Lange Zeit war sie die Frau meines besten Freundes. Diese Tatsache hatte es nicht wichtig gemacht, ob sie mir als Frau gefällt, ob ich sie sexy finde oder attraktiv.

Nach Chris‘ Tod haben wir uns nicht bemüht, dem anderen etwas vorzuspielen. Oft saß sie in ihren bequemen Schlabberpullis neben mir und wir haben zusammen geweint, zusammen getrauert. Mussten nicht reden, um zu verstehen. Wenn nichts mehr geholfen hat, bin ich zu ihr gefahren – meine Seelenverwandte, so wie heute. Mittlerweile sehe ich mehr in ihr. Chris und sie waren so glücklich. Er hat sie aus tiefstem Herzen geliebt, vergöttert, sie auf Händen getragen.

»Kann es sein, dass du dich in etwas reingesteigert hast, wovon du lieber die Finger gelassen hättest?«, unterbricht sie die Stille.

»Es hat so gutgetan. Endlich habe ich mich wieder nützlich gefühlt. Ich wollte ihr helfen. Das Unrecht bekämpfen, dass ihr zugestoßen ist …«, erkläre ich ihr.

»Kannst du denn überhaupt noch objektiv sein?«, fragt Heike und sticht damit in ein Wespennest. Genau die Frage stelle ich mir seit gestern unentwegt.

»Ich weiß es nicht«, gebe ich ehrlich zu.

Wir schauen eine Weile auf den Teich. Die Enten schnattern und ein paar kleinere Kindern teilen heimlich ihre Kräcker mit ihnen. Das glänzende Wasser hat eine beruhigende Wirkung auf mich. Die hohen Kastanien um den See machen die Umgebung zu einem geschützten Ort. Man fühlt sich ungestört und ist doch mittendrin.

»Ich habe das Buch gelesen, dass du mir gegeben hast«, sagt Heike ganz plötzlich.

»Und?«, frage ich überrascht.

»Es ist sehr bildhaft geschrieben, gute Ideen. Ich mag den Schreibstil, auch wenn er noch sehr unrein ist. Zu lange Sätze, zu viele Adjektive und klischeebehaftet. Die Helden sind sehr soft und romantisch«, berichtet sie.

»Zu soft?«, frage ich und richte mich automatisch auf. Spanne meine Muskeln an und versuche mich an einem strengen Blick.

Wir müssen beide unwillkürlich lachen. Es tut gut, wirkt befreiend.

»Es ist nichts Neues, die Geschichte ist ganz nett, aber zu sehr Mainstream. Ellen Carter hat eine eigene Art zu schreiben. Ihre Ideen waren für den einen schräg und für den anderen genial. Sie hat polarisiert. Sprachlich kann ihr kaum einer das Wasser reichen. Ich halte es für ausgeschlossen, dass sie es nötig hatte, bei einer unbekannten Hobbyautorin abzuschreiben.«

Die Worte von Heike klingen hart.

»Könnte es sein, dass sie nur die Ideen gestohlen hat, also die Hintergrundstory?«, frage ich. Denn so hat es Claudia dargestellt.

»Du musst den Leser mit den Worten fangen. Er möchte das Gefühl haben, an einem Ort zu sein, den er noch nicht kennt und wenn doch, muss du es ihm einzigartig verkaufen. Das war Ellens Stärke. Gute Ideen reicht da nicht aus«, erklärt Heike.

»Könnte es auch Zufall sein, dass sie die gleichen Ideen hatten, also ich meine Ellen Carter und Claudia Kramer?«, frage ich noch einmal ganz genau.

»Dir liegt etwas an ihr, richtig?« Die Frage kommt unerwartet und spontan und genauso antworte ich darauf: »Nicht so viel wie an dir.«

Unsicher schaut mich Heike an.

»Verzeihung, das hätte ich nicht sagen dürfen. Irgendwie wollen mir alle einreden, ich hätte Gefühle für Claudia Kramer, dabei ist es eher eine Art Fürsorge, wie bei einem Kind, für das man verantwortlich ist.«

»Du musst dich nicht entschuldigen«, sagt Heike sanft und legt ihre Hand auf meine. Es fühlt sich so unglaublich gut an.

»Unsere Treffen sind für mich überlebenswichtig. Du warst für mich da, als ich nicht mehr weiterwusste. Lass uns unsere Schatten besiegen und dann schauen wir, was daraus wird. Okay?«

Scham und unglaubliche Freude mischen sich. Bisher habe ich es nicht wahrhaben wollen, aber jetzt, da sie es ausgesprochen hat, kann ich die Gefühle nicht zurückhalten.

»Du hast Schatten gesagt. Dieses Wort hat Claudia Kramer auch benutzt«, sage ich mehr zu mir als zu Heike.

»In der Psychologie werden Persönlichkeitsstörungen oder vorübergehende Angststörungen oft als Schatten bezeichnet.« Jetzt überlegt Heike kurz. »Nach allem, was du erzählt hast, hat Claudia Kramer sicher psychische Probleme. Sie tut dir nicht gut. Es ist noch zu nah an deinem eigenen Trauma. Sieh zu, dass du unbeschadet aus der Sache rauskommst.«

Die Wahrheit kommt ans Licht

Tom

»Guten Morgen, Tom«, begrüßt mich Anette.

Sofort bekomme ich das Gefühl, mich entschuldigen zu müssen.

»Verzeih noch mal wegen gestern ...«, beginne ich unsicher.

»Du hättest nicht bei ihr bleiben dürfen. Die Kramer war gut versorgt.« Anette scheint eher besorgt, als sauer zu sein.

»Ich wollte sichergehen, dass sie überlebt«, erkläre ich mein Verhalten.

»Du hast dich als ihr Mann ausgegeben und die ganze Nacht an ihrem Bett gesessen. Was meinst du, hättest du tun können? Du bist kein Arzt. Ihr Schicksal lag nicht in deinen Händen«, wirft sie mir vor.

Es ist fast angenehm, dass ihre Stimme etwas lauter klingt, denn sie hat das Recht, sauer zu sein. Mein Verhalten war absolut inakzeptabel. Schuldbewusst setze ich mich ihr gegenüber an den Besprechungstisch.

»Ich hatte das Gefühl, wenn ich gehe, stirbt sie. Wieder einmal lag jemand hilflos da und hat um sein Leben gekämpft. Wieder stand ich machtlos daneben. Es war das Einzige, was ich tun konnte – da zu sein.

Als Chris starb, war ich mit meinen eigenen Verletzungen beschäftigt. Kein Abschied, kein letzter Anblick, keine letzten Worte. Das wollte ich nicht noch mal zulassen«, versuche ich es ihr zu erklären.

Anette lehnt sich über den Tisch, schaut mir fest in die Augen und sagt beschwörend: »Die Kramer ist die Beschuldigte in unserem Mordfall, sie ist niemand, dem du verpflichtet bist, im Gegenteil, du solltest dich privat von ihr fernhalten.«

»Du hast recht«, antworte ich resigniert.

»Tom, du hast gute Arbeit geleistet, auch wenn deine Verbindung zu Claudia Kramer nicht okay ist«, redet Anette weiter auf mich ein.

»Verbindung würde ich es nicht nennen, klingt ja schon fast wie eine Beziehung ...« Ich entziehe mich ihrem strengen Blick, denn das Thema nervt langsam.

»Ist es das?«, fragt Anette und ich verstehe nicht, worauf sie hinaus möchte. Es muss seltsam für sie sein, dass ich mich für Claudia so einsetze. Für sie ist sie bestimmt nur eine Nummer. Der aktuelle Fall eben.

»Danke, dass du nicht sauer bist«, sage ich schnell, um die Stille zu überbrücken.

»Tom, ich will ehrlich zu dir sein. Ich hatte es für eine gute Idee gehalten, dass du im K11 eingesetzt wirst. Es sollte dich eigentlich ablenken. Dir Zeit geben, wieder zu dir zu kommen, bis du eine neue Stelle anfängst. Mittlerweile denke ich, es war ein Fehler.« Auch Anette hat sich zurückgezogen. Sie redet gerade als Chefin mit mir.

»Wie kommst du darauf?«, frage ich nun vollkommen irritiert.

»Ich weiß, dass du bei Claudia Kramer übernachtet hast. Du versuchst permanent, sie zu beschützen und du fühlst dich für sie verantwortlich. Du hast die Sache mit Chris noch nicht verarbeitet. Ich überlege, dich von dem Fall abzuziehen ...«, redet sie ohne Pause auf mich ein.

Vor Empörung springe ich auf. »Das kannst du nicht machen, nicht, bevor ich dir die neueste Entwicklung erzählen konnte.«

Anette scheint zu überlegen und ich weiß auch, warum. Der ganze Fall ergibt einfach keinen Sinn.

»Hör es dir wenigstens an, dann kannst du entscheiden«, fordere ich sie auf und erzähle ihr von dem Plastikdinosaurier in Claudias Wohnung. Seine Augen und der Möglichkeit, dass auch dort eine Kamera eingebaut wurde. Details kann ich nicht wiedergeben, aber es ist genug, um Anette zum Überlegen zu bringen.

»Wo soll die Überwachungskamera denn herkommen?«, fragt Anette skeptisch. «Wenn es sich um die gleiche handelt wie bei Ellen

Carter, müssen sie einen gemeinsamen Feind gehabt haben.«

»Dieser Einbruch bei Claudia Kramer nur wenige Tage nach dem Mord an Ellen Carter. Der Täter hat nur eine Haarbürste gestohlen, das kam mir damals schon seltsam vor«, sage ich und verstehe in diesem Moment, wie alles zusammenhängt. Endlich.

Anette steht auf und geht zu der Motivwand. Sie sucht nach dem Bild der Bürste. »Es wäre durchaus möglich, dass er die Bürste nur als Ablenkung mitgenommen hat. In Wirklichkeit wollte er nichts stehlen, sondern etwas hinstellen. Den Dino.« Anette tippt sich mit dem Finger an die Lippen. Sie scheint zu überlegen. «Von der Bürste könnte man natürlich auch Fingerabdrücke kopiert haben, um sie dann in unserem System auszutauschen.«

«Wir suchen also nach jemanden, der nicht nur einen Nutzen von dem Tod beider Autorinnen hat, sondern auch das nötige Know-how besitzt«, ergänze ich Anettes Ausführungen.

Mittlerweile stehe ich neben ihr vor der Motivwand. Wir betrachten die Beweise und überlegen still.

»Tom, ich will ganz ehrlich sein, glaubst du wirklich, dass das möglich ist?« Jetzt schaut sie wieder so pikiert, was soll das?

»Wir sollten es in Betracht ziehen«, fordere ich hartnäckig.

»Was hat die Forensik gesagt? Bisher haben sie nichts feststellen können. Richtig?« Anette bleibt standhaft. Sie zieht die rechte Augenbraue hoch. Irgendwie fühle ich mich gerade wie der Angeklagte.

»Vielleicht liegt es auch an dem seltsamen Router?«, überlegt sie laut.

»Ähm, den hat ein Freund vom SEK eingebaut. Schon nach dem ersten Vorfall. Man kann ihn genauer auslesen und gelöschte Daten ermitteln«, gebe ich zu. Nun fühle ich mich ertappt. Ich hätte Anette sagen sollen, dass ich das veranlasst habe.

»Den ersten Teil deiner Erklärung habe ich nicht gehört.« Anette zieht die Stirn kraus und sieht nun noch verzweifelter aus.

»Was ist rausgekommen?«, fragt sie interessiert.

»Das ist das Problem. Nichts.«

Das fehlende Puzzleteil

Tom

Minuten später sitzt die ganze Mordkommission versammelt im Besprechungsraum. Alle starren die Beweismittel und die Bilder der Verdächtigen an.

Sonja kam gehetzt zur Tür hinein. »Sorry, für die Verspätung«, beeilt sie sich zu sagen. Ihr Auftrag war es, das Netz nach weiteren Feinden von Ellen Carter zu durchsuchen, anscheinend erfolgreich, denn sie strahlt uns an und wedelt mit ihrem Notizblock. »Ich hab's!«, ruft sie. »Das fehlende Puzzleteil! Tatsächlich habe ich es.« Eilig stellt sie den Beamer an und positioniert ihren Laptop auf Anettes Schreibtisch.

»Ich habe endlich die Berechtigung zu der Ellen-Carter-Fangruppe bekommen. Es war schwer, die Admins zu überzeugen, dass ich dazugehöre. Erst als ich verstanden habe, dass es sich nicht um eine gewöhnliche Fanseite handelt, sondern eher um einen Zusammenschluss aus Hatern, konnte ich die Fragen zur Aufnahme richtig beantworten. Stellt euch vor, sie alle halten sich für Opfer von Raubkopien. Allen voran Claudia Kramer.

Die in dieser Gruppe nur *die Nymphe* genannt wird«, erklärt Sonja.

»Die Nymphe? Warum das denn?« Jochen rümpft die Nase. Man kann es allerdings nur schwer erkennen, da die überdimensionale BVB-Tasse sein halbes Gesicht verdeckt.

»Alle haben sich Namen von Fantasiewesen gegeben«, berichtet Sonja immer noch außer Atem. »Ich hätte fast nicht gemerkt, dass sie es ist, aber da sie die Gruppe gegründet hat, konnte ich ihre Zugangsdaten verlangen. Sie hat ihre Passwörter und E-Mail-Adressen mehrfach geändert. *Bücherlilie693@...* Die Erstanmeldung hat mit ihren Echtdaten stattgefunden. In dem Portal redet sie davon, dem ganzem Ideenklau ein Ende zu machen.«

»Du meinst, sie hat Ellen Carter doch umgebracht?«, fragt Anette.

»Nicht händisch, eher psychisch. Sie hat ihr auf allen Wegen mitgeteilt, dass sie jedem der ihr zuhört, berichten wird, dass Carter eine Betrügerin ist. Als Carter sich mit einer einstweiligen Verfügung gewehrt hat, hat sie versteckt gehandelt. Schon bald hatte sie eine ganze Reihe an Unterstützern gefunden, die mit ihr zusammen agiert haben. Sie haben eine amerikanische Software genutzt, um Texte zu vergleichen. Die Software heißt *CopyWrite* und ist eigentlich dafür gedacht Doktorarbeiten auf ein mögliches Plagiat zu überprüfen. Manche Autoren haben es sich zum Hobby gemacht, ihre Texte mit denen von berühmteren zu vergleichen, um sich vor dem Ideenklau zu schützen«, berichtet Sonja.

»Also stimmt es?«, hakt Anette nach.

«Die Software ist doch von Brecht?«, werfe ich dazwischen.

Sonja schaut mich verwundert an. «Nein, sie ist definitiv aus Amerika. Da bist du falsch informiert.«

«Wie kommst du darauf?«, fragt Anette. Doch dann... «Lass mich raten, das hat die Kramer behauptet.«

Ungläubig starre ich sie an. Claudia hat es so selbstverständlich gesagt, warum hätte ich daran zweifeln sollen?

Sonja übernimmt wieder und setzt ihre Theorie fort. »Das Problem ist, dass diese Software nicht mehr beweiskräftig verwendet werden darf. Zu viele Treffer haben sich im Nachhinein als falsch rausgestellt. Häufig hat sie auch die Kopie, als echt erkannt und das Original als Plagiat identifiziert. Es ist ein komplizierter Prozess, Textgleichheiten von kopierten Textpassagen zu unterscheiden«, führt Sonja aus und zeigt uns das besagte Programm, indem sie es an die Wand projiziert. Ich erkenne das Firmenlogo wieder: *BlueBooks*, Los Angeles.

»Bekannte Autoren haben viele Neider, auch wenn das Programm nicht beweissicher ist, so konnte Claudia Kramer doch überzeugende Argumente liefern, dass Ellen Carter ihre Bücher plagiiert. Eine Schande für eine Autorin und der Ruin für das betroffene Buch«, erklärt Sonja. »Carter stand mit dem Rücken an der Wand. Die Stimmen, sie sei ausgebrannt und würde sich mit fremden Ideen schmücken, wurden immer lauter. Dem Arztbericht zufolge, litt sie an Depressionen und einer massiven Schreibblockade. Sie hatte bereits eine Abhängigkeit für Kopfschmerztabletten entwickelt.« Sonja zeigte Ausschnitte aus Posts von der Carter-Fanseite.

»Du meinst also, die Kramer hat sie in den Selbstmord getrieben?«, frage ich entsetzt.

«Ich wette, sie hat ASS oder Ibuprofen-Tabletten eingenommen, als sie sich die Pulsadern aufgeschlitzt hat, die wirken blutverdünnend, was die Sauerei am Tatort erklärt«, sagt Anette resignierend und macht sich Notizen.

»Nicht Claudia Kramer allein hat die Carter fertig gemacht. Brecht und Greif haben ein Motiv und kommen als Trittbrettfahrer ins Spiel. Irgendwie müssen sie sowohl von den psychischen Problemen von der Kramer gewusst haben, als auch von den dauerhaften Depressionen der Carter. Sie würden davon profitieren, dass Carter nicht mehr im Mittelpunkt ihrer Arbeit steht. Gestern wurde im Netz verbreitet, Brecht sei in der Lage, übers Netz hypnotisieren zu können. Seine thematischen Seminare sind bis ins nächste Jahr ausgebucht. Sein Buch, das letzte Woche erschienen ist, war nach Minuten vergriffen und ist über Nacht zum Bestseller aufgestiegen.

Greif schreibt die Bücher von Carter weiter. Sicher hatte sie zuvor schon einen beachtlichen Schreibanteil. Endlich bekommt sie die Anerkennung dafür.« Auch diese Posts zeigt Sonja allen über den Beamer.

«Sie haben die beiden gegeneinander ausgespielt!«, sage ich leise. Es fällt mir wie Schuppen von den Augen. Wie konnte ich nur so doof sein.

»Was ist mit der Schwester?«, fragt Jochen dazwischen.

»Sie erbt die Rechte der Bücher von Ellen Carter. Allerdings ist sie die Einzige, die keine Geldsorgen hat, jedoch immer im Schatten der erfolgreichen Schwester stand.«

»Also eine Win-win-Situation für die drei. Sicher haben sie Ellen Carter aufgebaut, als sie eh schon am Ende war. Sie haben geholfen, die Vorwürfe von Claudia Kramer zu pushen und Ellen Carter in den Selbstmord zu treiben. Moralisch verwerflich, strafrechtlich nicht verwertbar. Lediglich Claudia Kramer wird sich wegen der üblen Nachrede verantworten müssen.«

Allgemeine Ernüchterung macht sich breit.

Anette liest etwas auf ihrem Laptop: »Leute, das ist gerade reingekommen. Der aktualisierte Obduktionsbericht schließt eine Fremdeinwirkung aus, zumindest bei den Schnitten. Scheint so, als hätte Esmeralda Gomez die Wahrheit gesagt.« Anette wendet sich vom Monitor ab und blickt enttäuscht in die Runde. »Viel Ärger um nichts, jedenfalls nicht für die Mordkommission.«

»Was ist mit den vertauschten Fingerabdrücken der Kramer und der Krankenschwester«, fragt Jochen.

»Zufall, auch Experten haben mal einen stressigen Tag, die Karten wurden zufällig vertauscht«, sagt Anette.

»Ich glaube nicht an Zufall. Sicher, dass Brecht sich nicht in unser System gehackt hat?«, frage ich skeptisch.

»Harry ist bereits dran, er ist sich natürlich sicher, dass jemand in seinem System war. Leichter zuzugeben als einen Fehler«, erwidert Anette lachend.

»Dann ist der Fall also gelöst? Die kommen einfach so durch?«, frage ich ungläubig in die Runde.

»Manchmal verliert man und manchmal gewinnen die anderen«, frotzelt Jochen.

»Die Rechtslage ist kompliziert, da wird die Staatsanwaltschaft sicher einen Präzedenzfall daraus machen. Es wird schwierig, Mord in Mittäterschaft nachzuweisen, Beihilfe zum

Selbstmord ist dagegen nicht strafbar. Brecht hat ganze Arbeit geleistet. Aber Manipulation von Polizeisystemen und schwerer Eingriff in die Privatsphäre, Einbruchdiebstahl, schwere Körperverletzung durch die Verabreichung verschreibungspflichtiger Medikamente ... Eine vorläufige Festnahme ist auf jeden Fall drin, auch für die Greif als Mittäterin«, beschließt Anette.

Gerade als sie mir zunickt, um mich zum Gehen aufzufordern, fällt mir etwas ein: »Ist heute nicht die Trauerfeier von Ellen Carter mit anschließender Lesung. Greif und Brecht sind doch sicher auch dabei, oder?«, frage ich.

»Stimmt. Das hätte ich fast vergessen. Die Veranstaltung möchte ich auf keinen Fall verpassen«, sagt Anette und klingt nicht sonderlich motiviert.

Mein Smartphone kündigt eine Nachricht an, sie ist von Claudia Kramer:

Danke für alles, was du für mich getan hast. Aus uns wird leider nichts. Denn ich werde dem Ganzen ein Ende setzen. Nie wieder lasse ich mich so behandeln ...

In Liebe Claudi.

Verdutzt schaue ich auf das Display. Was hat sie vor?

Ernüchterung

Claudia

Mein Kopf dreht sich. Gedanken sind kaum greifbar. Die Tabletten brauchen heute eine Ewigkeit, bis sie wirken. Die Ärzte haben gesagt, ich soll mich schonen. Die Wunden an meinen Armen würden schnell verheilen. Vorsichtig packe ich meine Sachen. Jeder Handgriff schmerzt. Immer wieder frage ich mich, wie es so weit kommen konnte.

Die düsteren Schatten in meinem Kopf, die Bilder der Vergangenheit. All der Schmerz, der mit voller Wucht zurückgekommen ist.

So viele Fragen strömen auf mich ein. Wer hat mir die Pralinen geschickt? Wer hat meinen Computer manipuliert? Ich glaube Tom nicht, dass es keine Fremdeinwirkung gab. Er weiß nichts von meinen anonymen Seiten, auch nichts von der Gruppe. Die Gruppe.

Plötzlich sehe ich klar. Ich habe in der Gruppe Dinge geschrieben, die niemand hätte erfahren dürfen, habe mehr über mich und meinen Hass preisgegeben, als gut war.

Ist heute nicht die Trauerfeier von Ellen Carter?

Eilig hole ich mein Smartphone aus der Tasche. Die feinen Bewegungen meiner Finger auf dem Display schmerzen. Die Suchbegriffe muss ich gar nicht eingeben, denn ich bekomme sofort angezeigt, was ich wissen möchte.

Die Gedenkfeier müsste bald rum sein, dann wollen diese Betrüger Ellens Buch vorstellen, was sie natürlich in kürzester Zeit beendet haben. Verdammte Schwindler. Sie machen genau da weiter, wo dieses Biest aufgehört hat. Es wird nie vorbei sein, nicht bevor …

Ich fasse einen Plan. Nie wieder werde ich zulassen, dass mich jemand so schamlos benutzt und wenn ich den Rest meines Lebens im Gefängnis sitze.

Es ist mein Buch und es wird Zeit, dass die Wahrheit ans Licht kommt.

Es hört nicht auf …

Claudia

»Meine Damen und Herren, wir haben uns hier aus traurigem Anlass versammelt.« Der Trauerredner macht eine kurze Pause. »Mit dem Tod von Ellen Carter ist eine unserer ganz großen Autorinnen von uns gegangen. Sie hinterlässt eine nicht ersetzbare Lücke. Ihre Bücher haben uns über viele Jahre begeistert. Die Umstände ihres Todes machen uns betroffen. Niemand hat geahnt, wie sehr sie unter Druck stand, einen neuen Roman zu veröffentlichen. Nicht einmal ihre engsten Vertrauten hatten keinen Einblick in ihre verzweifelte Seele.« Damit schließt der Trauerredner und Cynthia Carter betritt die Bühne.

Die Mütze tief in die Stirn gezogen, bemühe ich mich, dass mich niemand erkennt. Mein Körper spannt sich an. Ich kneife die Augen zu. All meine Konzentration liegt auf dem Hören.

»Liebe Pressevertreter, liebe Trauergemeinde, der Tod meiner geliebten Schwester hat mich eiskalt erwischt. Wenn sie doch nur etwas gesagt hätte, wenn ich doch nur gesehen hätte … Sie war lebensfroh und doch am Ende. Bis zum Schluss hat sie an ihrem neuen Roman gesessen. Nur wenige Seiten haben gefehlt. War sie verzweifelt, weil ihr die Ideen fehlten? Spürte sie, dass die Worte nicht mehr flossen wie gewohnt? Wir werden es nicht mehr erfahren.« Auch sie macht eine kurze Pause und mir wird ganz schlecht von dieser Inszenierung. Wut keimt in mir auf. Ich kann den ganzen Lügen nicht länger zuhören. Im Hintergrund entdecke ich Mirjam Greif und Holger Brecht. Händchenhaltend stehen sie da. Wenn es nicht Ellen Carter wäre, würde sie mir leidtun. Kaum ist sie unter der Erde, schon hat ihr Partner eine neue. Ungeniert himmeln sich die zwei an.

Jetzt höre ich wieder die Stimme der Schwester: »Das neu angekündigte Buch mit dem Titel *Das saphirblaue Spindelmädchen* wird demnächst erscheinen. Ellens Co-Autorin, Miriam Greif, und ihr Partner Holger Brecht haben keine Mühen gescheut, das Buch in wenigen Tagen zur Veröffentlichung zu bringen. Ellen hätte sich sicher gefreut, wenn sie wüsste, dass wir heute daraus hören werden«, beendet Cynthia Harper ihre Rede und Mirjam Greif kommt nach vorn. In ihren Händen hält sie das Buch mit meinem Titel darauf. Meine Worte. Meine Ideen. Es ist so unfair, dass ich es kaum glauben kann. Meine Ohren werden von einem lauten Rauschen überfallen. Kurz muss ich würgen. Verzweiflung bricht in mir aus. Dunkle

Wolken umschwirren mich. Schwindel setzt ein. Mein Mund ist staubtrocken. Diese hinterhältige Schlange. Es ist mein Werk. Ich sollte daraus lesen. Ohne Scham steht sie da und schiebt ihre Brille auf der Nase zurecht. Ich hasse diese unschuldig wirkende Geste. Ich hasse sie.

»Vor langer Zeit habe ich Ellen ein Versprechen gegeben, dass ich heute einlösen möchte. Sollte je einem von uns etwas zustoßen, so wird der andere versuchen, die angefangenen Projekte zu Ende bringen. Es hat mich alle Kraft gekostet, dieses Werk zu vollenden. Sie war meine beste Freundin, meine Partnerin, meine Buchschwester …« Mirjam macht eine Pause und tupft sich die Augen. Was soll das? Die Anwesenden im Saal schluchzen ebenfalls. Ich könnte echt kotzen.

»Wie Sie vielleicht bemerkt haben, stehe ich nicht so gern in der Öffentlichkeit. Ganz im Gegenteil zu Ellen. Sie liebte die Bühne. Gern erinnere ich mich, wie wir gemeinsam Geschichten entstehen ließen. Stundenlang konnten wir zusammen sitzen und erschufen fantasievolle Wesen, die sich vor unseren inneren Augen materialisiert haben.«

Wieder bricht sie ab. Jetzt hat sie ein leichtes Lächeln im Gesicht, vielleicht ob der schönen Erinnerungen.

»Das saphirblaue Spindelmädchen, ist eine wunderbare Geschichte ...«

Sie redet noch. Ich höre ihre Stimme als Singsang, doch ihre Worte dringen nicht mehr zu mir durch. Noch mehr Wut keimt in mir auf. Alle Hoffnung auf Gerechtigkeit ist zerschlagen. Wie Ohrfeigen spüre ich ihre Worte. Das gönnerhafte Grinsen von Brecht trifft mich wie ein Laserstrahl. Es wird nie aufhören. Ich werde diese Menschen nie loswerden. Reicht es nicht, dass sie mich fast umgebracht haben? Alle haben sie mit ihren Heucheleien davon überzeugt, unschuldig zu sein, aber das sind sie nicht. Sie sind gefährliche Monster. Wer weiß, wie viele Menschen sie schon auf dem Gewissen haben.

Mein Puls rast und das Blut rauscht durch meine Adern. Schwindel und Dunkelheit umfangen mich. Durch den Tunnel kann ich sie sehen. Wie sie ihre Lügen verbreiten. Ungeniert in den Raum stellen.

Ich hasse sie. Ich bin am Ende. Alle sind gegen mich.

Plötzlich stehe ich auf der Bühne. Sie bewegt sich auf mich zu. Oder bewege ich mich? Applaus schwillt an. Es ist laut.

Sie feuern sie an. Warum haben sich alle gegen mich verschworen?

Ich muss dem ein Ende setzen. Sie bringen mich erneut um.

Nicht mit mir. Ich will leben.

Ich habe etwas Schweres in der Hand. Ich muss mich verteidigen. Plötzlich sehe ich Tom. Er kommt zu meiner Rettung. Mein edler Held.

Er zieht seine Waffe. Jetzt wird alles gut. Er wird mich beschützen. Er wird mir helfen.

Bevor ich die Bilder vor meinen Augen ordnen kann, höre ich einen lauten Knall. So wie aus einer Pistole.

Schmerz. Unendlicher Schmerz ergreift mich. Mein Herz ist gebrochen. Ich wollte das alles nicht.

Ich führe meine Hand auf meine Brust, um es schützend zu halten.

Es fühlt sich so feucht an. Meine Hand ist rot. Blutrot.

Tom hat auf mich geschossen!

Warum hat er das gemacht?

Der Nebel umhüllt mich und trägt mich fort. Weg von hier, hin zu einem besseren Ort. Ich lächle ihn an.

Der etwas andere Pfannkuchen

Tom

Ich betrete den Raum und setze mich wie ferngesteuert auf den Sessel. Frau Peters nimmt mir gegenüber Platz und schaut mich abwartend an. Das Gefühl, mit ihr reden zu müssen, macht mich nervös. Eine Stimme in mir sucht den Weg nach draußen.

Frau Peters nimmt ihr Notizbuch und fragt mich wie die letzten Male: »Tom, gibt es etwas, was Sie besprechen möchten?«

Nein! Ruft meine innere Stimme. Doch das stimmt nicht. Ich habe viele Fragen, Schuldgefühle, bin verzweifelt. »Nein, eigentlich ist alles gut«, sage ich dennoch.

»Eigentlich!«

Sie lässt es nicht als Frage klingen, eher als eine Feststellung. Diese Psychologen machen mich fertig. Ich halte die Spannung kaum aus, denn sie weiß, dass mir etwas auf der Seele brennt.

Nach einer gefühlten Ewigkeit erlöst sie mich. »Tom, Sie haben auf jemanden geschossen, der ihnen vermeintlich sehr nahestand.«

»Mir nahestand? Was soll das denn heißen?« Mein Nacken spannt sich an. Die Zähne malmen aufeinander. »Warum wissen momentan alle, wer mir nahesteht?«, schreie ich und fühle Wut. Sie fegt durch meinen Körper und löst die Spannung. Ein Ventil öffnet sich und ich spüre, wie ich all den aufgestauten Frust loswerden möchte.

»Sie haben mir selbst erzählt, dass Sie eine Frau kennengelernt haben ...«, ergänzt Frau Peters.

»Das habe ich auch. Aber ...« Jetzt bin ich verwirrt. »Was hat denn Heike damit zu tun?«

Zum ersten Mal sehe ich eine Emotion bei Frau Peters.

»Heike? Ich verstehe nicht ...«, fragt sie verdutzt.

»Heike, die Frau meines verstorbenen Freundes beim SEK«, erkläre ich.

Nun scheint der Groschen zu fallen, denn Frau Peters hat wieder ihren professionellen Blick aufgesetzt. »Tom, wissen Sie, dass Frau Kramer behauptet hat, sie hätte ein intimes Verhältnis mit Ihnen?«, fragt sie fast flüsternd. «Sie hat vor ihrer Vorgesetzten Anette Thomas behauptet, es hätte sogar engen Kontakt zwischen ihnen gegeben. Sehr eng«, erzählt sie mir.

Kurz wird mir schwarz vor Augen. Alles ergibt plötzlich einen Sinn. Die Anspielungen von Anette und den anderen. Ich brauche einen Moment, um mich zu sammeln.

»Ich habe eine übermäßige Fürsorge für Frau Kramer entwickelt. Ich habe Dinge getan, die meine dienstliche Zuständigkeit überstiegen haben, beziehungsweise als fragwürdig einzuschätzen sind. Aber, zu keinem Zeitpunkt habe ich mich körperlich zu ihr hingezogen gefühlt oder sie angefasst. Ich fand sie noch nicht einmal attraktiv«, verteidige ich mich lauter, als ich beabsichtigt habe.

»Verstehe!« Ausweichend schaut Frau Peters auf ihre Kladde.

»Nein. Sie verstehen nicht. Seit Chris' Tod habe ich diese widerliche Angst. Angst, wieder jemanden nicht schützen zu können.
Jemanden durch meine Fehleinschätzung in Gefahr zu bringen ...« In dem Moment habe ich Chris' Gesicht vor meinen Augen. Er wusste, was geschehen war und dass er es nicht überleben würde. Ich halte diesen Blick kein weiteres Mal aus und schlage mir heftig die Hände vor die Augen, als ob ich es so verhindern könnte.

»Tom, seien Sie nicht so streng mit sich. Sie müssen endlich mit Ihrer Schuld abschließen«, spricht Frau Peters beruhigend auf mich ein.

»Wie könnte ich. Musste ich mich denn ausgerechnet in seine Frau, in seine Familie verlieben?«, schreie ich meine Verzweiflung heraus.

»Ich habe den Einsatzbericht gelesen, Sie hätten es nicht verhindern können. Vielleicht interessiert es Sie, dass die Ermittlungen darauf hinweisen, dass es einen Maulwurf in den eigenen Reihen gab. Ihr Gegenüber war auf das Eintreffen der Polizei vorbereitet.«

»Wirklich! Nett, dass Sie mir das sagen«, erwidere ich genervt und tue so, als sei diese Information neu für mich. Anette hatte mir die Ermittlungsergebnisse bereits eröffnet, allerdings im Vertrauen.

»Warum ziehe ich solche Situationen an? Wie konnte Claudia Kramer nur denken, dass ich eine Beziehung mit ihr eingehen wollte?«

»Frau Kramer hat bei ihrer Vernehmung ausgesagt, sie hätten sich bei einer heißen Liebesnacht ineinander verliebt. Es sei eine unausgesprochene Tatsache, dass sie nach Abschluss der Ermittlungen eine Beziehung eingehen wollten«, konkretisiert sie Claudias Aussage.

»Das ist gelogen! Wie kommt sie nur darauf?« Sprachlos schaue ich sie an.

»Frau Kramer hatte einen sehr langen psychologischen Leidensweg. Sie haben sie mit ihrem Helfersyndrom getriggert. Das löst bei paranoiden Menschen häufig Gefühle aus. Sie waren für sie da und haben ihr unbewusst kleine Zeichen der Zugehörigkeit gegeben«, erklärt Frau Peters.

»Na großartig. Jetzt bin ich doch wieder schuld daran.«

Frau Peters muss lachen. »Es ist eine verzwickte Situation. Für eine kurze Zeit haben sie sich sicher gut ergänzt. Sie hatten das Gefühl, mit Ihrer Hilfe etwas gutzumachen und Frau Kramer hat ihren rettenden Strohhalm gefunden, der ihr durch den dunklen Wald geholfen hat.«

»Ich werde nie vergessen, wie sie mich angelächelt hat. In den letzten Zügen ihres Lebens. Wie sie da stand, so bedrohlich und fest entschlossen, all denen den Garaus zu machen, die sie so sehr benutzt haben«, gebe ich das Bild vor meinen Augen wieder, das ganz plötzlich aufgetaucht ist. Es war ein fürchterlicher Moment, der mich noch lange verfolgen wird. Brennende Fesseln schlingen sich um mein Herz. Mein Auge zuckt nervös und mir ist schlecht. Warum musste ausgerechnet *ich* als erster vor Ort sein?

»Sie haben sich nichts vorzuwerfen. Seien Sie froh, dass Sie keine Gefühle für Frau Kramer entwickelt haben. Das hätte Sie in eine sehr schwierige Situation gebracht«, gibt Frau Peters mit tröstenden Worten zu bedenken.

Es hört sich so leicht an, aber bin ich nicht schon in einer unangenehmen Lage? »Wem hat sie denn alles von einer heißen Nacht erzählt?«, frage ich interessiert.

»Anette hat es für sich behalten. Sie können froh sein, dass sie Frau Kramer von vornherein durchschaut hat. Andere hätten Sie vom Dienst suspendiert. Sie hat zu ihnen gehalten, sie laufen lassen und ihr Handeln überwacht«, berichtet Frau Peters.

»Zu Recht. Wie konnte ich mich nur so täuschen lassen? Ich hätte schwören können, Claudia Kramer wäre das Opfer. Sie hat es geschafft, mich zu instrumentalisieren. Ich habe meine Karriere für sie aufs Spiel gesetzt und so blauäugig geglaubt, was sie mir erzählt hat. All die Lügen und Fantasien ...«

»Frau Kramer hat sich ihre Welt so gemacht, wie sie es brauchte. Paranoide Menschen können in der realen Welt nicht bestehen. Sie können nicht abwägen, Realität oder Fantasiewelt ist. Alles, was sie denken, ist wahr, sei es noch so abstrakt.«

»Also hat sie sich von vornherein alles nur eingebildet. Es gab keine Abschreiber, keine gemeine Konkurrenz, die ihr den großen Durchbruch als Autorin nicht gegönnt hat?«, hake ich ungläubig nach.

»Vermutlich nicht. Sie würden staunen, was der Mensch in der Lage ist, sich vorzustellen. Frau Kramer hat in einer Scheinwelt gelebt. Normalerweise sind solche Menschen nicht in der Lage, zwischenmenschliche Beziehungen zu führen, doch durch den Unfall ihrer Schwester war sie dazu gezwungen. Als sie ihre Neffen aufnahm, hat sie zum Ausgleich einen eigenen sicheren

Raum benötigt, auch wenn dieser nur in ihrer Fantasie vorhanden war.«

»Aber es gibt doch Sachen, die für alle gleich sind?«, frage ich seltsam verzweifelt. Meine Beine sind wie taub, das eiskalte Gefühl beginnt mich einzunehmen. Nicht jetzt, nicht, bevor ich eine Antwort auf meine Fragen habe.

»Für alle gesunden Menschen«, konkretisiert Frau Peters meine Aussage.

»Ich kann mir nicht vorstellen, dass man Tatsachen so verschieben kann.« Unruhig wippe ich auf dem Stuhl hin und her.

Frau Peters sitzt da, als wäre es ganz selbstverständlich. »Glauben Sie mir, Tom, ich habe schon einige dieser Fälle gehabt. Es ist eine typische Charakterisierung.«

Es brodelt in mir. Ich kann es mir nicht vorstellen, dass man so eine Fantasie für echt hält. »Frau Peters, es gibt doch bestimmte Dinge, die für alle Menschen gleich sind«, stelle ich eine These auf. Ich kann nicht glauben, dass man sich selbst so sehr betrügen kann. Eifrig überlege ich, welches Beispiel ich nehmen kann und bin froh, als mir das richtige einfällt.

»Sagen wir mal, es geht darum, einen Pfannkuchen zu backen. Ein jeder würde Eier, Mehl und Milch dazunehmen. Die Standardzutaten und dann eben noch seine eigene Note hinzufügen.«

»Das ist ein gutes Beispiel, denn Frau Kramer würde als Standardzutaten Tomaten, Gurken und Cola nehmen. Nichts auf dieser Welt würde sie davon überzeugen können, dass es falsch ist.«

»Das kann ich nicht glauben.« Unbewusst schüttele ich den Kopf, denn die Vorstellung kann ich nicht akzeptieren.

»Sie war eine sehr, sehr kranke Frau. Bereit, alles für ihre Überzeugung zu tun«, erklärt mir Frau Peters.

Wenn das stimmt, was sie sagt, dann war Claudia Kramer tatsächlich der Meinung, ein Opfer zu sein. »Es fällt mir schwer, sie zu verurteilen. Sie konnte ja demnach nichts dafür«, beschließe ich.

»Doch, das konnte sie. Man hat immer eine Wahl«, widerspricht Frau Peters energisch.

Kurz denke ich über ihre Worte nach.

»Unsere Zeit ist um, Tom. Ich hoffe, ich konnte Ihnen helfen. Kommen Sie gern wieder. Der Tod von Frau Kramer wird sie noch eine Weile beschäftigen.«

»Danke. Das werde ich.«

Danksagung

Ich hoffe, dir hat die Geschichte um Tom gefallen. Sein Weg geht weiter. Er wird demnächst Ausbilder an der härtesten Polizeischule Deutschlands, der CopSchmiede. Diese befindet sich mitten im Schwarzen Moor, im Dreiländereck.

Es war mir ein Anliegen, die CopSchmiede entstehen zu lassen und als Ausgangspunkt, aller Geschichten zu nutzen. Jedes meiner Bücher wird ein Bezug dorthin haben.

The True Story ist ein Herzensprojekt, deren Namensgeberin eine gute Freundin ist. Danke, Tascha, für deine Motivation dazu. Auch möchte ich mich bei meinem Lektor Holger bedanken, der mir mit Rat zur Seite stand.

Ein herzliches Dankeschön geht an all meine Leser/innen, die dieses Buch für sich entdeckt haben. Ein weiteres Dankeschön geht an meine Familie und Freunde, die immer mit einer Meinung bereitstehen und mich unterstützen, wo sie nur können.

Nun habe ich noch eine Bitte an euch! Nehmt euch doch die Zeit und schenkt mir eine Rezension. Vor allem auf Amazon sind Autor:innen darauf angewiesen, dass ihr uns bewertet.

Der Alphabulle

Mitten im Schwarzen Moor unterrichtet Rick Polizeischüler unerbittlich im Einsatztraining. Abseits der Öffentlichkeit bereitet er sie auf den gefährlichen Polizeidienst vor.

Doch plötzlich steht die Abteilung auf dem Prüfstand und ausgerechnet Rick soll die drohende Schließung verhindern.

Bisher galten seine Trainingsmethoden als zu martialisch und seine Erwartungen an die Fitness zu hoch.

Seine Verbündete Juliane bittet ihn, einen wahnwitzigen Plan der Führungsriege umzusetzen.

Es beginnt ein Kampf gegen politischen Widerstand und finanzielle Einsparungen.

Können sie ihn gewinnen? Und wer ist der Unbekannte, der versucht, die Rettung der Abteilung zu manipulieren?

Lügen, Intrigen und politische Macht verpackt in einen spannenden Roman, der besondere Einblicke in den Ausbildungsalltag der Polizei bietet.